2024년 독일 영화 상영작

전 세계 29개국어로 번역 출판되어 490만 부 이상 팔린 베스트셀러

KB199048

WOODWALKERS
우드워커

2 위험한 우정

Author: Katja Brandis Original title: Woodwalkers. GEFÄHRLICHE FREUNDSCHAFT
Cover illustration by Claudia Carls
ⓒ 2017 by Arena Verlag GmbH, Würzburg, Germany.
www.arena-verlag.de
Through MOMO Agency
Korean translation copyright ⓒ 2024 by GARAMCHILD
Korean translation rights arranged with through MOMO Agency

WOODWALKERS
우드워커
2 위험한 우정

2025년 2월 20일 초판 인쇄

글 카챠 브란디스 | 그림 클라우디아 칼스 | 옮김 윤영철

기획 이성애 | 편집 한명근 | 교정·교열 권혜정
마케팅 한명규 | 디자인 김성엽의 디자인모아

발행처 ㈜가람어린이

출판등록 2002년 9월 16일 제2002-000291호
주소 경기도 고양시 덕양구 삼원로 63, 1015호
전화 02-323-2160 | 팩스 02-6008-2150
전자우편 garambook@garambook.com
블로그 blog.naver.com/garamchildbook
인스타그램 instagram.com/garamchildbook
X(트위터) twitter.com/garamchildbook
유튜브 가람어린이tv
카카오톡 채널 가람어린이출판사
ISBN 979-11-6518-361-5 (73850)

WOODWALKERS

우드워커

2 위험한 우정

카챠 브란디스

클라우디아 칼스 그림 | 윤영철 옮김

가람어린이

지난 몇 개월 동안 클리어워터 중고등학교에 다니면서, 나는 우드워커인 동시에 인간으로 사는 방법을 배우고, 친구들과 어울리는 법을 배웠다. 며칠 뒤면 새해를 축하하는 축제가 열릴 것이다. 미아 누나와 나는 이 축제를 '꽃별들의 밤'이라고 부르곤 했다. 퓨마로 살 때는 인간들이 도대체 어떻게, 그리고 뭐 때문에 폭발하는 별을 만들었는지 알 수 없었다. 미아 누나와 나는 그 비밀을 밝혀내기로 결심했다. 불행히도 그건 그다지 좋은 생각은 아니었지만……

차례

WOODWALKERS
우드워커

카락 퓨마 열한 살 때 숲을 떠나 인간으로 살기로 결심한다. 모래색 머리 카락과 초록빛이 도는 금색 눈동자를 가진 소년. 인간 이름은 제이.

┃클리어워터 중고등학교 학생들┃

브랜든 들소 카락의 룸메이트로, 늘 말린 옥수수 알갱이를 씹어 먹는다.

홀리 다람쥐 붉은 머리에 검은 눈동자. 말썽꾸러기에 물건을 슬쩍하는 버릇이 있다.

넬 생쥐 뉴욕 출신으로, 들소도 이길 만큼 강하다.

루 와피티사슴 학교 선생님의 딸로, 카락이 첫눈에 반할 만큼 예쁜 소녀.

도리안 고양이 러시안 블루. 애완 고양이로 자랐다.

버사 회색곰 먹는 걸 좋아하고, 힘이 무척 세다.

님블 토끼 플루트와 피아노 등 악기 연주를 잘한다.

후아니타 거미 수줍음 많은 소녀. 대부분은 거미의 모습을 하고 있다.

섀도 까마귀 윙의 쌍둥이 남매.

윙 까마귀 섀도의 쌍둥이 남매.

제프 늑대 학교 안 늑대 무리의 알파.

클리프 늑대 학교 안 늑대 무리의 베타.

티카니 늑대 학교 안 늑대 무리의 베타. 이누이트족 출신이다.

보 늑대 학교 안 늑대 무리의 오메가.

리로이 스컹크 놀라거나 겁이 나면 방귀 폭탄을 발사한다.

비올라 염소 냄새를 가리기 위해 탈취제와 향수를 즐겨 쓴다.

쿠키 주머니쥐 늪지 출신으로, 놀라면 죽은 척을 한다.

트루디 가면올빼미 늑대 무리의 알파인 제프를 좋아한다.

프랭키 수달 지난 학기에 낙제해서 진급하지 못했다.

┃클리어워터 중고등학교 교직원┃

리사 클리어워터 흰머리수리 학교 교장으로, 생물 과목을 가르친다.

제임스 브리저 코요테 수학, 물리, 화학, '특수 상황에서의 행동 요령' 과목을 가르친다.

빌 브라이트아이 늑대 역사, '전투와 생존' 과목을 가르친다.

사라 캘러웨이 방울뱀 영어와 '인간 연구' 과목을 가르친다.

이시도어 엘우드 와피티사슴 '변신' 과목을 가르친다.

파커 퍼그 미술, '독립적인 동물 되기' 과목을 가르친다.

셰리 말릴라 비버 보건 교사 및 요리사.

테오 말코손바닥사슴 학교 관리인.

┃그 밖의 등장인물┃

앤드루 밀링 퓨마 성공한 사업가로, 미 서부에서 막강한 부와 권력을 가지고 있다.

1

꽃별들의 밤

발이 자꾸만 눈 속으로 푹푹 빠졌다. 작은 언덕 위에 올라 차갑고 맑은 산 공기를 한껏 들이마시며 인간들이 사는 마을을 내려다보자 가슴이 두근거렸다.

'밤에는 정말 예쁘네.'

미아 누나에게 텔레파시로 속삭였다.

'저 화려한 불빛들 좀 봐…….'

미아 누나는 언덕 아래를 건성으로 슬쩍 내려다보더니 뒷발로 귀를 벅벅 긁었다.

'꽃별들이 어디서 오는지 알아내고 나면 슈퍼마켓에 갈 거지?'

미아 누나가 기대에 부푼 얼굴로 물었다.

'꿈 깨셔! 지난번에 슈퍼마켓에 갔다가 무슨 일이 있었는지 벌써 다 잊은 거야?'

나는 성큼성큼 골짜기를 뛰어 내려갔다. 대체 누나는 머릿속

11

에 뭐가 들었길래 이런 순간에도 음식 생각을 할 수 있는 걸까? 나는 위장이 배배 꼬이는 것 같았다. 이곳에 오기 전 산토끼를 미처 절반도 못 먹었다. 다시 인간들 속으로 섞여 든다는 생각에 온몸이 찌릿찌릿해졌다. 운이 좋다면, 우린 오늘 인간들의 수많은 비밀 가운데 한 가지를 알아낼 수 있을 것이다.

나는 마을을 주의 깊게 살펴보고 있었고, 지금부터 하려는 일을 완벽하게 이해하고 있다고 자신했다. 오늘은 하늘에서 폭발이 일어나는 바로 그날이다!

'저 색색깔의 별들을 다 어디에 쓰는 건지 알아?'

미아 누나에게 다시 텔레파시를 보냈다. 꽃별에 관한 생각을 멈출 수 없었다.

'먹잇감을 겁주는 데 쓰일 거야, 분명해.'

미아 누나는 달리는 내내 길 이쪽저쪽에 코를 박고 냄새를 맡았다. 우리는 겨울 동안 쫄쫄 굶었다.

난 미심쩍은 얼굴로 수염을 씰룩거렸다.

'흠, 내 생각엔 인간들이 마을에서 자기 영역을 표시할 때 쓰는 것 같아. 몇 킬로미터 밖에서도 꽃별을 볼 수 있잖아. 인간들이 진짜로 똑똑한 거지.'

우리는 골짜기에 도착했고, 이제는 몸을 숨기며 조심스레 다녀야 했다. 저 멀리 첫 번째 집이 보일 때까지 우리는 어둠을 헤치고 조용히 미끄러지듯 걸어갔다.

'카락, 더 가까이 가지는 않을 거지? 여기서도 충분히 볼 수 있잖아.'

미아 누나가 나만큼이나 긴장한 목소리로 물었다.

'왜 그래? 조금만 더 가까이 가 보자.'

미아 누나의 발걸음이 점점 느려지고 있어서, 난 털이 빽빽한 누나의 어깨를 코로 쿡쿡 찔렀다. 미아 누나가 모르는 게 하나 있었고, 그걸 미리 말하지 않는 편이 낫겠다고 생각했다. 사실 나는 한 달 전에도 이곳에 왔었고, 오늘을 위해 몇 가지 준비를 해 놓았다.

예민한 후각이 우리가 바로 그 장소에 도착했음을 알려 주었다. 나는 바위 아래의 눈과 흙을 발톱으로 파헤치기 시작했다.

'뭐 하는 거야, 카락?'

미아 누나의 날카로운 목소리가 머릿속을 뚫고 들어왔다.

'여기에 옷을 좀 숨겨 뒀거든.'

이제는 누나에게 말해야 했다.

'여기서부턴 인간의 모습으로 변신해서 갈 거야.'

미아 누나가 나를 향해 으르렁댔다.

'이 말썽쟁이 녀석아! 설마 진심은 아니겠지?'

'당연히 진심이지. 인간들이 대체 무슨 짓을 하는 건지 정확히 알아내려면 반드시 변신해야 해.'

미아 누나를 열심히 설득했다.

'인간들이 퓨마인 우리 모습을 봐서는 안 돼. 다들 놀라서 기절할지도 몰라. 지난번 일 기억 안 나? 다들 우리를 두려워했잖아.'

'혹시라도 엄마랑 아빠가 알게 되면…….'

두려움에 질린 미아 누나는 땅바닥에 털썩 주저앉아 앞발 사이로 머리를 숨겼다. 그 때문에 내가 변신하는 모습을 완전히 놓쳐 버렸다. 겨울바람이 너무 매서워서 맨살이 불에 타는 것처럼 화끈거렸다.

'엄마랑 아빠가 어떻게 알겠어? 우린 사냥 중이야, 그게 다라고.'

재빨리 바지를 주워 다리에 끼웠다. 그러고 나서 얼른 티셔츠를 입고 신발도 신었다. 하지만 여전히 추웠다. 인간들은 털도 없이 도대체 이 추위를 어떻게 견디는 걸까?

신발에 두 발을 집어넣고 눈 속에서 어색하게 발을 옮기자, 순식간에 발이 꽁꽁 얼어붙었다. 하지만 내색하지 않으려고 애썼다. 목덜미 털을 바짝 곤두세운 채 내 옆에서 걷고 있는 미아 누나가 지금 이 상황에 얼마나 불만스러워하는지 똑똑히 알 수 있었기 때문이다.

우리는 이제 도로를 따라 한 줄로 늘어선 나무들을 지나쳐, 가지런히 놓여 있는 집들이 보이는 곳에 도착했다. 어둠 속에서 창문이 밝은 빛을 쏟아 내고 있었다.

'여기는 뭐라고 불러?'

미아 누나가 물었다. 누나는 여전히 꼬리 끝을 씰룩이며 땅바닥 위를 살금살금 걷고 있었다.

드디어 내가 알아낸 걸 뽐낼 시간이었다.

'이 골짜기는 잭슨홀이라고 불려. 그리고 이 마을 이름은 잭슨이야.'

자동차 엔진 소리가 들려오자 우리는 전조등 불빛을 피해 허둥지둥 창고 뒤로 몸을 숨겼다. 당장 눈에 보이는 인간은 없었지만, 한참을 기다리다 보니 현관문이 쾅 닫히는 소리와 함께 웃고 떠드는 인간들이 나타났다. 손과 머리와 목까지 모두 다 천으로 꽁꽁 싸매고 있었기 때문에, 그 인간들의 피부는 거의 보이지도 않을 지경이었다. 나 자신을 내려다보았다. 왜 나는 춥고 저들은 춥지 않은지 단번에 알 수 있었다.

우리, 그러니까 남자아이 한 명과 퓨마 한 마리는 창고 뒤편에서 조심스레 바깥을 살펴보았다.

'저 손에 든 투명한 게 뭐지?'

미아 누나가 겁먹은 목소리로 중얼거렸다.

'저건 유리잔이야.'

사실 난 전문가라고 할 수 있다. 어쨌든 미아 누나보다 한 번 더 마을을 다녀왔으니까. 당연히 몰래.

인간들은 다른 물건들도 나르고 있었다. 작은 꾸러미들과 한쪽 끝이 좀 더 두꺼운 길쭉한 막대기들이었다. 저게 꽃별의 비밀일까? 궁금하긴 했지만, 감히 더 가까이 다가갈 엄두는 나지 않았다. 내가 그들과 같은 인간이 아니라는 걸 들키면 어떻게 될까?

이제 인간들은 서로를 껴안고, 함께 유리잔을 부딪치고, 미소를 지었다. 그건 마치 신들이 자신이 한 일을 바라보며 뿌듯해하는 것 같았다. 이윽고 무지갯빛으로 반짝이며 흩날리는 첫 번째 꽃별이 마을 위로 피어났다.

'와! 정말 가깝다.'

미아 누나는 반쯤 겁에 질리고, 반쯤 매혹된 얼굴로 하늘을 올려다보았다.

나는 오들오들 떨며 몸을 일으켰다.

'금방 돌아올게.'

미아 누나에게 말하고 걸음을 옮겼다.

'카락, 안 돼!'

누나가 외치는 소리가 머릿속을 맴돌았다.

나는 최대한 태연하게 시끌벅적한 인간들에게서 몇 걸음 떨어진 곳까지 걸어가, 그 사람들이 뭘 하는지 구경했다. 그리고 그제야 어떻게 꽃별을 만드는지 볼 수 있었다. 인간들이 길쭉한 막대기에다 불을 붙이자, 쉭쉭 소리를 내며 공중으로 솟구쳐 오르더니 펑 소리와 함께 터졌다. 그리고 곧 화려한 빛의 소나기가 되어 허공에서 흩어졌다.

"얘, 춥지 않니? 외투는 안 입고 나온 거야?"

질문을 받은 게 나라는 걸 깨달은 순간 화들짝 놀랐다. 한 남자가 호기심 가득한 눈으로 날 쳐다보고 있었다.

아뿔싸! 인간들이 내가 자신들의 무리가 아니라는 걸 알아차렸다. 난 온몸이 떨리기 시작했다.

"안 추워요."

다른 사람들처럼 하늘을 올려다보며 거짓말을 했다.

'관심 끌지 말자. 그러면 내가 인간이 아니라는 걸 절대 알아차리지 못할 거야! 만약 알아차린다면 무기를 가져올지도 몰라.'

"그렇다면 다행이구나."

남자가 친근한 목소리로 말했다.

"새해 복 많이 받아라!"

"아빠, 폭죽 좀 주세요. 이번엔 제 차례예요!"

남자 옆에서 꽁꽁 싸매고 있던 여자아이가 마치 눈 위를 뛰어다니는 토끼처럼 깡충깡충 뛰며 졸랐다. 그 여자애는 폭죽을 하나 받아서 아래쪽에 불을 붙였다.

폭죽은 시끄러운 소리를 내며 불꽃을 내뿜었는데, 그건 마치 퓨마의 언어로 욕하는 소리와 비슷했다. 그럼에도 난 딱 하나만이라도 불을 붙여 보고 싶었다.

'어떻게 하면 폭죽을 얻을 수 있지? 그냥 내 차례가 올 때까지 기다리면 되나?'

나는 기다리고 또 기다렸다. 폭죽을 받을 때까지 이곳에서 쫓겨나지 않기만을 바라면서. 끔찍한 소음과 화약 냄새 때문에 점점 더 신경이 곤두섰다. 몸이 긴장하면서 팔에 털이 돋아나기 시작하고, 이빨도 길어지고 있었다. 잠시 후에는 이빨이 너무 길어져서 입술을 쿡쿡 찔러 댔다.

'아, 안 돼! 지금은 아니야! 여기서는 안 된다고!'

얼른 손으로 입을 가리며 필사적으로 인간 소년의 모습을 머릿속에 그렸다. 모래색 머리카락과 녹색이 섞인 금색 눈동자와…….

'제발, 제바알!'

작고 귀여운 인간 이빨들도. 하지만 그다지 도움이 되지 않았다. 나는 조금씩, 조금씩 미아 누나가 기다리고 있는 창고 뒤편으로 물러났다.

'내 뜻과는 상관없이 퓨마로 변해 버리기까지 시간이 얼마나 남았을까?'

그때 시야 한구석에서 두 명의 십 대 소년이 빨간색 꾸러미를 잡아 뜯고 있는 모습이 보였다. 그 애들은 거기에 불을 붙였고, 뭔가가 내 바로 옆 바닥에 떨어지더니 불꽃을 뿜기 시작했다. 다음 순간, '펑' 하고 고막을 찢을 듯이 엄청난 폭발음이 터져 나왔다.

나는 깜짝 놀라서 그나마 입고 있던 옷 밖으로 뛰쳐나갈 뻔했고, 미처 생각을 하기도 전에 이미 가장 가까이 있던 나무를 반쯤 기어 올라가 있었다. 인간들이 나를 신기하게 쳐다보았다. 아마도 내가 나무 위에서 뭘 하려는 건지 궁금해하는 것 같았다. 어둑어둑한 상황에서 인간들이 내 모습을 얼마나 분명히 볼 수 있을까? 내 송곳니를 알아볼까? 앞발에서 자라난 발톱이 나무껍질을 파고든 모습은? 나는 눈을 질끈 감아 버렸다. 몸이 덜덜 떨리고 있었다. 여기 오겠다는 머저리 같은 생각만 하지 않았어도!

'카락, 거기서 내려와!'

익숙한 목소리가 들렸다. 그건 미아 누나의 목소리였고, 조금 떨리고 있었다.

'넌 꼭 다람쥐처럼 쏜살같이 튀어 올라갔어. 인간들은 그렇게 할 수 없다고. 거기서 내려오면 인간들도 그만 쳐다볼 거야. 자, 눈부터 뜨고!'

창고 뒤쪽에서 털이 북슬북슬한 낯익은 뾰족 귀가 살짝 보이자 두려움이 조금은 가셨다. 놀랍게도 미아 누나는 그렇게 어마어마한 소리가 났는데도 도망가지 않았다. 누나는 여전히 나를 기다리고 있었다! 미아 누나, 누나가 최고라니까!

나무를 내려오는 동안 미아 누나는 끊임없이 나에게 침착하라고 텔레파시를 보냈는데, 그건 정말로 큰 도움이 됐다. 마침내 나무에서 내려와 땅에 섰을 때 나는 여전히 인간의 모습이었고, 거의 아무도 내게 관심을 두지 않았다. 다들 환호성을 지르며 이것저것 터뜨리기에 바빴다.

창고까지는 나무 한 그루 정도 떨어져 있었다. 전속력으로 달려가고 싶은 마음이 굴뚝같았지만, 미아 누나는 그렇게 해서는 안 된다고 경고했다.

'카락, 이제 천천히 걸어와. 네가 뛰거나 하면 인간들이 뭔가 이상하다는 걸 눈치챌 거야.'

'그래, 알았어.'

느릿느릿 대답하며, 뻣뻣해진 발을 하나씩 천천히 내디뎠다. 바닥에 떨어진 무언가가 바로 내 옆에서 불꽃을 뿌려 댔을 때도 절대로 펄쩍 뛰거나 옆으로 피하지 않았다.

마침내 겨우겨우 미아 누나가 있는 곳까지 갈 수 있었다. 누나 옆에 주저앉으며 무릎을 꿇었을 때, 내 손은 이미 퓨마의 앞발로 변해 있었다. 나는 순식간에 퓨마의 모습으로 돌아갔고, 벗겨진 바지와 티셔츠는 눈 속을 뒹굴었다. 누나가 재빨리 내 어깨를 핥았다.

'얼른 여기서 벗어나자.'

누나의 말이 떨어지는 동시에 우리는 달리기 시작했다.

오, 미아 누나. 누나를 본 지 너무 오래됐다. 누나는 지금 어디 있을까? 다시 만날 수 있을까? 내가 누나를 얼마나 사랑하는지 말해 줄 기회가 있을까?

이따금 가족을 향한 그리움이 마음속에 사무쳤다. 그리고 누나와 함께한 추억이 머릿속을 헤집어 놓았다, 바로 지금처럼.

인간으로 살기로 결심한 후로는 항상 새해 축하 행사를 건너뛰고 내 방에 틀어박혀서 라디오나 틀어 놓고 있었다. 하지만 지금 나는 우드워커들을 위한 기숙 학교인 클리어워터 중고등학교에 다니고 있고, 친구들은 내 마음을 바꾸려고 정말 열심히 노력하고 있었다. 가장 친한 친구인 홀리는 다람쥐의 모습으로 우리가 아지트로 삼은 나무집의 눈 쌓인 난간 위를 미친 듯이 뛰어다니고 있었고, 도리안은 내 옆에 웅크린 채 고양이의 녹색 눈으로 나를 말끄러미 쳐다보고 있었다. 들소 친구 브랜든은 아래쪽 풀밭에서 커다란 갈색 그루터기처럼 서 있었다.

'넌 정말 좋은 기회를 놓치는 거라고, 진짜로!'

브랜든이 정성을 다해 나를 설득했다.

나는 까탈스럽게 한쪽 귀를 씰룩거렸다.

'그만해, 난 두 번 다시 새해 전날에 마을에 가지 않기로 맹세했단 말이야!'

'그래서 뭐? 난 하루에도 서너 개쯤은 맹세를 어겨! 어쩌면 다섯 개일지도 모르고.'

홀리가 내 주둥이를 타고 올라오며 너스레를 떨었다.

'정말 장난 아니게 재밌단 말이야!'

나는 잽싸게 머리를 흔들어서 홀리를 떨어뜨린 뒤, 꼼짝달싹

못 하게 발로 가둬 버렸다. 홀리가 앞발 사이에서 꼼지락대자 기분 좋게 간질간질한 느낌이 들었다.

'이 냄새나는 발 당장 치워, 후줄근한 고양이 녀석아!'

홀리의 입이 험해지기 시작했다.

'너 방금 내 수염 한 가닥을 뽑아 버릴 뻔한 건 알고 있어?'

나는 태연하게 대답했다.

'그러니 미안하다는 말을 먼저 해야지!'

홀리는 더 심하게 꿈틀거렸다.

'누가 네 녀석 꼬리에 폭죽이라도 매달아 줬으면 좋겠다!'

그건 분명히 사과가 아니었지만, 나는 발을 들어 올렸다.

'가끔은 좀 착하게 굴어 봐.'

홀리는 적갈색 번개로 만들어진 화살처럼 튕겨져 나가, 다시 내 머리 위로 올라가서 귀를 잡아당겼다. 나는 장난삼아 가볍게 으르렁거렸다.

'카락, 다들 간단 말이야.'

도리안이 말했다.

'늑대들한테 겁쟁이 소리를 듣고 싶은 거야? 그건 아닐 텐데.'

'당연히 아니지. 그래, 좋아. 가자.'

나는 마지못해 백기를 들었다.

제발 이 일이 재앙이 되지 않기만을 바라면서!

2

날아다니는 불꽃

우드워커들 중 새해 전날의 축제를 두려워하는 건 적어도 나 혼자만은 아니었다. 우리가 인간의 모습으로 변신해 두꺼운 외투를 껴입고, 빌려 온 미니버스에 차곡차곡 끼어 앉았을 땐 두려움의 냄새가 여기저기서 나고 있었다. 지금껏 삶의 대부분을 주머니쥐로 살아온 쿠키는 차라리 죽은 척하고 싶어 하는 것 같았다. 몇 칸 떨어진 자리에서는 스컹크 소년 리로이가 마치 자기 장례식에 가는 것처럼 침울한 얼굴로 앉아 있었다.

알고 보니 이 행사는 우리 학교 학생이라면 누구나 의무적으로 참여해야 하는 거였고, 클리어워터 교장 선생님의 의지도 단호했다.

"한 명도 빠짐없이 다 가야 해."

교장 선생님이 친근한 말투로 말했다.

"인간들은 새해를 맞이하는 걸 무척 좋아해. 그런데 해가 바

23

뛸 때마다 지하실에 숨는다면, 그건 정말 수상하게 보일 거야. 그러니 익숙해지도록 노력하렴."

"하지만 너무 시끄러워요……. 마치 카우보이들이 텍사스 소 떼에다 총질하는 것 같다고요."

루는 창백해진 얼굴로 말하며, 길고 검은 머리카락을 신경질 적으로 손가락에 감아 대고 있었다. 나는 그 모습을 곁눈질로 힐끔힐끔 쳐다보면서, 이 사슴 변신족 소녀를 전혀 신경 쓰지 않는 것처럼 보이려고 애썼다. 또 내가 살면서 만나 본 가장 멋 진 여자애가 아닌 것처럼 행동하려고 애썼다.

"나도 알아."

클리어워터 교장 선생님이 루를 향해 미소 지으며 말했다.

"할 수 있는 만큼만 참아 보고, 정 안 되겠다 싶으면 버스로 돌아와도 돼. 알겠지?"

늑대 변신족 제프와 보, 클리프와 티카니는 비열하게 웃었다. 그 녀석들은 폭죽이 든 커다란 가방을 손에 들고 있었다. 그걸 로 초식 동물들을 겁주려는 게 뻔했다. 혹시라도 루에게는 그런 장난을 치지 않는 게 좋을 것이다. 그랬다가는 내가 그 녀석들 엉덩이에 발톱을 박아 넣어 버릴 테니까!

"다들 뭘 걱정하는지 모르겠어. 새해맞이는 정말 멋진 일인 데 말이야."

지금까지 대부분 인간의 모습으로 살아온 회색곰 변신족 버사가 들뜬 목소리로 말했다.

"교장 선생님, 혹시 우리도 샴페인을 마실 수 있을까요?"

"탄산이 들어간 사과 주스는 있지."

변신 과목 선생님이자 루의 아빠인 엘우드 선생님이 대신 대답했다.

내 옆자리에 앉은 브랜든이 귓속말을 했다.

"리로이도 가는 줄은 몰랐어. 교장 선생님은 정말로 모든 상황을 다 고려한 게 맞겠지?"

브랜든은 초조한 듯 옥수수 알갱이를 하나씩 연달아 씹어 대기 시작했다.

"혹시라도 리로이가 겁을 먹으면…… 너도 알지?"

"될 수 있는 한 리로이랑 멀리 떨어져 있는 게 좋겠다."

나도 걱정스럽게 대답했다.

"클리프가 종강 파티에서 리로이의 방귀 폭탄을 한 방 맞은 뒤로 그 냄새를 없애는 데 며칠이 걸렸다고 들었어."

우리의 대화를 듣고 있던 홀리가 통로 너머로 몸을 기울였다.

"너희는 머릿속에 토끼라도 넣고 다니는 거야? 리로이는 인간의 모습일 때는 아무것도 뿌릴 수 없다고!"

"그건 두고 봐야지."

꽃별들의 비밀을 알아내겠다고 몰래 인간들 사이에 숨어들었다가, 끔찍한 소음과 화약 냄새에 긴장해 원치 않게 퓨마로 변

25

신했던 지난 기억이 떠올랐다. 미아 누나가 날 핥으며 달래 주던 느낌도.

버스는 잭슨 마을 변두리에 있는 주차장에 멈춰 섰다. 수영장과 피트니스 클럽이 함께 사용하는 그 주차장에는 이미 몇몇 인간들이 차를 세워 놓고 자정이 되기를 기다리고 있었지만, 그리 많은 수는 아니었다. 마을 사람들 대부분은 아마도 몇 백 미터 떨어진 마을 광장에 모여 있을 것이다. 우린 여기서도 마을 광장의 불꽃놀이를 아주 잘 구경할 수 있었다. 그럴 용기가 있다면 말이다.

춥고 청명한 밤이었고, 달빛 덕분에 우리를 둘러싸고 있는 눈 덮인 산봉우리의 윤곽을 알아볼 수 있었다. 우린 모두 버스에서 내려 주차장 한쪽으로 모여들었다. 부츠에 밟힌 눈이 사그락사그락 소리를 냈다. 엘우드 선생님은 이리저리 걸어 다니며, 종이컵에 담긴 사과 사이다를 한 잔씩 나눠 주고 있었다. '특수 상황에서의 행동 요령' 과목을 담당하는 브리저 선생님은 학생들의 손에 폭죽과 라이터를 건네주었다.

"저는 사양할게요."

난 정중히 거절했지만, 홀리는 좋아서 비명을 질렀다.

"꺄아! 고맙습니다!"

브리저 선생님은 미소를 지으며 우리 둘의 손에 폭죽을 한 움큼씩 쥐여 주었다.

"그냥 편한 마음으로 즐겨, 카락. 알겠지?"

'네, 물론이죠. 그냥 긴장을 풀면 되죠. 그건 식은 죽 먹기니까요.'

나는 브리저 선생님을 좋아하지만, 지금 당장은 할 수만 있다면 기쁜 마음으로 선생님을 달나라까지 발사해 버리고 싶었다. 선생님의 양쪽 겨드랑이에다가 커다란 폭죽을 한 꾸러미씩 매달아서 말이다.

"좋아, 얘들아. 혹시라도 너무 당황하거나 두려운 마음이 들기 시작하면, 먼저 천천히 심호흡을 해 봐. 필요하다고 생각되면 잠시 버스 안으로 몸을 피해도 좋아."

브리저 선생님이 이 상황을 전혀 즐기지 않는 것 같은 몇몇 학생들을 보며 제안했다. 물론 그중엔 나도 포함이었다.

"어쨌든 이건 '특수 상황'이 맞지만, 걱정할 필요는 없어. 오늘 밤에는 점수를 매기지 않을 테니까."

"그래, 그게 중요한 거지."

투덜거리며 폭죽을 떠맡길 만한 사람이 없나 두리번거렸다. 하지만 대부분은 이미 손에 폭죽을 쥐고 있었고, 그중 대부분은 마치 브리저 선생님이 자기 손에다가 수류탄이라도 맡겨 놓은 것처럼 굴고 있었다. 그래서 나는 손에 들고 있던 걸 은근슬쩍 땅에 떨어뜨렸다.

"자정이 되기까지 이제 5분 남았어."

도리안이 들뜬 목소리로 말했다. 도리안은 우리 중 시계를 차고 다니는 유일한 학생이다. 평소에는 작동하지도 않는 커다란 구식 시계였는데, 오늘은 특별한 날이라고 태엽을 감은 듯했다.

"인간들은 언제 새해가 시작되는지를 어떻게 아는 거지?"

쿠키가 고개를 갸우뚱하며 물었다. 달빛 덕분에 가녀린 쿠키의 얼굴 위에 있는 주근깨가 도드라져 보였다.

"인간들도 몰라. 그냥 하루 날 잡아서 기념하는 거야."

내가 설명했다.

"난 차라리 새해가 여름에 시작되면 좋을 것 같아. 왜냐하면……."

뭔가가 내 머리를 때리고 튕겨 나갔다. 그게 내 발치에서 폭발했을 때, 불이 붙은 폭죽이라는 걸 깨달았다. 놀라서 펄쩍 뛰어오르며 몸을 피하자, 늑대들이 배꼽이 빠져라 웃어 댔다. 녀석들이 폭죽을 던진 게 분명했다.

"야! 쓰레기 같은 짓 좀 그만해!"

늑대들에게 버럭 고함을 질렀다. 하지만 목소리가 파르르 떨리고 있어서 더 짜증이 났다.

"저런, 우리 새끼 고양이가 오늘 너무너무 예민하시네."

오메가 늑대 보가 낄낄거렸다. 무리에서의 서열은 가장 밑바닥이지만, 그걸 지저분한 입담으로 만회하고 있었다.

"이 더러운 털북숭이 소시지들! 할 짓이 따로 있지!"

28

홀리가 늑대들을 향해 쏘아붙였다.

"소시지가 있다고? 배고픈데 한 입만 줄래?"

알파 늑대 제프가 받아쳤다. 그러고는 홀리를 보며 입맛을 다셨다.

"어, 바로 너였구나! 이리 좀 와 볼래? 아주 군침 도는 냄새가 나는데……."

늑대 무리의 유일한 여학생 티카니가 씩 웃으며 라이터를 만지작거렸다. 다음 폭죽은 이미 티카니의 손가락 사이에 끼워져 있었다.

이번 새해 전야 역시 그날만큼이나 끔찍할 거라는 걸 예상할 수 있었다!

"이제 그만! 거기까지!"

클리어워터 교장 선생님이 우리 사이에 끼어들었다.

"우리는 모두 함께, 아주 평화롭게 새해를 맞이할 거야. 그건 너도 마찬가지다, 제프. 그러니 네 무리에게 규칙을 지키라고 하렴. 혹시라도 너희가 다른 사람에게 폭죽을 던지는 모습이 한 번만 더 내 눈에 보이면……."

"네, 알았어요."

제프는 마치 칭찬이라도 받은 것처럼 교장 선생님을 향해 미소를 지었다.

"다시는 그런 일 없을 거예요, 교장 선생님."

"자, 우리 다른 쪽으로 가 보자."

브랜든이 말했고, 우리는 무리에서 조금 떨어진 곳으로 슬렁슬렁 걸어갔다. 다행스럽게도 늑대들은 따라오지 않았다. 녀석들은 누가 다음번 폭죽에 불을 붙일지를 놓고 서로 다투기 시작했다.

"이제 2분 남았어."

도리안이 말했다. 도리안의 얼굴 앞에서 입김이 뭉게구름처럼 피어났다. 마을 광장에서는 벌써 첫 번째 폭죽이 하늘로 치솟고 있었다. 파랑, 보라, 빨강 불꽃이 꼬리를 물며 하늘을 수놓았다. 그 불꽃들을 보고 있자니 문득 예전에 느꼈던 그 놀라운 감정이 되살아났다. 인간 세상은 내가 알고 싶어 했던 경이로움으로 가득했다. 물론, 이 커다란 폭발음들은 정말로 견디기가 힘들었고, 익숙해지려면 좀 더 연습이 필요할 것 같았다. 하지만 이 순간 나는 우드워커 친구들과 함께 이곳에 와서, 인간들처럼 새해를 맞이할 수 있어서 행복했다.

"삼…… 이…… 일……! 자정이다! 새해 복 많이 받으렴!"

클리어워터 교장 선생님이 큰 소리로 외쳤고, 학생들도 모두 환호하기 시작했다. 홀리와 브랜든과 도리안과 나는 서로를 껴안다가 실수로 신발에 주스를 흘리고 웃음을 터뜨렸다.

"축축한 새해 돼라, 카락!"

홀리가 웃으며 소리쳤다.

"너도 끈적끈적한 새해 돼라!"

나도 답례해 주었다. 그러고 나서 윙과 섀도와 넬을 비롯해서 앞에 보이는 친구들을 차례로 껴안아 주었다.

루도 친구들을 껴안으며 돌아다니고 있었다. 우리는 갑자기 정면으로 맞닥뜨렸고, 나는 펄쩍 뛰어오를 만큼 놀랐다. 우린 작년에 몇 마디 말을 나누기도 했고, 루가 다친 나를 보러 보건실로 오기도 했다. 하지만 루를 껴안아도 되는 건지 알 수 없었다. 최악인 건, 루 역시 망설이고 있다는 사실이었다. 루가 왜 망설이는지 난 알고 있었다. 루의 엄마가 퓨마에게 공격당해 부상을 입은 후로 루의 가족 중 누구도 포식자 고양이를 좋아하지 않는다. 특히 퓨마는 더더욱…….

군중 속에서 누군가가 밀치며 지나가는 바람에 우리는 서로 부딪혔다. 그리고 원래 그러려고 했던 것처럼 갑자기 서로를 껴안았다.

"새해 복 많이 받아, 카락!"

루가 수줍은 미소를 지으며 말했고, 나도 뭐라고 어정쩡하게 대답했다. 그러고 나서 루는 나를 놓아주고 다른 사람들을 향해 돌아섰다.

'후유!'

참고 있던 숨을 내뱉었다. 세상에, 맙소사! 내가 방금 루를 껴안았다! 앞으로는 새해 전야가 그다지 나쁘다고 느껴지지 않을

31

것 같았다.

"다들 폭죽 가지고 있지? 더 필요한 사람 있니?"

브리저 선생님이 더 많은 폭죽을 가지고 돌아왔다.

"저요!"

나도 모르게 말이 튀어나왔고, 어느새 내 손에는 폭죽 하나가 들려 있었다. 내 팔뚝만큼 기다란 나무 막대기 끝에 동그란 통이 붙어 있었다. 통에는 빨간색과 녹색의 불꽃 그림이 인쇄되어 있었다.

갑자기 심장이 미친 듯이 뛰기 시작했다. 바쁘게 돌아다니며 불꽃놀이를 하던 브랜든에게서 라이터를 빌려, 다른 사람들이 하는 것처럼 폭죽을 눈 속 깊이 꽂았다. 그런 다음 심지를 찾아서 조금 느슨하게 푼 뒤에 심지에서 불꽃이 튈 때까지 라이터로 불을 붙였다.

'이제 곧 폭발할 거야!'

바로 그 순간 나보다 빨리 달릴 수 있는 남자애는 없었을 거다.

안전한 거리에 멈춰 서서 손으로 귀를 막은 채 기다렸다. 숨막히는 시간이 흘러갔지만 아무 일도 일어나지 않았다. 그러다가 마침내 펑 소리와 함께 폭죽이 발사되었다. 우리 머리 위로 빨간색과 녹색 꽃별이 동그랗게 펴져 나가 깜깜한 밤하늘을 아름답게 수놓았다.

'와우!'

홀리와 브랜든과 나는 서로를 향해 환한 미소를 지으며 손을 높이 들어 마주쳤다. 그러고 나서 브리저 선생님에게 다시 폭죽을 받으러 갔다.

네 번째 폭죽은 제대로 고정돼 있지 않았던 게 분명하다. 그 폭죽은 휘익 소리를 내며 비스듬히 발사되더니, 늑대들을 향해 곧장 날아갔다! 제프와 클리프와 보는 꽥꽥 소리를 지르며 이리저리 흩어졌고, 티카니는 눈 속으로 몸을 내던졌다. 폭죽이 티카니의 머리 바로 위로 아슬아슬하게 스쳐 지나갔다.

"하지 마, 이 머저리야!"

충격을 받아 목덜미 털이 바짝 선 제프가 재빨리 후드를 끌어 올리며 고함을 질렀다. 몇몇 학생들이 낄낄거리며 웃어 댔고, 나는 재빨리 소리쳤다.

"미안, 일부러 그런 건 아니었다고!"

한 시간 뒤, 우리는 학교로 돌아가기 위해 다시 버스에 올랐다. 주차장에 있던 인간들은 아무도 우리에게서 이상한 점을 찾아내지 못했다. 쿠키는 죽은 척하지 않았고, 리로이는 냄새 폭탄을 터뜨리지 않았고, 아무도 원치 않는 변신을 하지 않았다.

정말로 멋진 새해 전야였다.

3

미지의 세계로 떠나는 여행

정말로 위험했던 건 새해 전날이 아니었다. 적어도 나에게 있어서 위험은 다른 곳에 도사리고 있었다. 난 앤드루 밀링을 지지하지 않겠다고 선언했다. 겨울 방학 동안 그 사실이 머릿속을 떠나지 않았다. 나와 같은 퓨마 변신족의 분노에 찬 위협이 귓가에 계속 맴돌았다.

"후회할 거다, 카락. 아주 지독하게 후회할 거야. 이 싹수없는 자식아."

밀링은 내 거절을 어떻게 갚아 줄 셈일까? 난 위험에 빠진 걸까? 밀링이 얼마나 돈이 많고, 얼마나 막강한 영향력을 가진 사람인지를 매일같이 머릿속에 떠올렸고, 그건 내 정신 건강에 전혀 도움이 되지 않았다.

"내 생각엔 신문을 읽는 건 몸에 좋지 않은 것 같아."

인상을 쓰며 학교에 비치되어 있던 뉴욕 타임스 신문을 탁자에 내려놓자, 아침을 먹던 홀리가 고개를 갸웃하며 물었다.

"왜? 글자가 너무 많아서?"

홀리는 읽고 쓰는 것에 서툰 편이었다.

"아니, 온통 나쁜 기사투성이라서."

햄 샌드위치를 한 입 베어 물며, 씁쓸한 기분으로 대답했다. 아마 대부분의 사람들은 몬터너스 신탁 회사가 최근에 두 곳의 대기업을 인수했다는 기사를 읽으면 그냥 그런가 보다 하고 넘길지도 모른다. 하지만 나는 몬터너스 신탁 회사의 뒤에 밀링이 있다는 사실을 알고 있다. 밀링은 전에는 내 후원자였지만, 이젠 적이 되어 버렸다. 그런 사람이 점점 더 큰 힘을 손에 넣고 있었다.

"기운을 북돋아 주는 흥미로운 연예인 소식 같은 건 없어?"

브랜든이 신문을 집어 들고 펼치며 말했다. 하지만 브랜든은 재미있는 기사를 발견하고 즐거워하는 대신 걱정스러운 표정을 지었다.

"왜 그러는데?"

브랜든이 무슨 기사를 찾았는지 궁금했다.

"음, 영화배우 같은 유명 인사 몇몇이 무슨 대규모 콘테스트 같은 걸 후원한다고 발표했어."

브랜든이 마지못해 대답했다.

"그런데 그 콘테스트는 앤드루 밀링이 개최하는 거고, '특별

한 자연 친화력'을 가진 사람들을 위한 대회래. 상금이 어마어마해."

나는 입맛이 뚝 떨어져서 반쯤 먹은 샌드위치를 옆으로 치워 버렸다.

"우드워커들을 더 많이 찾으려는 거야. 자기편으로 끌어들이려고 말이야."

신문을 갈기갈기 찢어 버리고 싶은 마음이 들끓었다.

"내가 장담하는데, 포식자 위주로 찾으려고 들 거야. 왜냐하면 그 사람들이 자신의 계획에 필요하니까. 인간을 향한 복수 계획 말이야."

휴일도 물론 재미있지만, 얼른 새 학기가 시작되기만을 바랐다. 그래야 내 마음속의 어두운 생각들에서 벗어날 수 있을 것 같았다.

브리저 선생님이 담당하는 '특수 상황에서의 행동 요령' 수업이 제일 기대되었다. 브리저 선생님은 수학과 물리, 그리고 화학 과목도 담당하고 있다. 이 학교에서 내가 가장 좋아하는 선생님이기도 했다. 작년 가을에 나를 몰래 도와주기도 했고, 수업도 재미있었다.

하지만 오늘은 뭔가 다르다는 느낌이 들었다. 브리저 선생님이 가지고 있는 옷들 중 가장 멋진 체크무늬 셔츠와 청바지를 입고 카우보이 부츠를 신고 왔다는 이유만은 아니었다. 코요테 변신족에게는 쉬운 일이 아니었겠지만 덥수룩한 수염을 상당히 말끔히 면도해서도 아니었다. 내가 이상하다고 느낀 건, 브리저 선생님의 표정이 매우 심각했기 때문이다. 선생님은 우리에게 자기의 인생 이야기를 들려주는 대신, 학생들을 주의 깊게 둘러보다가 갑자기 질문을 던졌다.

"클리어워터 중고등학교에서의 생활은 어떠니? 아주 멋지고 아늑하지?"

머뭇거리며 작게 동의하는 소리가 교실 이곳저곳에서 흘러나왔다.

홀리와 나는 의심스러운 시선을 교환했다. 선생님이 이런 식으로 이야기를 꺼낸다는 건, 다음에는 더 엄청난 이야기가 이어질 거라는 의미였다…….

"하지만 문제가 하나 있단다."

내가 가장 좋아하는 선생님은 책상 모서리에 엉덩이를 걸친 채 즐거운 듯 말을 이어 갔다.

"너희는 남은 삶 내내 지금처럼 편안한 학교에서 너희와 똑같은 사람들과 함께 살아갈 수만은 없어. 인간 세상 속에서, 실제의 삶 속에서 생존해야만 해. 그러니 너희가 적응할 수 있도록 지난 학기에 배운 것들을 이제부터 적용해 보기로 하자."

선생님은 우리를 차례차례 돌아보았다.

"그리고 팀워크에 대해서도 배울 거다. 너희 중 대부분은 남들과 함께 일해 본 경험이 많지 않을 테니까 말이야. 너희는 혼자 있을 때보다 함께 있을 때 더 강해진다. 그래서 팀워크가 중요한 거야."

나는 귀를 쫑긋 세웠다. 그래, 다 맞는 말이다. 밀링을 상대하려면 동맹이 필요하다. 그리고 나는 팀워크에 대해서는 전혀 알지 못한다. 퓨마는 혼자 다니는 동물이니까.

"학습 탐험이 어떤 건지 알고 있니?"

브리저 선생님이 질문했다.

우리 중 대부분은 어깨를 으쓱했지만, 섀도와 윙의 얼굴은 환하게 밝아졌다. 까마귀 남매는 거의 동시에 손을 번쩍 들어 올렸다.

"팀을 꾸려서 과제를 해결하거나, 맡겨진 임무를 해내는 겁니다."

섀도가 자신 있게 대답했다. 쌍둥이 까마귀 남매는 특별 허락을 받아 이미 몇 차례 학습 탐험을 다녀왔다.

"학교 밖에서요."

수달 변신족 프랭키가 덧붙였다. 프랭키는 지난 학기에 '전투와 생존' 과목에서 낙제하는 바람에 진급하지 못하고 이번 학기부터 우리와 함께 공부하게 되었다. 물론 속이 상할 테지만 겉으로 드러내지는 않았다. 프랭키는 몸집이 작은 소년이었고, 반

38

짝거리는 눈과 부드러운 갈색 머리를 하고 있었다.

"한 팀에 몇 명인가요?"

나는 궁금한 점을 물었다.

"세 명이야."

브리저 선생님이 대답했다.

"매주 과제가 담긴 봉투를 하나씩 받게 될 거야. 언제까지 해결해야 하는지도 쓰여 있어. 보통 몇 시간 정도인데, 반나절이나 하루 종일 걸리는 과제도 있어."

"위험한 과제도 있나요?"

뉴욕에서 온 생쥐 변신족 넬이 팔짱을 끼며 물었다. 넬은 최근에 머리를 형광 녹색으로 염색했는데, 난 얼른 동물 모습으로 변신한 넬을 보고 싶었다. 정말로 형광 녹색 털을 가진 생쥐가 될까?

"가끔은 위험하기도 해."

수달 소년 프랭키가 쾌활한 목소리로 끼어들었다.

"혹시 그런 걸 즐기는 거야?"

넬이 불쑥 물었다.

"당연하지! 왜 아니겠어?"

프랭키의 갈색 눈이 반짝반짝 빛났다. 저렇게나 위험을 즐기는 프랭키가 전투 시험은 어쩌다가 낙제했는지 도무지 이해할 수 없었다.

넬이 얼굴을 찡그렸다.

"음, 브리저 선생님, 혹시라도 제가 과제를 수행하다가 영영 돌아오지 못하면, 저희 부모님은 별로 기뻐하지 않으실 텐데요."

"걱정 마라, 넬. 너희는 셋이서 한 팀이 될 거야. 그건 문제를 해결하기 위해 서로 도울 수 있고, 또 도와야만 한다는 뜻이야."

브리저 선생님이 부드러운 목소리로 말했다.

"그리고 혹시라도 위험한 상황이 되면 언제든지 포기하고 바로 복귀할 수 있다. 하지만 그렇게 해서는 좋은 점수를 받을 수 없다는 걸 미리 알려 주고 싶구나."

"각자 점수를 받는 건가요? 아니면 팀 전체가 같은 점수를 받나요?"

제프가 묻자, 늑대 무리가 모두 귀를 쫑긋 세웠다. 클리프와 티카니는 장난스럽게 서로를 쿡쿡 찔렀다.

"자기들이 팀워크를 발명했다고 생각하나 봐."

홀리가 나한테 속삭였다.

"하지만 안타깝게도 쟤들은 넷이잖아. 한 팀이 세 명이면, 저 넷 중 한 명만……."

"홀리, 뭐가 그렇게 재미있지? 뭔가 할 말이 있니?"

우리 대부분은 청력이 아주 좋았는데, 그건 브리저 선생님도 예외가 아니었다.

홀리는 놀라서 펄쩍 뛰었다. 평소 홀리는 변신을 통제하는 데

아주 뛰어났지만, 지금은 너무 놀란 나머지 귀에 털이 솟아나고 있었다.

"어…… 그러니까, 그게…… 학교 밖으로 나갈 수 있다는 게 너무 멋지다는 말을 하고 싶었어요. 그리고……."

브리저 선생님은 눈썹을 치켜세우고 제프를 향해 고개를 돌렸다.

"자, 우선 네 질문에 대답해 주마. 한 팀은 모두 같은 점수를 받게 된다. 한 명이 실수하면, 모두에게 영향을 미치지."

"우린 절대 일을 망치지 않을 거야."

제프가 완벽하게 다듬어진 갈색 머리를 손으로 쓸어 넘기고는 클리프와 보, 티카니와 눈을 맞추며 자신만만하게 말했다.

"우린 늑대잖아, 안 그래? 우리는 코요테보다 강하고……."

"그래, 고맙다, 제프. 바로 그렇게 하면 돼."

브리저 선생님이 다정하게 말했다.

"자, 이제 과제를 나눠 줄 시간이 된 것 같구나. 선생님들끼리 상의해서 너희의 학습 목표에 맞춰 정한 거야."

브리저 선생님은 교탁 밑으로 내려와, 줄을 서 있는 학생들에게 봉인된 봉투를 건넸다. 맨 앞줄에 서 있던 도리안과 버사는 과제 봉투를 받자마자 당연히 즉시 뜯어 보았다. 내용을 확인한 버사가 깜짝 놀라 숨을 헐떡이는 소리가 들렸다. 점점 더 많은 학생들이 자신의 과제를 확인했는데, 다들 별로 즐거워하는 것 같지 않았다.

가면올빼미 트루디는 자기가 받은 종이를 뚫어질 듯 노려보았다. 보는 어깨까지 내려오는 떠돌이 개처럼 보이는 머리카락을 움켜쥔 채, 얼굴을 잔뜩 찌푸리며 고슴도치를 씹은 듯한 표정을 짓고 있었다. 그리고 리로이는 충격에 휩싸여 과제가 적힌 종이를 떨어뜨리기까지 했다.

이쯤 되자 점점 치솟는 호기심을 참을 수가 없었다.

"무슨 과제인데 그래?"

리로이에게 속삭여 물었다.

"나…… 나는 버사와 윙과 함께 겨울잠에서 막 깨어난 야생 회색곰을 찾아내서 인사를 해야 해."

리로이가 더듬거리며 대답했다.

"그래, 맞아. 게다가 나는 그걸 곰의 모습으로 해야만 하고!"

버사는 목소리를 낮출 생각조차 하지 않았다.

"브리저 선생님, 전 야생 곰을 만나 본 적이 없다고요! 만약 제가 우드워커라는 걸 알아차리면 어떡하죠? 저를 좋아하지 않으면요?"

브리저 선생님은 버사를 다정하게 바라보았다.

"뭐가 문제지? 너도 지금껏 만났던 사람들을 모두 다 좋아하는 건 아니잖아. 안 그래?"

"네, 하지만……."

한편, 늑대들도 자신들의 봉투를 뜯어 보았다. 제프와 그 패거리는 망연자실한 얼굴로 서로를 바라보았다.

'뭔데 저러지?'

호기심에 곁눈질로 살펴보았지만, 늑대 패거리가 받아 든 과제의 내용을 읽을 수가 없었다. 아마 클리어워터 교장 선생님이라면 종이에 뭐라고 쓰여 있는지 볼 수 있었겠지만, 퓨마의 시력은 독수리만큼 좋지 못했다.

"선생님, 브리저 선생님, 이건 말도 안 돼요!"

얼굴이 시뻘게진 제프가 손에 들린 봉투를 당장이라도 내팽개칠 것처럼 마구 흔들어 댔다.

"저더러 넬과 후아니타와 함께 잭슨홀 체육관 게시판에 '아우우우!'라고 적힌 쪽지를 붙이고 오라고 되어 있다고요!"

"그래서?"

브리저 선생님은 그 과제에서 전혀 이상한 점을 찾지 못하는 것 같았다.

내 시선은 후아니타를 찾아 이리저리 움직였다. 천장 바로 아래의 전등갓에 작고 검은 거미가 매달려 있었다. 늘 그렇듯 후아니타는 인간의 모습으로 있고 싶어 하지 않았다.

"게다가 그걸 두 번째 모습으로 해야 하다뇨!"

"글쎄, 그렇다면 우선 쪽지의 글을 미리 써 놓는 편이 낫겠구나. 거미나 생쥐나 늑대가 손 글씨를 잘 쓰기로 유명한 건 아니니까 말이다."

브리저 선생님이 무미건조하게 말했다.

"제발요, 선생님! 조금 덜 바보 같은 내용으로 바꾸면 안 될까요?"

"미안하지만 한번 주어진 과제는 바꿀 수 없다."

제프는 신음 소리를 내며 책상에 주저앉아, 팔 사이에 얼굴을 파묻었다. 아주 잠깐이었지만, 제프가 불쌍하다고 여길 뻔했다. 물론 '여길 뻔'했다는 거지, 진짜 그렇게 생각한 건 아니지만.

브리저 선생님과 과제 봉투는 이제 교실의 중간까지 와 있었고, 나는 교실 중간에 앉아 있었다. 너무 긴장해서 도저히 가만히 있을 수가 없었다. 다른 애들이 받은 과제는 꽤 심한 편이던데, 내 과제는 어느 정도일까?

마침내 잘 봉인된 하얀색 과제 봉투가 내 앞에 놓였다.

도저히 참지 못하고 손가락 하나에 발톱이 자라게 한 뒤 그걸로 봉투를 열고, 종이를 꺼내서 쓱 훑어보았다.

참가자: 카락, 브랜든, 홀리

임무: 잭슨 마을에서 매주 열리는 '서부 개척 시대 총격전'에 참석해서, 총성이 울리는 중에도 침착함을 유지할 것. 그곳에 있는 동안 최소 세 명 이상의 관광객과 대화할 것.

시간: 오늘 저녁

'아싸! 내 친구들이랑 한 팀이다!'

일단 속으로 환호성을 질렀다. 하지만 임무가 좀 당혹스러웠다. 나는 한 줄 뒤에 앉아 있던 브랜든을 돌아보았고, 우리는 어리둥절한 시선을 교환했다. 홀리는 아직도 자신의 과제를 해석 중이었는데, 읽을 때마다 입술이 달싹거렸다. 마침내 고개를 든 홀리는 어쩐지 넋이 나간 사람처럼 보였다.

"진짜야? 총격전에 참석해야 한다고?"

"걱정 마, 진짜로 총을 쏘는 건 아니니까. 이건 그냥 공연이야."

홀리를 안심시키기 위해 내가 알고 있는 내용을 말해 주었다.

"총에 맞는 사람은 아무도 없어. 옛날엔 이 근처가 위험한 서부 지역이라 그랬던 거고, 요즘은 그냥 흉내만 내거든. 그러니까 침착하게 있는 게 어렵진 않을 거야."

"설마 인간들이 버펄로 빌 얘기를 공연으로 만들진 않았겠지? 서부 개척 시대의 유명한 들소 학살자 말이야."

브랜든이 한숨을 쉬며 말했다. 들소 변신족 입장에서 보면, 마을의 스테이크 가게마다 들소 스테이크를 파는 것은 분명히 반갑지 않은 일일 것이다.

브리저 선생님은 우리에게 탐험 성적이 어떻게 매겨지는지를 볼 수 있는 평가서 양식을 보여 주었다. 모든 부분에 점수가 매겨졌다. 임무 완수와 문제 해결 여부를 비롯해서 변신, 비밀 유지, 협동심까지.

쉬는 시간을 알리는 종이 울렸다. 우리는 앞다퉈 학교 밖의 눈 덮인 초원으로 나갔다. 이번에는 서로를 눈 속에 처박기 위해서가 아니라, 다들 무슨 과제를 받았는지 서로에게 물어보기 위해서였다. 학생들은 쉬는 시간이면 원하는 대로 변신할 수 있었다. 털모자를 쓰고 있던 홀리는 달려가는 도중에 다람쥐로 변신했다. 덕분에 기를 쓰며 벗어나기 전까지 한참 동안을 방울 달린 털모자가 운동장을 가로지르는 모습을 볼 수 있었다.

루는 우아한 와피티사슴이 되어 빠르게 질주했다. 고양이 도리안은 루가 편안한 쿠션이라도 되는 것처럼 등 위에 웅크리고 있었다. 마음 한구석에서 뜨거운 질투의 감정이 솟구쳤다. 슬프게도, 퓨마인 내가 도리안을 따라 하기에는 덩치가 너무 컸다. 게다가 내가 그렇게 하면 루는 내가 자신을 사냥하려 한다고 생각할 것이다.

'그냥 지금 가서 루의 과제가 뭔지 물어볼까?'

용기를 쥐어짜고 있는데, 홀리가 루에게 소리쳤다.

'너희 과제는 뭐야? 마을 공원에 퇴비라도 쌓아 놓으래?'

'아니. 하지만 만만치 않게 나빠.'

루가 대답했다.

'도리안이랑 보랑 나는 함께 가까운 산에 올라가야 해. 거기서 보가 인간 등산객들에게 과자를 나눠 줘야 하고. 이게 뭐 하는 짓인지 모르겠어.'

도리안이 깊은 한숨을 내쉬며 느긋하게 말했다.

'난 왜 나한테 이런 걸 시키는지 알겠어. 내가 소파에서 빈둥거리길 좋아한다는 걸 선생님들이 너무나도 잘 파악하고 있는 거야. 그러니 몸을 써야 하는 일을 시키는 거지. 땀 좀 흘리라는 거 아니겠어? 우웩!'

'보한테는 친절해지는 법을 배우라는 걸지도 몰라!'

홀리가 만족스러운 듯 웃음을 터뜨렸다.

'그런데 보가 평소처럼 침을 질질 흘리면서 과자를 주면, 사람들은 자기를 독살하려는 줄로 알걸?'

루는 작게 콧방귀를 뀌며 작별 인사를 하고는 눈길을 헤치며 달려갔다.

"제프한테 주어진 임무는 아주 명확해. 자기 무리가 아닌 다른 애들과 협동하는 걸 배우라는 뜻이야."

나는 생각에 잠긴 채 말했다.

"셋 중 누구도 동물의 모습으로는 혼자서 쪽지를 붙일 수 없어. 서로 도와야 할 거야."

'난 제프가 거기 들어갈 수는 있는지 궁금해.'

홀리가 키득거리며 텔레파시를 보냈다.

'내 기억이 맞는다면, 체육관 출입문에 개 출입 금지 표지판이 걸려 있을걸? 머리를 장식으로 달고 다니는 그 바보 녀석은 분명 소리나 빽빽 질러 대겠지!'

"좋아, 얘들아. 이제 우리가 맡은 임무를 살펴보자. 어떻게 할 건지, 그리고 왜 이런 과제를 내 줬는지 말이야."

이런저런 생각을 하면서, 무심코 몸을 굽혀 바닥에 쌓인 눈을 공처럼 뭉쳤다.

'어쩌면 우린 그저 침착함을 잃지 않으면 되는 걸지도 몰라.'

홀리가 말했다.

'카락, 너는 시끄러운 소리나 쾅하고 터지는 걸 싫어하잖아, 맞지? 그러니까 그 부분은 너를 위한 거야. 하지만 나랑은 무슨 관련이 있지?'

"관광객들과 이야기하라는 게 널 위한 거 아닐까?"

내가 대답했다.

"왜냐하면 우린 그 사람들에게 무례하게 굴면 안 되고, 친절하게 말해야 할 테니까."

홀리가 인상을 찌푸렸는데, 다람쥐의 얼굴로 그러니까 정말 우스워 보였다.

'친절? 치인저얼? 그게 뭐야? 먹는 건가?'

"아니, 그 부분은 나를 위한 것 같아."

브랜든이 주머니에서 말린 옥수수 알갱이를 꺼내 와드득와드득 씹으며 말했다. 브랜든은 어디를 가든 옥수수 알갱이를 꼭 한 몸처럼 지니고 다녔다.

"사람들과 이야기해야 한다니…… 글쎄, 내가 잘할 수 있을지 모르겠어."

나는 브랜든을 빤히 쳐다보았다.

"진심이야? 넌 인간으로 자랐잖아! 그렇게 따지면 그걸 가장 어려워할 사람은 바로 나야. 왜냐하면 바로 2년 전까지만 해도 나는 산을 주름잡던 퓨마였으니까!"

'네가 산을 주름잡았다고? 그래서 산길이 그렇게 꼬불꼬불해진 거야?'

홀리가 농담을 던졌다.

이미 뭉쳐 놓은 눈덩이가 있어서 다행이었다. 눈덩이는 나뭇가지에 앉아 있던 홀리를 정확히 맞혀서 떨어뜨렸다.

'복수다아아아아!'

홀리가 작은 발로 눈덩이를 굴려 대며 고래고래 소리를 질렀지만, 그다지 타격이 있을 것 같진 않았다. 잠시 후 하얀 미사일이 초원을 가로질러 날아다녔다. 우리는 하마터면 수업 종소리를 놓칠 뻔했지만, 밖에 남아 있는 학생들이 우리뿐이라는 걸 간신히 알아차리고 서둘러 교실로 들어갔다.

오늘 저녁, 우리는 스스로를 증명해야 한다! 그때까지 기다리기 힘들었지만 그 전에 영어, 수학, 변신 수업을 들어야 했다.

교실로 들어갔을 때, 마침내 그걸 보고야 말았다. 그랬다, 생쥐의 모습을 한 넬의 털이 형광 녹색으로 희미하게 빛나고 있었다! 꼭 풀을 너무 많이 뜯어 먹다가 그렇게 변한 것 같아서,

좀 우스꽝스러워 보였다.

어느 때보다 더 완벽하게 차려입은 엘우드 선생님은 넬을 보고 경악했다.

"이건 절대로 용납할 수 없어. 누가 허락해 준 거지?"

선생님은 화가 나서 얼굴이 시뻘게졌다.

'어어…… 아무도 허락 안 했는데요.'

넬이 당황해서 대답했다.

"어쨌든, 첫 번째 학습 탐험 전까지는 바꿔야 할 거야."

선생님은 넬에게 차갑게 통보하고 나서, 다른 학생들을 돌아보았다.

"만약 인간들이 저런 모습의 넬을 본다면, 어떻게 할 것 같니?"

"잡아서 실험실로 즉시 보내 버리지 않을까요?"

토끼 소년 님블이 자기 생각을 말했다.

"뉴스에도 나올 거예요."

티카니가 말했다.

"몇 년 전에 제가 머리 전체에 하이라이트 염색을 한 적이 있는데, 늑대 연구자들이 다들 놀라 자빠졌거든요."

'그래서 어떻게 됐어?'

넬이 궁금한 얼굴로 티카니를 쳐다보며 물었다.

티카니는 한숨을 쉬었다.

"아빠가 곧바로 날 미용실로 보내서 원래대로 바꾸게 했는

50

데……."

"고맙다, 티카니. 그 얘기는 여기까지 하도록 하자."

엘우드 선생님이 참지 못하고 대화를 잘랐다.

"그러니까 오늘 당장 바꿔라, 넬. 알았지?"

'네, 알았어요, 선생님.'

넬이 대답을 하고, 선생님이 고개를 돌리자 등 뒤에서 우스꽝스러운 춤을 추었다.

불행히도 엘우드 선생님의 시선은 이제 나를 향했다.

"카락, 일어나 보렴. 이제는 스트레스를 받는 상황에서 변신을 통제할 수 있는지 보자. 나는 네가 학습 탐험을 떠날 준비가 됐는지 잘 모르겠구나. 클리프, 네가 카락을 위협하는 역할을 맡……."

엘우드 선생님의 말이 끝나기도 전에 베타 늑대 클리프가 벌떡 일어나서 나에게 달려들었다. 하지만 브리저 선생님의 가르침은 헛되지 않았다. 나는 속으로 마법의 단어를 작게 속삭였다.

'팀북투.'

그리고 클리프가 마주한 건 으르렁거리는 퓨마였다.

"C학점이다, 카락."

엘우드 선생님이 말했다.

'왜요?'

나는 깜짝 놀라 선생님을 쳐다보았다.

'이건 완벽했다고요!'

"변신하기 전에 너무 오래 망설였어."

그건 사실이 아니다! 화가 난 나는 바닥에 떨어진 옷을 한쪽으로 걷어차 버리고, 퓨마의 모습을 한 채 자리로 돌아갔다. 항의해도 소용없다는 걸 잘 알고 있었다. 엘우드 선생님은 절대로 점수를 바꿔 주지 않을 것이다.

'걱정하지 마, C학점만 받아도 탐험은 갈 수 있으니까.'

브랜든이 내 머릿속에 속삭였다.

다행히 브랜든의 말이 맞았다. 아무도 나한테 학교에 남아 있어야 한다고 말하지 않았다.

하지만 한 가지 생각이 좀처럼 머리를 떠나지 않았다. 얼마 전, 학교에서 내 모든 행동을 밀링에게 보고하던 파리 변신족 스파이를 찾아냈다. 나는 이 학교에 또 다른 스파이가 적어도 한 명은 더 있다고 의심하고 있었다. 우린 방문을 잠그고 다니지 않으니까, 만약 오늘 저녁에 내가 방을 비운다는 사실을 스파이가 알게 된다면 내 방으로 와서 물건을 뒤지려고 하지 않을까?

어쩌면 얼마 전 브랜든이 빌려준 탐정 소설에서 배운 방법을 시도해 볼 수도 있을 것 같았다. 우선 우리 방의 문과 창문을 다 닫은 뒤 침으로 창틀과 문틀에 퓨마 털을 붙였다. 어디에 붙여 놨는지 모른다면 털이 거의 보이지 않는다는 점이 만족스러웠다. 기숙사 방은 스스로 청소해야 했고, 또 누구든 허락 없이 다

52

른 사람의 영역에 들어갈 수 없었다. 그렇기 때문에 만약 누군 가가 몰래 방에 들어온다면, 안 좋은 꿍꿍이를 가진 게 분명했 다. 이제 탐험에서 돌아오기만 하면 이 실험의 결과를 알 수 있 을 것이다.

하지만 그 전에 먼저 탐험을 성공적으로 끝마쳐야 했다. 총성 속에서 침착함을 유지한다는 건 생각하면 생각할수록 더 끔찍 하게 들렸다.

브랜든과 홀리와 나는 학교 정문에서 만났다. 그곳에는 테오 씨가 이미 우리를 마을까지 태워다 줄 준비를 마치고 기다리고 있었다.

나는 깜짝 놀란 얼굴로 브랜든을 바라보았다. 브랜든은 카메 라가 든 가방을 둘러메고 있었고, 벨트에는 등산용 갈고리로 주 머니칼과 밧줄과 손전등을 매달아 놓았다. 군인이나 입을 법한 진녹색 바지에 달린 주머니는 불룩 튀어나와 있었다. 그 안에는 또 무슨 장비를 숨겨 놨는지 알고 싶지 않았다.

나는 한숨을 내쉬었다.

"야, 브랜든, 너 무슨 북극 탐험이라도 가냐? 우린 그냥 마을 에 가는 거라고."

브랜든은 아무 대답이 없었다. 그저 나를 힐끗 쳐다보며 주머 니에서 잘 말린 옥수수 알갱이를 꺼내 입에 던져 넣었다. 와드 득와드득 씹는 소리가 끔찍하게 들렸다.

"카락, 브랜든은 그냥 놔둬라. 저렇게 해야 마음이 놓인다면 말이야."

마치 브랜든을 따라 하는 것처럼 테오 씨도 뭔가를 질겅질겅 씹어 댔는데, 이쪽은 껌이었다. 겨울이 되자 우리 학교 관리인은 자신이 좋아하는 가죽 바지와 청재킷을 입을 수 없었다. 그래서인지 더 이상 지옥에서 온 폭주족처럼 보이지 않았다. 그렇더라도 테오 씨와는 그다지 얽히고 싶지 않았다. 말코손바닥사슴 변신족은 불도저만큼이나 강하니까!

우리는 차에 올라탔다. 이제 출발이다!

4

발사된 권총

그날 저녁 잭슨 마을은 몹시 붐볐다. 화려한 옷을 입고 선글라스를 낀 관광객들이 상점가를 어슬렁거렸고, 스키복 차림의 사람들이 어깨에 스키를 짊어진 채 걸어 다녔다. 크리스마스 전등이 아직도 거리 곳곳에서 반짝거리고 있었다.

테오 씨는 브랜든과 홀리와 나를 마을 중심가에 내려 주고는 손을 흔들어 작별 인사를 하고 그대로 떠나 버렸다. 우리는 한동안 옹기종기 모여 있었다. 가까운 식당에서 풍겨 오는 후끈한 기름 냄새와 자동차가 내뿜는 배기가스 냄새, 옆을 스쳐 지나가는 여자들의 향수 냄새에 정신이 혼미해졌다. 우리 중 누구도 인간들이 이렇게 많이 있을 때 이곳에 와 본 적이 없었기 때문에 정말 이상한 기분이 들었다.

"꼭 함께 붙어 있어야 해, 알겠지?"

내 제안에 브랜든이 곧장 고개를 끄덕였다. 홀리는 내 말을 듣고 있지 않았다. 상점 진열대에 걸려 있는 카우보이모자에 정신이 팔려 시선을 떼지 못했기 때문이다.

나는 홀리를 잡아당겼다.

"그건 너한테 어울리지 않아. 그리고 다람쥐가 그걸 가져다가 뭐 하게? 안에 들어가서 살려고?"

"어, 좋은 생각이네."

홀리가 말했다.

"인간의 모습일 때는 비를 피하려고 쓸 수 있고, 또…….."

바로 그때, 근처에 서 있던 여자가 우리를 이상하다는 듯 쳐다보고 있다는 걸 알아차렸다. 나는 얼굴이 화끈 달아올랐다.

'저 여자가 우리 얘길 들었을까?'

우리는 너무 부주의했다! 이건 위험한 상황이었다. 누구에게도 우드워커의 존재를 들켜서는 안 된다는 게 첫 번째 이유고, 과제에서 점수를 잃을지도 모른다는 게 두 번째 이유였다.

"가자."

우리는 걸음을 서둘렀다. 마을 광장에 가까워질수록 서부 개척 시대 총격전 공연을 보러 가는 사람들로 인도가 미어터졌다. 광장에도 사람들이 가득했다. 아이들은 눈을 반짝이며 공연을 기다리고, 개들은 목줄을 잡아당기고, 관광객들은 서로 사진을 찍어 주었다.

"공연은 언제 시작하는 거야?"

브랜든이 물었다. 브랜든은 우리가 임무를 잘 수행했다는 걸 증명하기 위해 사진을 찍을 예정이었다. 지금 브랜든은 카메라가 마치 자기를 보호해 줄 것처럼 몸 앞으로 내밀고 있었다.

"뭐, 어두워지기 전에는 시작하겠지."

홀리가 유쾌하게 대답했다.

"자, 우린 여기서 첫 번째 관광객과 대화할 수 있어. 그 사람한테 우리 셋의 사진을 찍어 달라고 하자."

"세 사람한테 물어봤는데 셋 다 싫다고 하면, 우리 임무 중 하나는 그 즉시 완료야."

브랜든이 희망에 찬 목소리로 말했다.

"그러고 나면 우린 그저 총소리를 들으며 침착하게 있기만 하면 돼. 그게 무슨 의미가 있든 간에 말이지."

하지만 홀리는 빨간 곱슬머리가 휘날릴 정도로 세차게 고개를 저었다.

"브랜든, 겁쟁이처럼 굴지 마! 우리는 각자 한 명씩 말을 걸 거야. 그렇게 해야 공평하지."

"좋아."

나는 좀 착해 보이는 사람이 있나 둘러보았다. 여자 친구 어깨에 팔을 두르고 있는 저 남자는 어떨까? 아니다, 아마 방해받고 싶지 않을 것이다. 아이 두 명과 함께 있는 엄마는? 아니, 개를 데리고 있어서 안 된다. 개는 분명히 나를 싫어할 테니까. 개들은 포식자 고양이의 냄새를 구분할 줄 알았다.

"어이, 거기! 여기 우리 사진 좀 찍어 줘!"

홀리가 지목한 불쌍한 젊은 남자는 당황해서 어쩔 줄 몰라 했다. 브랜든과 나는 땅을 파고 숨어 버리고 싶었지만, 그리 멀리 가지는 못했다.

"그냥 모르는 여자애라고 해도 되지 않을까?"

브랜든이 속삭였다.

"같이 사진을 찍어야 하니까 그럴 수는 없어."

나도 작게 대답했다.

그 남자가 정신 못 차리는 사이에 홀리는 카메라를 그 남자의 손에 쥐여 주고 어디를 누르면 되는지 상세하게 설명했다. 그러고 나서 우리는 수백 개의 사슴뿔로 만들어진 거대한 흰색 아치 아래에 나란히 섰다.

"자, 좋아요. 그러면…… 치즈!"

남자가 소리쳤다.

"치즈요?"

나는 깜짝 놀라 물었고, 그냥 그렇게 사진이 찍혔다. 사진 속에는 어리둥절한 표정의 나와, 내 옆구리를 꼬집느라 흐릿하게 찍힌 홀리, 그리고 땅으로 꺼지고 싶은 듯한 표정을 짓고 있는 브랜든이 있었다.

"엄청 멋지게 찍혔잖아!"

홀리가 감탄했다. 게다가 비꼬는 것처럼 들리지도 않았다. 어쩌면 홀리는 원래 한 자리에 가만히 있지 못하기 때문에, 그동안 찍었던 사진들이 대부분 이렇게 흐릿했던 게 아닐까 싶었다.

브랜든과 나도 대화할 사람을 찾아야만 했다. 하지만 뭐라고 말을 걸면 좋을지 도무지 알 수 없었다. 고민하는 사이에 네 마리의 말이 끄는 빨간색과 검은색으로 칠해진 역마차가 큰길을 따라 덜컹거리며 달려와 마을 광장에 멈춰 섰다. '서부 개척 시대 총격전' 공연이 마침내 시작됐다.

우리는 목을 길게 뺀 채로 열심히 구경했고, 브랜든은 카메라를 손에 든 채 만반의 준비를 했다. 우리는 꽤 앞쪽에 있었기 때문에 공연이 아주 잘 보였다.

"총 가진 사람 보여?"

브랜든이 물었다.

"아니, 너는 보여?"

되물은 순간, 그들이 등장했다. 엉덩이에 권총을 매단 카우보이 복장의 남자 두 명과, 주름 장식이 과하게 들어간 드레스를 입은 여자 한 명이 마차에서 내렸다. 마차에는 우편물 자루 몇 개가 실려 있었다. 그리고 그때, 반대 방향에서 총잡이 넷이 달려왔다.

"마차를 훔치려는 것 같아."

홀리가 말했다. 하지만 총을 든 패거리는 우편물이 담긴 자루에 관심 있어 보였다.

"우아, 진짜 멋지다! 더 가까이 가서 볼래!"

미처 말리기도 전에 홀리는 앞으로 밀고 나갔다. 이런 올빼미 똥! 어떻게 단 몇 분도 가만히 못 있는 걸까? 이제 어떻게 해야 하지? 따라가야 하나? 하지만 홀리를 쫓아 사람들 사이로 비집고 들어가는 건 정말이지 내키지 않았다.

총잡이 패거리가 마부에게 손을 들라고 명령하자, 숨이 멎을 듯한 침묵이 흘렀다. 하지만 마부는 총잡이들의 명령은 신경도 쓰지 않았고, 다른 두 남자 역시 마찬가지였다. 나는 당장이라도 총소리가 울려 퍼질까 봐 신경을 바짝 곤두세우고 있었다.

'이런 바보! 왜 휴지라도 가져다가 귀를 틀어막을 생각을 하지 못했을까?'

총잡이들은 총을 쏘아 대기 시작했다. 총구멍에서 매캐한 연기가 피어올랐다. 나는 이른 아침 강가에서 브리저 선생님이 가르쳐 준 대로, 억지로 심호흡을 하면서 침착함을 유지하려고 애를 썼다. 한 남자가 과장되게 자기 가슴을 움켜쥐자, 빨간색의 뭔가가 흘러나왔다.

'저딴 걸 지금 피라고 하는 거야?'

심지어 3미터 밖에서도 옥수수 전분과 식용 색소 냄새를 맡을 수 있었다.

"넌 어때? 괜찮아?"

브랜든에게 속삭여 물었다. 지난 학기 시험에서 거의 낙제할 뻔했던 걸 만회하기 위해 이번에는 확실히 좋은 점수를 받고 싶었다.

"아직까진 아무 문제 없어. *끄떡없다고.*"

브랜든이 전혀 떨리지 않는 자기 손을 보여 주며 중얼거렸다. 하지만 카우보이 중 한 명에게는 문제가 생긴 듯했다. 첫 번째 권총이 발사되지 않자, 카우보이는 두 번째 권총을 꺼내 총잡이들에게 반격하려 했다. 하지만 두 번째 권총을 잃어버린 것 같았다. 카우보이는 당황해서 권총집을 더듬었다. 악당들이 이긴 거나 다름없었다!

"오, 안 돼! 제발 그러지 마!"

브랜든이 신음했다.

"뭐라고?"

난 어리둥절한 얼굴로 물었다. 브랜든은 정말로 이 공연에 흠뻑 빠져든 것 같았다.

"저건 홀리 짓이야! 홀리가 총을 훔쳤어!"

"뭐? 아니야."

"맞아!"

브랜든이 옳았다. 나는 홀리를 시야에서 놓쳤지만, 이제는 분명하게 볼 수 있었다. 홀리는 조용하고 구석진 곳을 찾아서 다람쥐로 변신했을 것이다. 그리고 지금은 총을 끌고 광장을 가로

질러 쏜살같이 달려가고 있었다. 홀리가 가는 곳마다 관중들이 놀라서 웅성거리는 소리가 들렸다.

나는 신음을 흘렸다.

'왜 이걸 짐작 못 했을까?'

홀리는 물건을 훔치는 걸 좋아한다. 그 사실을 잘 알고 있었지만, 흥미진진한 볼거리에 흠뻑 빠져서 까맣게 잊고 있었다. 우리의 임무인 '침착함을 유지할 것'이 무슨 의미인지 그제야 분명해졌다!

이제 나는 인간들에게 말을 걸고 있었다. 그것도 꽤 많은 사람에게 말이다.

"실례합니다, 좀 지나갈게요. 부탁드려요, 지나가겠습니다!"

초조한 마음에 열심히 애원하며 홀리가 있는 쪽으로 점점 다가갔다. 홀리는 광장을 둘러싼 나무 중 한 그루로 향하고 있었다. 우리는 어떻게든 홀리를 막아야만 했고, 사고가 나기 전에 홀리에게서 그 물건을 빼앗아야만 했다!

브랜든과 나는 최대한 서둘러서 앞쪽으로 나아갔다. 하지만 홀리는 우리에게 잡히기 전에 이미 나무에 도착했고, 약탈품의 무게에도 불구하고 꽤 높이 올라갔다. 이제 홀리는 자기 몸뚱이만큼이나 커다란 권총을 앞발에 꼭 쥔 채로 사람들의 손이 닿지 않는 나뭇가지 위에 의기양양하게 앉아 있었다.

'얼른 내려와서 그 망할 물건을 돌려줘!'

홀리를 향해 머릿속으로 호통을 쳤다.

'하지만 너무 재밌단 말이야!'

홀리가 대답했다.

'이것 봐, 난 총잡이 다람쥐야! 이게 우리 과제의 의도가 분명하다고.'

'넌 지옥에서 온 다람쥐야!'

브랜든이 홀리에게 한마디 했다. 이쯤 되자 관중들 대부분이 무슨 일이 벌어졌는지 알아차렸고, 이제 역마차를 쳐다보고 있는 사람은 아무도 없었다. 총잡이들과 카우보이들과 아가씨는 자신들의 역할도 잊고, 다른 관중들과 똑같이 놀란 눈으로 내 털북숭이 친구를 바라보고 있었다. 홀리는 두꺼운 나뭇가지 위에 총을 내려놓은 채, 마치 털로 반짝반짝 윤이라도 내려는 듯 우아하게 감쌌다.

"당황하지 말고 침착하게 홀리한테서 총을 빼앗아야만 해."

말을 하는 도중 브랜든이 허리에 차고 있는 벨트가 눈에 들어왔다.

"그래, 밧줄! 밧줄로 올가미를 만들면 권총에 걸어서 나무에서 끌어 내릴 수 있을 거야."

브랜든이 씩 웃었다. 아마도 자기가 가져온 장비를 처음 보고 내가 뭐라고 말했었는지 떠올리고 있는 것 같았다.

"그래, 아마 가능할 거야. 아니면 권총 대신에 홀리를 잡아도

63

좋고."

나는 밧줄 올가미로 다람쥐를 잡을 수 있을 거라고는 생각하지 않았다. 홀리는 너무 날쌨다. 하지만 물론 그게 가능하다면야 더 좋을 것이다.

"매듭을 어떻게 묶는지 알아?"

브랜든이 고개를 끄덕였다.

"할 수 있을 것 같아."

"그럼 어서 해!"

말과 달리 브랜든은 매듭을 묶지 못했다. 아마 긴장해서일 것이다.

"도움이 필요해! 그리고 이번엔 네가 다른 사람에게 말을 걸차례야!"

브랜든을 떠밀며 주위를 둘러보았다.

"저 여자한테 물어보는 게 좋겠어, 어서!"

나는 해진 청바지를 입고 카우보이 부츠를 신은 젊은 여자를 가리켰다. 그 여자는 관광객이 아니라 근처 목장에서 일하는 사람처럼 보였다.

브랜든은 침을 꿀꺽 삼키고 용기를 끌어모은 뒤 여자에게 다가갔다.

"실례합니다. 혹시 밧줄로 올가미 매듭 만드는 방법을 아시나요?"

브랜든이 여자에게 물었다.

"물론 알지."

여자가 대답했다.

눈 깜짝할 사이에 준비가 완료되었다.

나무로 달려가 밧줄 올가미를 윙윙 돌리기 시작하자, 모두가 숨 죽이고 우리를 지켜보았다.

다행히 우리는 구경꾼들에 대해서는 금방 잊고서 밧줄로 권총을 잡는 데만 집중했다. 열댓 명쯤 되는 인간들이 앞다투어 요령을 알려 주기도 하고 충고를 하기도 했지만, 우린 귓등으로도 듣지 않았다. 그리고 권총을 잡지도 못했다.

"네가 나무에 올라가서 홀리를 잡아 오면 어떨까?"

브랜든이 제안했다.

나도 물론 그러고 싶었다. 퓨마의 모습이라면 홀리를 잡을 수 있을지도 모른다. 하지만 그랬다가는 사람들이 다 놀라서 달아날 것이다.

"밧줄로 정 안 되겠으면 내가 올라갈게. 하지만 홀리는 지금의 나보다는 훨씬 빠르단 말이야."

내 인간의 몸을 가리키면서 말했다.

"홀리가 저걸 계속 끌고 다닌다면 그렇지도 않을 거야."

브랜든이 대답했다.

조금 전에 우리를 도와주었던 해진 청바지를 입은 여자가 다가왔다.

"내가 한번 해 봐도 될까, 얘들아?"

브랜든은 말없이 밧줄을 넘겼다. 나는 고개를 들어 홀리를 바라보다가 화들짝 놀랐다.

'아, 안 돼!'

홀리가 이제 발로 방아쇠를 가지고 놀기 시작했다. 혹시 총을 쏘려는 걸까?

'홀리라면 그러고도 남지!'

여자는 능숙한 동작으로 밧줄 고리를 흔들다가, 머리 위에서 빙빙 돌리기 시작했다.

'햐, 진짜 멋지네. 홀리가 꽤 놀라겠는걸!'

하지만 일은 뜻대로 되지 않았다. 어떻게 했는지는 몰라도, 홀리가 방아쇠를 당긴 것이다.

탕! 귀청이 찢어지는 소리와 함께 권총이 발사되었고, 홀리는 그 반동을 이기지 못하고 나뭇가지에서 떨어졌다. 다람쥐와 권총 둘 다 나무 밑에 쌓여 있는 눈 속으로 털썩 떨어졌다.

'안 돼!'

난 속으로 비명을 질렀다.

'홀리가 다친 걸까? 떨어지면서 목이 부러졌으면 어쩌지?'

브랜든과 나는 홀리가 떨어진 곳으로 허둥지둥 뛰어들었다. 다행히도 홀리는 움직이고 있었다.

'봤어?'

홀리가 환호성을 질렀다.

'나는 총소리 속에서도 침착했다고!'

브랜든이 휴대폰을 꺼내 테오 씨에게 최대한 빨리 데리러 와 달라고 전화하는 동안, 나는 홀리의 목덜미를 꽉 붙들고 있었 다. 홀리가 옷을 어디에 벗어 뒀는지 몰랐기 때문에, 그걸 챙기 지 못한다고 해도 어쩔 수 없었다.

막 안도의 숨을 내쉬려던 참에, 길 건너편에서 무언가를 발견 했다. 만약 내가 퓨마의 모습이었다면 털이 단번에 곤두섰을 정 도로 놀라운 무언가였다.

'저게 진짜일까? 도대체 뭐지?'

좀 더 자세히 살펴보았지만, 달라지는 건 없었다.

"자, 어서 여기서 벗어나자. 테오 씨가 골목길에서 우리를 태 울 수 있대."

브랜든이 내 소매를 잡아끌었고, 나는 말없이 브랜든을 따라 갔다.

'이거 놓지 못해?'

홀리가 여전히 내 손에 달랑달랑 매달린 채로 불평했다.

'재미있지 않았어? 진짜로 멋진······.'

"야, 입 닫고 조용히 해."

브랜든이 낮은 목소리로 경고했다.

"우린 너 때문에 바닥을 뚫고 지옥까지 내려갈 점수를 받게 될 거야. 아주 고, 맙, 다."

그때, 테오 씨가 낡은 학교 차를 몰고 골목길을 달려왔다. 난 완전히 혼란에 빠진 채로 아무 말 없이 친구들과 함께 뒷자리에 올라탔다.

5

침 묻힌 헤이즐넛 크림

우리는 저녁 식사 시간에 딱 맞춰서 학교로 돌아왔지만, 보고가 우선이었다.

"진실만 이야기하렴!"

클리어워터 교장 선생님이 강조했다.

지금은 적갈색 털가죽 대신 줄무늬 스웨터와 청바지를 입고 있는 홀리는 조금은 부끄러운 얼굴로 무슨 일이 있었는지 교장 선생님에게 이야기했다. 나는 아무 말도 하지 않았다. 목을 아무리 쥐어짜도 단 한 마디도 튀어나오지 않을 것 같았다.

교장 선생님은 한숨을 쉬었다.

"나는 너희가 계획에 없던 일을 경험하게 될 거라 예상했어."

교장 선생님은 홀리를 의미심장한 눈으로 바라보았다.

"그렇지만 공연 전체를 엉망으로 만들 줄은 몰랐구나. 다음 번에는 좀 더 자제해 주기를 부탁하마."

다행히 경고나 벌칙은 없었다.

브랜든과 흘리는 곧장 학생 식당으로 향했지만, 나는 바로 따라가겠다고 말하고 서둘러 방으로 올라갔다. 내 비밀 표식이 아직 그대로 있을지 궁금했다.

방문의 문틀 위를 확인한 순간, 온몸의 피가 차갑게 식는 것 같았다. 털이 사라졌다! 우리가 밖에 있는 동안 누군가가 브랜든과 내 방에 몰래 들어왔다는 소리였다. 두근거리는 심장을 부여잡고 방 안으로 들어가 안쪽을 살펴보았다. 창틀에 있던 털은 그대로였다. 숨을 크게 들이마셨지만 뚜렷한 냄새는 나지 않았다. 시간이 너무 많이 지난 탓이었다. 늑대들은 나보다 훨씬 좋은 후각을 가지고 있다. 그러니 늑대들에게 물어보면 이곳에 누가 있었는지 알 수 있을 것이다. 하지만 제프와 그 패거리에게 물어볼 순 없었다.

누군가가 내 휴대폰을 조사했거나 아니면 물건들을 뒤졌는지 알 수 없었다. 얼핏 보기엔 모든 게 제자리에 있었다.

그 어느 때보다 더 큰 걱정을 품고 학생 식당으로 걸어갔다.

'우리 학교에 있는 스파이는 누구지? 그리고 그들의 정확한 임무는 도대체 뭘까?'

탁자마다 팬케이크가 놓여 있었다. 그리고 채소와 다진 고기, 연어, 헤이즐넛 크림 등 팬케이크에 넣거나 올려 먹는 재료를 마음껏 고르게 되어 있었다. 학생들의 접시마다 음식이 그득그득 쌓여 있었다.

홀리와 브랜든은 입안에 음식을 가득 문 채로 다른 아이들에게 우리의 모험 이야기를 들려주느라 정신이 없었다. 그리고 식당 안을 가득 채우고 있는 이야기는 단지 우리의 모험담만은 아니었다.

수달 프랭키는 자기 팀이 스네이크강 바닥에서 보물을 어떻게 찾았는지 열정적으로 떠들어 대고 있었다. 당연히 그다지 값어치 있는 보물은 아니었다. 선생님들은 그곳에 가짜 보석이 몇 개 들어 있는 상자를 묻어 놓았다.

나는 주위에서 들리는 이야기에는 신경 쓰지 않고, 앞에 놓인 접시를 뚫어지게 바라보며 팬케이크를 꾸역꾸역 입안으로 밀어 넣었다.

"왜 그래, 카락? 한마디도 안 하고……."

홀리가 팬케이크를 집어 들고 야금야금 뜯어 먹으며 말했다.

"나 때문에 화난 거야? 그런 거구나. 정말로 많이 화난 거야? 아니면 그냥 살짝만? 그래, 너희 말이 맞아. 난 정말 꽃밭 위의 들소처럼 굴었어."

"야, 난 억울해!"

브랜든이 팬케이크 위에 삶은 옥수수 알갱이를 조금 뿌리면서 소리쳤다.

"요즘엔 꽃을 짓밟지 않는다니까! 그러니까 제발 다른 예를

71

들어 줄래?"

"아니, 난 너한테 화가 난 게 아니야."

억지로 입을 열었다.

"그래도 뭔가가 맘에 안 드는 거잖아. 어서 말해 버려!"

홀리와 달리 포크와 나이프를 적절히 사용해서 식사 중이던 도리안이 말했다.

"마을 광장에서 말이야……."

애써 생각을 정리하며 말을 꺼냈다.

"벽보를 붙이고 있는 사람들이 있었어. 엄청 큰 벽보였어."

"그래서?"

홀리가 재빨리 주위를 둘러보았다. 그리고는 손가락 두 개를 뻗어 헤이즐넛 크림에 푹 찍더니, 크게 한 덩이 퍼서 곧장 입으로 집어넣었다.

"길거리의 광고판마다 앤드루 밀링의 얼굴이 있었어."

접시를 옆으로 치웠다. 식욕이 싹 달아나 버렸다.

"그 사람은 네 후원자 아니었어?"

김이 모락모락 나는 갓 구운 팬케이크를 접시에 담아 우리 옆에 앉은 윙이 물었다.

"이제는 아니야."

이 사람 저 사람에게 앤드루 밀링이 얼마나 무서운 인물인지 말하고 다니진 않았다. 지금까지는 홀리와 브랜든만 그 사람이 나를 위협했던 것을 알고 있다. 두 친구는 나를 걱정스레 바라보았다.

"전에도 광고판에 걸려 있는 그 사람 얼굴을 본 적이 있어. 하지만 이번엔 달라."

나는 설명을 이어 갔다.

"거기에는 '앤드루 밀링에게 투표하세요! 우리의 연방 의회 대표!'라고 쓰여 있었다고!"

지난 학기에 우리는 인간들이 자신들의 지도자를 뽑는 방식에 대해 배웠다. 덕분에 내 친구들 모두 이 광고판이 뭘 의미하는지 알고 있었다.

"앤드루 밀링이 무리의 우두머리가 되고 싶은 거야? 우두머리 수컷, 뭐 그런 거?"

홀리가 인상을 꽉 쓰고 말했다.

"이건 좋지 않은데. 그렇게 되면 널 더 심하게 괴롭힐 수 있잖아, 안 그래?"

"아마 그렇겠지."

나는 침울하게 대답했다.

"밀링은 이미 부유하고 또 막강한 권력을 가지고 있어……. 그런 사람이 만약 정치를 시작한다면, 이전과는 비교할 수도 없는 막강한 영향력을 갖게 되겠지."

아직도 밀링이 무슨 꿍꿍이를 가지고 있는지 정확하게 알진 못한다. 하지만 좋은 일은 아닐 게 분명했다. 그 사람은 인간을 증오한다. 그건 내 귀로 분명하게 들은 사실이다. 그토록 인간을 증오하는 사람이 인간들의 삶을 결정하게 된다면, 분명 끔찍한 결과를 가져올 것이다.

"글쎄, 나는 그 사람이 당선되면 좋을 것 같은데."

웡이 말했다.

"생각해 봐, 우드워커가 정부에서 중요한 자리를 차지한다! 밀링은 우리를 위해 많은 일을 할 수 있을 거야."

나는 한숨을 내쉬었다.

"그 사람은 너를 위해 아무것도 하지 않을 거야. 그 사람은 약하거나 열등하다고 생각하는 우드워커들을 경멸하니까. 그리고 까마귀는…… 글쎄……."

도리안의 눈이 가늘어졌다.

"잠깐만, 만약 밀링이 정치적으로 중요한 자리를 차지한다면, 마음만 먹으면 우리 학교를 폐쇄할 수도 있는 거야? 예를 들면, 만약 우리가 그 사람이 계획하는 일을 막으려고 한다면……."

"아마 그럴걸."

인간들의 일에 관해 가장 잘 아는 브랜든이 대답했다. 바로 그때, 클리어워터 교장 선생님의 냄새가 났고, 교장 선생님이 우리가 앉아 있는 탁자로 오고 있다는 걸 알아차렸다. 나는 즉시 앉은 자세를 바로 하며 친구들에게 경고의 눈빛을 보냈다.

교장 선생님이 들을 수 있는 곳에서 앤드루 밀링에 관한 이야기는 하지 않는 편이 나았다. 왜냐하면 교장 선생님은 우리 학교를 적극 후원하는 밀링을 좋아하기 때문이다. 우리가 아무리 위험한 사람이라고 말해 봤자, 교장 선생님은 믿지 않을 게 분명했다.

"자, 여기 있다."

교장 선생님이 우리의 성적표를 나눠 주었다.

첫 세 줄이 눈에 확 들어왔다.

비밀 유지: D

협동심: C

변신: C−

'이런 올빼미 똥! 완전 엉망이잖아!'

난 이어지는 점수를 확인했다.

임무 완수: B

문제 해결: A

최종 평가: C

'후유, 다행이다!'

우린 비록 턱걸이지만 합격했다! 홀리가 권총을 훔친 일 때문에 우리의 최종 평가는 F가 될 거라고 예상하고 있었다. 하지만 홀리의 말이 맞았다. 우리는 문제를 해결했고, 적어도 절반 정도는 침착했다.

게다가 성적보다 더 중요한 것을 확인한 의미 있는 시간이었다. 예를 들어, 가장 위험한 적 말이다. 앤드루 밀링의 얼굴이 박혀 있던 벽보를 다시 한 번 머릿속에 떠올렸다.

"그 더러운 놈은 아직 당선된 게 아니야."

브랜든이 나를 안심시키려는 듯 말했다.

"그리고 만약 그 사람이 우리 학교를 폐쇄하거나 뭐 그런 짓을 한다면, 서부 지역의 우드워커 전체를 상대해야 할 거야. 다들 무턱대고 그런 걸 지지하지는 않을 거라고."

"그건 그들을 자기편으로 끌어들이지 않았을 때 얘기지. 그런데 밀링은 분명 지금 우드워커들을 자기편으로 만드는 중이야."

하지만 지금 당장은 할 수 있는 일이 아무것도 없었다. 그래서 그저 친구들이 떠들어 대는 탐험 이야기를 듣고만 있었다.

제프와 후아니타와 넬은 아직도 돌아오지 않았다. 무슨 문제가 생긴 걸까? 섀도와 다른 몇몇 학생들도 보이지 않았다. 우리의 요리사인 셰리 말릴라 선생님은 팬케이크 몇 장을 그 애들 몫으로 남겨 놓았다. 버사와 리로이와 윙은 회색곰과 마주친 이야기로 관심을 한 몸에 받고 있었다.

"겨울잠에서 깨어난 곰을 찾는 것부터가 쉽지 않았어."

윙이 말했다.

"전 지역을 샅샅이 뒤져야만 했지. 결국 흔적을 발견하고 곰을 찾아냈을 때는 날개에 기운이 다 빠져 버렸어. 근데 덩치가 어마어마한 수곰이어서 너무너무 불안했어!"

"그냥 동물이었어? 아니면 우드워커?"

산을 오르내리느라 지쳐서 의자에 축 늘어져 있던 도리안이 물었다.

"그냥 동물이었어. 그리고 그 곰은 아직 깨어나고 싶어 하지 않았기 때문에, 기분이 그다지 좋지 않았어."

리로이가 대답했다.

"다행히 나는 그 곰이 내가 뿜는 악취를 맡으면서까지 나를 공격하지는 않을 거라는 사실을 알고 있었지."

"그러면 그 곰이 친절하게 대해 주기라도 했어?"

내가 물었다.

"어, 당연하지. 내가 친근하게 말을 거니까, 곰도 친절하게 대해 줬어."

버사의 둥근 얼굴에는 자부심이 가득했다.

"나한테 호기심이 생긴 것 같더라고."

홀리가 고개를 갸웃했다.

"친근하게 말을 걸다니, 그게 무슨 뜻이야? 다른 변신족하고

만 텔레파시로 대화할 수 있는 거 아니었어?"

"아, 곰의 언어는 그다지 어렵지 않아. 그 곰이 나보고 예쁘다고 하더라. 내가 오해한 게 아니라면 말이야."

버사의 얼굴이 발그레해졌다.

"뭐야, 둘이 사귀기로 한 거야?"

홀리가 장난스럽게 웃었다.

"그런데도 거기 남아 있지 않고 다시 우리에게 돌아와 줘서 기뻐!"

화가 잔뜩 난 버사가 자기 이마를 쾅쾅 두드렸다.

반면 루와 보, 도리안의 산행은 별로 순조롭지 못했다. 도리안은 산 중턱에서 발에 물집이 생겼고, 보는 도리안이 느림보에다 패배자라며 계속 불평했다. 그러다가 둘이서 싸움이 붙었고, 뒤엉켜 싸우다가 절벽에서 떨어질 뻔했다. 겨우겨우 정상에 도착했을 때 보는 잔뜩 화가 난 상태였고, 보가 인간들에게 과자를 주겠다고 하자 등산객들 모두가 거절했다.

돌아오는 길에 보는 도리안과 루를 남겨 둔 채 먼저 사라져 버렸기 때문에, 그 팀은 협동심에서 F를 받았고, 최종 평가 점수는 D를 받았다.

루는 자기 팀의 첫 번째 과제가 엉망으로 끝나서 기분이 무척 안 좋았지만, 겉으로 티를 내지 않으려 했다. 한참 동안 루는 너무나도 외로워 보였다. 가끔 아무도 지켜보지 않는다고 생각할 때나 보여 주던 그런 표정이었다. 루에게 무언가 위로가 될 만한 말을 건네고 싶었지만, 미처 무슨 말을 생각해 내기도 전에 루는 자리에서 일어났다.

"남은 저녁 시간 잘 보내, 얘들아."

루는 인사를 하고서 학생 식당 벽에 걸려 있는 커다란 화이트보드로 다가가 무언가를 적기 시작했다. 루는 주로 늦은 밤에 이렇게 하곤 했다. 이번에 루가 적은 것은…….

우리가 가지고 있는 동시에
타인에게도 줄 수 있는 유일한 것은
바로 행복이다

글을 다 적은 뒤 루는 뒤돌아보지 않고 밖으로 나갔다.

'이 망할 늑대 놈들! 덜떨어진 보!'

그 녀석은 내 친구 두 명의 성적과 첫 번째 학습 탐험의 즐거움까지 단번에 망쳐 버렸다. 어떻게든 그 녀석에게 복수하고 싶었다. 하지만 어떻게?

그리고 넬과 제프와 후아니타는 어디에 있는 걸까? 슬슬 걱정되기 시작했다. 정확히 말하면, 넬이랑 후아니타가 걱정되었다는 말이다!

"혹시 너희도 이 소리 들려?"

브랜든이 갑자기 묻자, 우리는 모두 인간보다 훨씬 더 날카로운 우드워커의 귀를 곤두세웠다. 그리고 우리 모두 그 소리를 들을 수 있었다. 바깥쪽에서 강제로 안으로 들어오려고 하는 것 같은, 긁고 할퀴는 소리였다.

"심해에 사는 괴물 문어 변신족이 학교 담벼락을 기어오르는 소리 같은데."

홀리가 말했다.

우리는 서둘러 둥근 유리 돔으로 달려갔고, 그곳에서 이상한 장면을 보게 되었다. 이젠 녹색 머리가 아닌 넬과 제프가 비틀대며 숲에서 나와 학교로 향하고 있었다. 둘 다 무척 지친 것 같았지만, 서로에게 눈길조차 주지 않았다. 우리가 우당탕탕 계단을 내려가 입구에 도착했을 땐 이미 클리프와 보와 티카니가 제프를 둘러싸고 있었다. 우리는 넬을 학교 안으로 데리고 들어왔다.

"뭐가 잘 안 풀린 거야?"

홀리가 걱정스레 물었다.

넬은 머리카락 속에서 거미 한 마리를 꺼내 벽에다 붙여 주었다. 물론 후아니타였다.

"어때 보이는데?"

넬이 신경질적으로 되물었다.

'잘 있어. 그리고 다들 고마워.'

80

후아니타의 한숨 같은 속삭임이 우리 모두의 머릿속에 울렸다. 다리가 여덟 달린 우리의 동급생은 벽에 갈라진 틈 사이로 총총 사라졌다.

넬이 땅이 꺼져라 한숨을 쉬었다.

"다 이야기해 줄게. 근데 그 전에 뭐라도 좀 먹어야겠다. 몇 시간 전부터 배가 꼬르륵거리고 있어."

"지금 먹을 게 입에 들어가냐? 넌 머릿속에 든 게 털 말고는 없지?"

제프가 넬을 향해 으르렁거렸다.

"그래, 너 때문에 죽다 살아난 뒤로 배고파 죽겠다! 이 비겁한 멍멍이 자식아!"

넬이 팔짱을 낀 채 제프를 노려보며 맞받아쳤다.

"그건 다 네 잘못이잖아, 이 한 입 거리야!"

제프가 소리를 질렀다.

"그래, 가서 물에나 빠져 죽어라, 이 질질 짜는 절름발이 똥개 녀석아!"

넬이 제프에게 달려들려고 했지만, 우리가 재빨리 붙들었다. 비록 둘 다 인간의 모습을 하고 있긴 했지만, 생쥐가 늑대에게 덤벼드는 것은 그다지 바람직한 행동은 아니었다.

넬이 사고 치기 전에 우리는 말릴라 선생님이 남겨 둔 팬케이크가 있는 학생 식당으로 넬을 재빨리 끌고 갔다. 넬은 헤이즐넛 크림을 통째로 집어 들더니 푹 퍼서 입에 넣었다. 나는 홀리가 이미 그 통에 손가락을 집어넣어 침을 잔뜩 묻혔다는 사실을 넬이 모르길 바랐다.

"자, 이제 말해 봐!"

도리안이 재촉하자, 넬은 이야기를 풀어놓기 시작했다.

"그래, 처음엔 모든 게 순조롭게 진행되는 것 같았어. 마을에 들어가는 것도 문제없었고, 입고 있던 옷도 주차장 덤불 뒤에 잘 숨겼지. '아우우우!'라고 적힌 쪽지도 미리 준비했고. 쪽지는 내 엄지손가락 정도 크기여서 입에 물고 옮기기는 쉬웠어. 그런데 그때, 제프가 자기는 체육관 밖에 숨어 있겠다고 하는 거야. 자기가 늑대의 모습으로 들어가면, 인간들이 자신을 개로 여긴다고 할지라도 너무 많은 관심을 끌게 될 거라고 말이지. 그래, 우리도 어느 정도는 그 말에 동의했어. 그래서 후아니타와 나만 들어가기로 했지. 한 남자가 문을 열고 나오는 틈을 타서, 우린 쪽지를 가지고 미끄러지듯 체육관 안으로 들어갔어. 우리 계획은 후아니타가 게시판에 올라가서 거미줄을 사용해 쪽지를 붙이는 거였어."

"아무도 널 못 봤어?"

브랜든이 물었다.

"처음엔 아무도 못 봤어. 근데 어느 순간 길을 잃었는데, 어느새 남자 탈의실에 들어가 있더라고. 와, 정말로 냄새가 지독하더라. 별로 북적이지는 않았는데, 누군가가 나를 발견하고 소리를 지르기 시작했어. 더럽다느니, 여기 들쥐가 있다느니, 어쩌고저쩌고…….”

넬이 눈알을 굴렸다.

“뭐? 그 인간들 미친 거 아니야? 넌 들쥐보다 훨씬 작고, 발도 더 예쁜데 말이야.”

홀리가 버럭 화를 내며 소리쳤다.

“내 말이! 어쨌든, 남자 셋이서 각각 빗자루랑 하키 스틱이랑 탈취제 스프레이를 들고 동시에 나를 쫓아왔어. 탈취제를 내 얼굴에 마구 뿌려 대면서 말이야. 냄새 때문에 질식할 것 같았다고!”

그 말을 듣고 보니 정말로 넬에게서 인공적인 냄새가 났다. 평소처럼 입맛을 돋우는 냄새가 아니었다.

“불쌍해라. 보건실로 데려다줄까?”

넬은 내 제안을 거절했다.

“아니, 괜찮아. 어쨌든 머릿속으로 제프에게 도와 달라고 외쳤어. 할 수 있는 한 가장 큰 소리로 말이야. 어떻게든 제프가 날 꺼내 줄 거라 믿었거든. 제프는 인간들의 주의를 흐트러뜨릴 수 있을 테니까. 하지만 천만에! 제프는 코빼기도 내밀지 않았어. 그저 이렇게 해라, 저렇게 해라 주절거리기만 했는데, 몽땅 다 개똥 같은 소리였지. 야! 듣고 있냐, 제프?”

넬은 마지막 말은 복도에 대고 외쳤다. 물론 돌아오는 대답은 조롱 섞인 웃음뿐이었다.

"그때 후아니타가 가장 악랄한 남자의 눈앞으로 거미줄을 타고 내려왔어. 덕분에 그 남자는 잠시 나에게 신경을 쓰지 못했고, 그 틈에 그 더러운 탈의실에서 빠져나올 수 있었지. 그런데 거기서 뭘 봤는지 알아?"

"뭔데? 뭔데?"

홀리는 의자에서 거의 떨어질 뻔했다.

"제프! 내가 탈의실에서 무사히 빠져나오려고 애쓰는 동안, 그 녀석은 뒷다리로 일어서서 게시판에다 침으로 그 멍청한 쪽지를 붙이려고 애쓰고 있지 뭐야! 나는 위험에 빠져 있는데, 그 녀석은 그저 좋은 성적을 받는 것에만 정신이 팔려 있었다고!"

"그래서, 쪽지는 붙였어?"

난 순수한 호기심에 물었다.

"하하, 그럴 리가."

넬이 쓴웃음을 지었다.

"그 멍청한 늑대 놈이 실수로 그걸 삼켜 버렸어."

우리는 웃다가 정신을 놓아 버릴 뻔했다.

"어쩌면 말릴라 선생님이 제프의 뱃속에서 그걸 꺼내 줄 수 있을지도 몰라."

브랜든이 말했다.

"그러려면 '빨간 모자' 이야기에서처럼 배를 갈라야 할걸."

넬이 활짝 웃으며 말했다. 브랜든의 생각이 마음에 든 것 같았다.

셋은 어떻게든 겨우겨우 체육관을 빠져나올 수 있었지만, 덤불에 숨겨 놨던 휴대폰이 소나기에 흠뻑 젖어 버려서 테오 씨에게 데리러 와 달라고도 할 수 없었다. 벗어 놓은 옷을 입고 와야 했기 때문에 다시 인간으로 변신해 15킬로미터를 걸어서 돌아왔다.

"아, 맞다! 넌 변신할 때 옷을 벗어서 어디다 둔 거야?"

문득 생각이 나서 홀리에게 물었다. 홀리는 흥겹게 어깨를 으쓱했다.

"옷 가게 탈의실에 놔뒀어. 아직 거기에 있을 거야. 내일 가지러 가면 돼."

클리어워터 교장 선생님이 학생 식당에 다시 나타났을 때, 넬은 이미 충분히 음식을 먹은 터라 절뚝거리며 교장 선생님에게 보고하러 갔다.

"조금은 기운을 차린 것 같구나."

교장 선생님이 넬을 보며 말했다.

"제프가 너를 도와줬기에 망정이지, 아니었다면 너희 모두 훨씬 더 큰 위험에 빠졌을 거야. 목숨을 구하기 위해 인간들 앞에서 어쩔 수 없이 변신해야 했을지도 모르고……. 그건 정말 생각하기도 싫구나."

"뭐라고요?"

넬이 깜짝 놀라서 물었고, 홀리는 입이 쩍 벌어졌다.

"방금 제프한테 다 보고받았단다."

클리어워터 교장 선생님이 눈썹을 치켜세우며 말했다.

"너희가 무슨 일이 있었는지 말하기 부끄러워서 제프에게 대신 말해 달라고 했다고……."

"몽땅 헛소리예요!"

넬이 분통을 터뜨렸다.

"정말로 무슨 일이 있었는지 후아니타에게 물어보세요."

"네가 먼저 말해 보렴."

넬은 조금 전 우리에게 들려준 이야기를 교장 선생님 앞에서 다시 한 번 되풀이했다.

넬의 이야기가 끝나자, 클리어워터 교장 선생님은 고개를 끄덕였다.

"후아니타는 누구의 이야기가 옳다고 할지 물어봐야겠구나. 네 점수는 내일이면 알 수 있을 거야, 넬. 아마 좋은 점수는 받기 힘들겠지."

이건 좀 뜻밖이었다. 제프가 이런 형편없는 계략을 쓸 줄은 몰랐다. 하지만 다시 생각해 보면, 그러지 않을 이유가 없었다. 제프는 이미 자신이 생각해 낼 수 있는 온갖 방법을 동원해서 나를 해치려고 했고, 브랜든과 다른 많은 학생들을 협박하기도 했다.

교장 선생님이 떠나자, 다들 한꺼번에 화를 내며 떠들어 댔다. 넬이 소리를 질렀다.

"그 지저분한 놈을 혼꾸멍내 줄 사람은 아무도 없는 거야?"

넬은 나를 보고 있었다.

갑자기 주위가 조용해졌다. 이제 다들 무언가 기대하는 표정으로 나만 쳐다보고 있었다. 퓨마인 나는 늑대를 꺾을 수 있는 몇 안 되는 우드워커였다. 물론 버사도 강하긴 하지만 자신이 회색곰이라는 걸 최근에야 알게 되었고, 아직까지는 마치 테디 베어처럼 싸우고 있었다.

다른 사람들에게 뭔가를 약속한다는 건 정말 어리석은 짓이다. 하지만 거절하려는 게 정말 내 진심일까?

"내가 뭘 할 수 있는지 생각해 볼게."

나는 삐뚤어진 미소를 지으며 말했다.

"그 녀석을 살짝 혼내 주기만 하는 건 다들 원치 않잖아, 그렇지?"

"맞아, 그 정도로는 안 돼. 우리는 체육관에 붙이려던 쪽지와는 달리 아주 착 달라붙어 있을 만한 교훈이 필요하다고."

넬이 대답했다.

"고마워, 카락. 네가 있어서 정말 다행이야."

"어어, 그래."

고맙다는 말을 듣기에는 좀 이른 감이 있었다. 나는 아직 제프를 혼내 줄 방법을 찾지도 못했다. 허가받지 않은 싸움 따위로 경고를 받는 위험을 무릅쓰고 싶진 않았다. 게다가 지난 가을 학기에 이미 경고를 한 번 받았다. 하지만 어쩌면 내일, 제프에게 본때를 보여 줄 기회가 있을지도 모른다. 약간의 행운이 따른다면 말이다.

"준비가 되면 알려 줘. 나도 꼭 보고 싶으니까."

넬은 그렇게 말하고서 비틀거리며 자신의 방으로 향했다.

나머지 사람들은 잠시 침묵 속에 앉아 생각을 정리했다.

"우리 농구나 한 게임 할까? 아니면 텔레비전 볼래?"

브랜든이 물었다.

"지금 〈스파이더맨〉 하고 있어. 후아니타도 아마 보고 싶어 할 텐데."

농구는 내가 가장 좋아하는 인간 스포츠였다. 홀리와 브랜든과 나는 며칠에 한 번씩 학교 체육관에서 농구를 했다. 겨울 동안 야외 코트는 온통 눈으로 덮여 있기 때문에, 우리는 체육관을 사용할 수 있었다. 하지만 나는 고개를 저었다. 그럴 기분이 아니었다.

"난 그냥 조용한 저녁 시간을 보내고 싶어. 책이나 읽을래."

사실 난 혼자 있고 싶었다.

학생 식당 안이 조용해지자 머릿속에서 또다시 우울한 생각이 고개를 들었다. 수천 장의 선거 벽보 속에서 앤드루 밀링이 나를 보고 웃고 있었다. 자신이 나보다 훨씬 더 강하다는 걸, 나에겐 맞설 기회조차 없다는 걸 잘 아는 승자의 웃음이었다.

'나와 인간들에게 어떻게 복수하려는 걸까? 누가 밀링의 스파이일까?'

우리보다 먼저 학습 탐험에서 돌아온 모두가 가능성이 있었다. 그리고 그런 학생은 꽤 많았다.

한참 뒤에 나는 침대에 누워서 커다란 원형 창문을 통해 어두운 바깥을 내다보고 있었다. 부모님과 미아 누나가 너무나 그리워서, 마음속 깊숙한 곳이 아팠다. 빗방울이 창문을 때렸고, 어느새 나는 몇 해 전 폭풍이 몰아쳐서 바위 아래로 피해야 했던 때를 생각하고 있었다.

우리 가족은 서로를 꼭 껴안고 있었는데, 그곳은 정말 보송보송하고 아늑했다. 천둥 번개 때문에 잠을 이루지 못한 탓에 우리는 두런두런 이야기하며 밤을 지새웠다. 엄마는 고슴도치와 결투를 벌인 우스운 이야기를 들려주었고, 미아 누나는 거대하고 사악한 독수리로부터 세상을 구해 내는 엉뚱한 상상으로 우리를 즐겁게 했다. 그 이야기에는 재미있는 부분들이 많이 빠져 있었기 때문에, 나는 그저 재밌게 놀고 싶었을 뿐인 사악한 독수리의 관점에서 같은 이야기를 새로 지어냈다. 우리 가족은 정말 재미있는 시간을 보냈지만, 안타깝게도 아빠의 이야기를 듣다가 잠이 들고 말았다. 할아버지가 들소 떼를 만난 이야기였다. 아빠는 그 후로도 종종 그 일을 가지고 나를 놀렸다.

우리 가족들이 아직 살아 있기는 한 걸까? 어쩌면 앤드루 밀링의 제안을 거절한 건 정말 심각한 실수였을지도 모른다. 밀링은 만약 내가 자신을 돕는다면, 우리 가족을 찾는 걸 도와주겠다고 약속했다. 그런데도 난 싫다고 거절했다. 왜냐하면 그 사람을 믿지 않았으니까……. 왜냐하면 그 사람과 그 사람이 세운 계획이 두려웠으니까…….

그날 밤 나는 오랫동안 잠을 이루지 못했다.

6

스파이를 위한 덫

다음 날 아침엔 '전투와 생존' 수업이 있었고, 나는 제프를 위해 준비한 계획이 성공할 수 있을지 궁금했다.

젊고 근육질 몸에 머리를 빡빡 민 브라이트아이 선생님은 우선 우리에게 인간의 모습으로 호신술을 연습하게 했다. 그리고 마침내 기다리던 순간이 왔다.

"좋아, 이제 모두 변신해라! 이제부턴 각자 두 번째 모습으로 몇 가지 연습을 해 보자."

브라이트아이 선생님이 말했다.

요즘 들어 변신이 훨씬 수월해졌다. 벌써 몸이 쭉 펴지고 얼굴에서 수염이 돋아나는 게 느껴졌다. 나는 변신 구역에서 거의 다 자란 퓨마의 모습으로 걸어 나와 전투실로 돌아갔다. 바닥에는 밀짚으로 만든 깔개가 깔려 있었고, 온갖 동물들의 냄새를 맡을 수 있었다. 얼핏 보고도 교실 분위기를 한눈에 파악할 수 있었다. 늑대들이 교실 한가운데를 어슬렁거리고 있었고 토끼, 주머니쥐, 염소는 벽 한쪽에 모여 서서 애써 태연한 척하고 있었다. 커다란 진회색 늑대 제프가 비슷한 체격의 클리프와 거칠게 뒹굴며 장난을 쳤다. 아마도 하얀 털을 가진 암늑대 티카니에게 깊은 인상을 심어 주려는 것 같았다. 하지만 티카니는 지루한 듯 시선을 돌렸다.

변신 구역으로 드나드는 문은 절대로 작지 않았다. 하지만 들소로 변신한 브랜든은 끙끙거리며 문을 비집고 나와야 했다. 이제 모든 학생이 전투실에 모였다. 늑대 변신족인 브라이트아이 선생님은 여전히 인간의 모습으로 남아 있었다. 선생님은 평소처럼 각각의 전투 상대를 골라 주었다.

"넬과 홀리, 님블과 쿠키, 브랜든과 버사……."

나는 숨을 크게 들이마셨다. 이제 행동할 시간이었다.

'브라이트아이 선생님?'

내가 끼어들자 갑자기 주위가 조용해졌다. 모두의 시선이 나를 향했다. 브라이트아이 선생님은 놀란 눈빛으로 나를 바라보았다.

"그래, 카락. 무슨 일이지?"

'오늘은 제가 제프와 싸워도 될까요?'

녹색이 도는 금색 눈을 동그랗게 뜨고 최대한 순진한 표정을 지으며 물었다.

'저한테 좋은 훈련이 될 거예요.'

브라이트아이 선생님은 눈썹을 치켜세웠다. 착하고 순진한 고양이인 척하는 내 연기에 선생님이 속아 넘어가지 않을 거라는 걸 알았다. 그럼에도 선생님은 알파 늑대에게 물어보았다.

"제프, 너도 동의하니?"

'물론이죠.'

제프의 황갈색 눈이 위험하게 번뜩였다.

"그래, 좋다."

브라이트아이 선생님이 말했다.

"하지만 제프와 일대일로 싸우는 게 아니다, 카락. 보까지 함께 상대해라."

나는 침을 꿀꺽 삼켰다. 나도 모르게 꼬리 끝이 신경질적으로 씰룩거렸다. 늑대는 한 마리만 있어도 진지하게 상대해야 하는 어려운 적수다. 그런데 두 마리라니……! 조금이라도 방심한다면, '무리는 절대 건드리는 게 아니라는' 아주 확실한 교훈을 얻는 건 바로 내가 될 것이다. 하지만 한편으로는 보와 싸워야 한다는 게 기쁘기도 했다. 보가 루를 힘들게 했기 때문에 나는 제프에게 화가 난 것만큼이나 보에게도 화가 나 있는 상태였다.

'걱정하지 마, 전에도 해 봤잖아. 결투 말이야!'

홀리가 내게 속삭였다.

'그렇지. 근데 그때는 하늘에서 들소가 떨어졌잖아. 늑대들 머리

93

위로 말이야.'

난 홀리의 기억을 되살려 주었다.

더 이상 수다를 떨 시간이 없었다. 우리는 각자 자리를 잡았다. 늦대 두 마리는 나한테서 조심스럽게 거리를 유지한 채 몸을 살짝 웅크렸다.

'이게 다 그 오줌싸개 꼬마를 위해서지?'

제프가 비웃음을 흘리며 물었다.

'걔 이름은 넬이야, 꼬마가 아니라!'

온몸에 팽팽한 긴장감을 느끼며 대답했다. 적어도 나한테는 한 가지 이점이 있다. 이미 늑대들의 전술에 익숙하다는 점이다. 늑대들의 수법은 앞뒤에서 동시에 공격하는 것이다. 뒤에 있는 녀석이 다리를 물어 절뚝거리게 만들면, 앞에 있던 녀석이 여유롭게 마무리하는 방식이었다. 하지만 그런 일이 벌어지게 내버려둘 생각은 없었다.

"시작!"

브라이트아이 선생님이 외쳤다.

신호가 떨어지자마자 난 제자리에서 펄쩍 뛰어올라 4미터쯤 떨어진 곳에서 놀란 눈을 하고 있던 제프의 등 위로 떨어져 내렸다. 50킬로그램이 넘는 육식 고양이가 등을 짓누른 셈이다. 만약 이게 진짜 전투였다면, 나는 제프의 목을 부러뜨렸을 것이다.

제프는 길게 신음 소리를 내며 바닥으로 쓰러졌다. 그 순간 다른 곳에서 우렁찬 함성이 터져 나왔다. 주위를 힐끗 둘러보자 전투실에 있는 모두가 연습을 멈춘 채 우리를 보며 응원하고 있었다. 물론, 브라이트아이 선생님은 빼고.

"다들 뭐 하는 거야? 어서 자기 자리로 돌아가!"

선생님이 소리쳤다.

놀랍기도 하고 조금은 우쭐한 기분이 들어서, 접혀 있던 귀를 쫑긋 세웠다.

아주 잠깐 보가 있다는 사실을 까맣게 잊었고, 즉시 그 대가를 치러야 했다. 사납게 으르렁거리며 몸을 날린 보가 내 뒷다리에 이빨을 박아 넣었다. 나는 분노로 쉭쉭거렸다.

'어우, 이런 올빼미 똥 같은!'

보는 그저 무는 시늉만 한 것이 아니었다. 상처에서 피가 흘러나오고 있었다.

"보! 한 번만 더 그런 짓을 하면 당장 퇴장이다!"

브라이트아이 선생님이 호통을 쳤다.

하지만 보는 아무것도 들리지 않는 듯 계속 덤볐다. 화가 치민 나는 발차기를 한 방 먹여 주기 위해 몸을 돌렸지만, 보는 이미 그곳에 없었다. 보는 덩치는 작지만 민첩했고, 자신의 우두머리를 쓰러뜨린 나에게 화가 머리끝까지 나 있었다. 보는 마치 작은 단검 같아 보이는 이빨을 드러내고 으르렁거렸다.

'넌 반드시 대가를 치러야 할 거야!'

보의 공격에 대비하며, 제프가 다시 몸을 일으키는 것을 그저 바라볼 수밖에 없었다. 이제 늑대 녀석들이 나를 궁지에 몰아넣었다. 나는 다시 한 번 높이 뛰어올라, 이번엔 제프를 완전히 뛰어넘어 반대쪽 벽으로 달려갔다. 벽을 등질 수 있다면, 뒤에서 오는 공격을 걱정할 필요가 없었다.

'하! 거기 서!'

사냥의 열기에 사로잡힌 보가 즉시 내 뒤를 쫓았고, 반쯤 회복한 제프도 보와 함께 달려왔다.

'정말 쫓아오시게?'

나에겐 아직도 몇 가지 비장의 무기가 남아 있었다. 난 피하는 척하다가 번개처럼 몸을 돌려 늑대들을 향해 달려갔다. 깜짝 놀란 보가 한쪽으로 몸을 틀었지만, 그런 녀석에게 눈앞에 별이 빙빙 돌 정도로 강력한 발차기를 선물해 줬다. 뭐, 별 대신 쥐가 보였을 수도 있고. 동시에 제프의 어깨를 거세게 들이받자, 제프는 털로 바닥 청소를 하며 전투실 저 끝까지 날아갔다.

'벼룩이나 꼬여라, 이 고양이 놈아!'

제프가 저주를 퍼부으며 다시 네발로 일어섰지만, 기운이 꽤 빠져 보였다. 제프에게는 안된 일이지만, 그 녀석 주둥이에 발길질을 날릴 시간은 충분했다. 물론 훈련이었기 때문에 발톱을 꺼내진 않았다. 몇 달 맞을 매를 순식간에 넉넉히 맞은 제프가 분노로 울부짖었다.

96

일이 아주 잘 풀리고 있었다.

하지만 그 순간 나는 무언가 부드러운 물체에 발이 걸려 넘어졌다. 쿠키가 실수로 우리 전투 구역으로 비틀거리며 넘어진 것이다. 두 늑대는 기회를 놓치지 않고 나를 바닥에 내동댕이쳤다. 필사적으로 방어해 봤지만 승부는 이미 기울었다.

나는 졌다! 득의만만한 늑대들의 웃음소리가 머릿속을 가득 메웠다.

'카락, 정말 정말 미안해!'

쿠키가 귀를 늘어뜨리며 고개를 푹 숙였다. 만약 인간의 모습이었다면, 눈물을 뚝뚝 떨구었을 것이다. 하지만 이제 와서 그런 건 아무 소용이 없었다.

"잘 싸웠다, 카락."

브라이트아이 선생님이 말했다.

"너와 제프 모두 승리한 걸로 하고 A학점을 주마. 보는 전투 규칙을 지키지 않고 깨무는 반칙을 했기 때문에 F학점이다."

승자가 두 명이라고? 늑대들은 동의하지 않는 것처럼 보였다. 제프와 보는 물론 티카니와 클리프까지 날 향해 위협하듯 으르렁거리며 조롱하는 몸짓을 보였다. 그러다 늑대들은 브랜든에게 너무 가까이 다가갔고, 들소 소년은 뿔이 달린 거대한 머리를 위협적으로 숙였다. 늑대들이 깜짝 놀라서 허둥지둥 흩어지자 모두가 웃음을 터뜨렸다.

"걱정 마, 카락. 넌 정말 멋졌으니까."

다시 인간의 모습으로 돌아오자마자 넬이 나를 꼭 껴안아 주었다.

"다시 한 번 말하지만, 정말 고마워!"

"뭐, 별거 아니야……."

살짝 민망한 마음에 어깨를 으쓱하며 대답을 얼버무렸다. 그러고 나서 피가 흐르는 다리에 붕대를 감으러 보건실로 향했다.

"붕대를 거의 다 썼어……."

요리사이자 보건 선생님인 말릴라 선생님이 중얼거렸다.

"붕대를 많이 사 놔야겠다. 보아하니 너희는 앞으로 싸움이 더 잦아질 것 같네."

다행히 오늘 사용할 붕대는 충분히 있었지만, 나는 생각이 많아졌다. 어쩌면 싸움은 늑대들을 향한 복수로는 잘못된 방법일지도 모른다. 그렇다면 어떻게 해야 할까?

"너무 신경 쓰지 마, 카락."

브랜든이 나를 위로해 주려고 애썼다.

"그냥 좀 기다려 봐. 다음 월요일에도 학습 탐험이 있으니까, 그때 네가 뭘 할 수 있는지 모두에게 보여 주는 거야."

어쩌면 루와 함께 탐험을 갈 수도 있다. 그렇게 되면 루와 좀 더 이야기를 나눌 기회를 마침내 얻게 될 것이다. 내가 착하고,

전혀 위험하지 않다는 걸 증명할 기회였다! 한동안 나는 장밋빛 꿈속을 두둥실 떠다녔다. 그러다가 문득 아직 브랜든에게 대답하지 않았다는 게 생각났다.

"네 말이 맞아. 우리 모두 본때를 보여 주자고."

그러고 나서 덧붙였다.

"적어도 지난번 탐험보다 더 엉망이 되기는 힘들 테니까."

하! 그 힘든 일이 일어났다. 새로운 한 주가 시작되고, 새로 받은 과제 봉투를 열어 본 나는 깜짝 놀라서 눈알이 튀어나올 뻔했다. 난 루와 같은 팀이 되지 않았다. 오히려 정확히 그 반대였다.

참가자: 카락, 티카니, 쿠키

임무: 잭슨 마을에 있는 약국에서 학교 보건실에 필요한 약품과 붕대를 살 것. 참가자 한 명은 반드시 동물의 모습을 해야 함.

물론 말릴라 선생님을 도울 수 있어서 기뻤다. 하지만 나를 늑대와 한 팀에 넣다니! 그것도 이미 내 팔을 물어뜯은 적이 있는 바로 그 늑대를 말이다. 하지만 이건 분명 아주 쉬운 임무였다. 마지막 문장을 읽으며 나도 모르게 신음을 흘렸다.

'동물의 모습을 해야 한다고? 정말 환상적이네!'

선생님들은 학습 탐험 중에 우리가 난처한 상황을 겪게 하려고 갖은 노력을 다하고 있었다. 그런 선생님들의 기대를 충족시키고 싶지 않았다. 티카니와 난 비록 적이지만, 우리는 반드시 이번 임무를 멋지게 완수할 것이다.

그날 저녁, 밀링의 스파이를 위해 새로운 덫을 놓았다. 우선 몇몇 학생들에게 내가 앤드루 밀링에 대해 몇 가지 흥미로운 사실을 알아냈다고 은근슬쩍 흘렸다. 밀링에게 정말 큰 타격을 입힐 만한 사실이라고 말이다. 그러고 나서 학생 식당을 어슬렁거리며 검은 공책에 뭔가를 끄적거린 뒤, 모두가 볼 수 있는 곳에서 그 공책을 배낭에 집어넣었다. 마지막으로 배낭을 내 방에 놔두고, 말릴라 선생님에게 얻어 온 밀가루를 문 쪽으로 뒷걸음치며 바닥에 아주 곱게 뿌렸다. 거의 눈에 보이지 않을 정도로.

"방바닥이 아주 엉망이 됐네. 이게 뭐 하는 짓이야?"

브랜든이 날 보며 짜증 섞인 목소리로 물었다.

"오늘 밤이면 누가 흔적을 남기는지 알게 될 거야."

나는 굳은 표정으로 말했다.

"자, 이제 가자."

7

독일산 프랑크훈트

탐험을 떠나기 위해 학교 현관 앞에서 만난 우리 사이에는 사뭇 긴장감이 감돌았다. 우리는 셋 다 인간의 모습을 하고 있었다. 주근깨 얼굴에 살짝 들창코인 날씬한 소녀 쿠키는 녹색 재킷을 입고 수줍은 얼굴로 나를 바라보았다. 강인해 보이고 피부가 가무잡잡한 이누이트족 소녀 티카니의 눈에는 많고 많은 학생 중에 하필 우리와 한 팀이 되어 탐험을 하는 게 마음에 들지 않는다는 속마음이 그대로 드러나 있었다. 시시껄렁한 약국에 가서 시시껄렁한 약과 붕대 따위를 사는 걸 탐험이라고 부를 수 있다면 말이다.

"그래서, 어떻게 하면 좋겠어?"

먼저 입을 연 건 나였다.

"우리 중 한 명은 두 번째 모습으로 가야만 하는데, 그게 내가 아니라는 건 확실해. 너희가 앞으로 나를 박제 동물 가게에

서 보고 싶은 게 아니라면 말이야. 뭐, 운이 좋으면 동물원일 수
도 있고."

"그건 인정."

티카니가 뾰로통하게 대꾸했다. 티카니는 늑대 머리가 새겨
진 목걸이를 걸고 있었는데, 처음 보는 것이었다.

'행운의 부적인가?'

"쿠키, 네가 변신하는 건 어때? 너라면 카락의 어깨에 쪼그리
고 앉아서……."

"아, 제발 그러지 마! 난 무서워서 죽을지도 몰라!"

주머니쥐 변신족 소녀가 훌쩍거리며 말했다. 티카니와 나는
눈을 굴렸다. 물론 쿠키는 다른 보통의 주머니쥐처럼 죽은 척을
할 테고, 그럼 우리는 쿠키 없이 탐험을 마치면 된다.

"넌 안 죽어, 걱정 마."

티카니가 대답했다.

쿠키가 걱정이 가득한 표정으로 미소를 지었다.

"그럼…… 네가 늑대로 변신할 거야?"

티카니가 으드득 이를 가는 소리가 실제로 들렸다.

"알겠어."

티카니는 이런 성가신 임무를 맡은 게 마치 내 탓이라는 듯
무섭게 나를 노려보며 대답했다.

그리고 누군가는 이 말을 반드시 해야만 했다.

"어…… 티카니, 그러니까…… 목줄이 있어야 할 것 같아. 안 그러면 아무도 너를 개로 보지 않을 테니까."

물론, 티카니는 내 의도보다 훨씬 더 안 좋게 이 말을 받아들였다. 낮게 으르렁거리는 소리가 티카니의 입술 사이를 비집고 나왔다.

'제발 싸움만 나지 않기를!'

속으로 간절히 바랐다. 안 그러면 우린 출발하기도 전에 협동심 항목에서 F를 받게 될 테니까! 하지만 티카니의 대답은 나를 놀라게 했다.

"그건 파커 선생님한테 몇 개 있을 거야. 나한테 맞는 게 있으면 좋겠네."

티카니는 단호하게 성큼성큼 걸어갔다.

쿠키와 나는 서로를 쳐다보며 안도의 한숨을 내쉬었다.

놀랍게도 티카니는 자신에게 맞는 목걸이와 목줄을 가지고 왔다. 퍼그 변신족인 파커 선생님이 목줄이 필요한 우드워커들을 위해 따로 준비해 놓은 물건인 것 같았다. 하지만 안타깝게도 목걸이는 분홍색이었고, 꽃무늬가 새겨져 있었다. 티카니는 그게 마치 물에 빠져 죽어 반쯤 썩은 쥐라도 되는 것처럼 손가락 끝으로 집고, 팔을 쭉 뻗고 있었다.

"지금 여기서 채워 줄까?"

내 질문에 티카니는 나를 정신병자 보듯 노려봤다.

"나중에!"

티카니가 퉁명스레 대답했다. 그때 클리프와 보의 냄새가 났고, 그제야 티카니가 왜 그런 반응을 보였는지 이해할 수 있었다. 티카니는 주차장에 가서야 변신도 하고 변장 도구 역시 착용했다. 커다란 암늑대는 긴장해서 몸이 굳고 목털이 뻣뻣하게 곤두선 채, 내가 자기 목에 목걸이를 채우고 기다란 가죽 목줄을 연결할 수 있게 해 주었다. 마치 줄 반대쪽에 다이너마이트를 한 자루 매달고 있는 것 같았다.

테오 씨가 우리를 마을까지 태워다 주었다.

"재밌게 놀아라. 다 끝나면 전화하고."

테오 씨가 껌을 쫙쫙 씹으며 말했다.

"팀의 공용 전화기는 누가 가지고 있지?"

"저요."

쿠키가 자랑스레 대답하며 휴대폰을 들어 보여 주고는 조심스레 다시 주머니에 넣었다.

학교 관리인은 우리가 출발하는 모습을 재미있다는 듯 웃으며 지켜보았다. 테오 씨는 이 학습 탐험의 목적을 알고 있는 게 분명했다. 아마 늑대와 나는 협동하는 법을 배워야 할 것이다. 이미 겁에 질려 눈이 커다래진 쿠키는 두려움을 극복하는 방법을 배울 필요가 있었다.

하지만 나 역시 두려움을 가지고 있었고, 그 두려움이 바로 눈앞에 펼쳐졌다. 앤드루 밀링의 지지자들은 포스터를 곳곳에 붙여 놓았다. 밀링의 얼굴이 어느 곳에서나 나를 노려보고 있었다. 단정한 금발 머리와 굳센 턱, 노란색 고양이 눈을 감추고 있는 갈색 콘택트렌즈……. 밀링의 말이 아직도 귓가에 울리는 것 같았다.

'아주 지독하게 후회할 거야, 이 싹수없는 자식아.'

혹시 마을에서 밀링을 마주치면 어떻게 될까? 혹시 내가 이곳, 자신의 영역에 있다는 것을 그 사람이 알아차린다면? 나를 잡아 가두면 어떡하지?

'무슨 일 있어?'

지나가는 사람들의 시선을 잡아끌며 내 옆에서 뚱하니 걷던 티카니가 갑자기 물었다.

'무슨 일 있냐니? 그건 왜 묻는데?'

난 정신을 차리고 대답했다.

'너 지금 완전히 겁에 질렸잖아. 두려움의 냄새를 온 동네에 풍기고 다니고 싶어? 왜, 마을에 오니까 무서워?'

'그런 거 아니야.'

나는 퉁명스레 대답했다. 내가 무엇을 두려워하든, 늑대들이 상관할 일이 아니었다. 만약 녀석들이 그걸 알게 된다면 내 약점을 잡았다고 생각할 것이다.

"실례지만 이 개 품종이 뭔가요? 이렇게 아름다울 수가!"

갑자기 들려온 목소리에 깜짝 놀랐다. 회색 곱슬머리에 털이 풍성한 노란 재킷을 입은, 마치 괴상한 먹잇감처럼 보이는 여자가 앞에 서 있었다. 그 여자가 손을 뻗어서 티카니를 쓰다듬었고, 그 순간 쿠키와 나는 공포에 얼어붙어 버렸다.

'제발 이 여자를 해치지 마, 티카니!'

쿠키가 숨을 몰아쉬며 텔레파시를 보냈다.

'감히 날 쓰다듬다니! 이 여자 미친 거 아니야?'

티카니는 신경을 곤두세우고 있긴 했지만, 그렇다고 여자의 손을 물어뜯을 정도로 경우가 없진 않았다.

"티카…… 아니, 이 개는 독일산 프랑크훈트예요."

그냥 입에서 나오는 대로 둘러댔다. 프랑크푸르트 소시지와 닥스훈트를 합친 말이었지만, 여자는 눈치채지 못했다. 반면 소시지 취급을 당한 티카니는 나를 죽일 듯이 노려보았다.

여자는 감동받은 얼굴로 다시 물었다.

"어머, 정말요? 프랑크……훈트라고요?"

"그럼요, 족보도 있는 순종이에요."

나는 이제 이 상황을 즐기고 있었다.

"5킬로미터 떨어진 곳에서도 프랑크푸르트 소시지 냄새를 기가 막히게 알아차리는 걸로 유명하죠. 먹이는 주로…….."

'웬만하면 1절만 하지 그래?'

티카니가 나를 약국 쪽으로 끌어당겼다. 그 힘이 어찌나 센지

106

하마터면 목줄에 딸려서 질질 끌려갈 뻔했다. 나는 간신히 손을 흔들어 여자에게 작별 인사를 했다.

'한 번만 더 그딴 식으로 말하면 네 뒷다리에 이빨을 박아 넣어 줄 거야!'

티카니가 으름장을 놓았다.

'진심이야?'

나는 시큰둥하게 대답했다.

'얼마 전에 너희 알파를 내가 어떻게 했는지 벌써 잊었나 봐?'

티카니는 그저 화를 삭이며 으르렁대기만 했다.

우리는 상점과 식당과 카페를 지나쳐 수백 미터 정도를 아무 일 없이 걸어갔다. 쿠키는 길을 걸으며 신기한 듯 이리저리 두리번거렸다. 그 모습을 보자 미아 누나와 처음으로 마을에 내려와 아이스크림을 먹었던 날의 기억이 떠올랐다. 지금은 초콜릿 아이스크림을 먹을 시기가 아니지만, 인간들에게는 겨울에 먹을 만한 다른 군것질거리가 많이 있다는 걸 잘 알고 있었다. 게다가 주머니에는 용돈 몇 달러가 들어 있기도 했다.

"임무를 무사히 마치면 내가 핫초코 쏜다!"

나는 선언했다.

"와우! 너 좀 멋진데?"

쿠키가 환호했다.

'이따 딴소리하지 마.'

티카니가 가로등에 코를 대고 냄새를 맡으며 중얼거렸다. 티카니의 목소리는 적대적이지 않았다. 대신 무언가에 정신이 팔린 것 같았다.

나는 한 손에는 목줄을 쥐고, 다른 한 손에는 돈이 든 지갑을 들고 있었다. 약국까지는 아직 나무 세 그루 정도의 거리가 남아 있었다. 벌써 2년이 넘게 지났는데도 나는 아직도 인간들의 측정 단위에 익숙하지 않았다.

우리가 약국 앞에 도착하자 자동문이 열렸다. 안으로 들어서자마자 비누 냄새와 화학 약품 냄새, 문 앞에 깔린 발 매트 위에 녹은 눈 냄새 등 온갖 새로운 냄새가 밀려들었다. 다행히 가게 안에는 손님이 우리밖에 없었다. 우리 셋은 계산대로 걸어갔다.

'이제 거의 다 왔어.'

말릴라 선생님이 우리가 사야 할 물건 목록을 쪽지에 적어 주었기 때문에, 그저 약사에게 그 물건들을 달라고 하고 값을 치른 후에, 밖으로 나가서 테오 씨에게 전화를 걸어 데리러 오라고 하면 끝나는 일이었다.

'점원과 대화하고 계산하는 건 쿠키가 해야 하지 않을까? 연습을 해 봐야 하잖아.'

티카니가 뒷발로 목걸이를 벅벅 긁으며 제안했다.

"좋은 생각이야."

나도 티카니의 말에 동의했다.

약사는 어리둥절한 표정을 지었다. 왜 그런지 모르겠다. 내 수양 가족인 랄스턴 가족을 보면, 인간들도 종종 자기가 키우는 개와 대화를 하는데 말이다.

"하지만 난 지금껏 뭘 사 본 적이 없단 말이야."

쿠키가 선반 위에 놓여 있는 크림과 로션을 신기한 눈으로 구경하며 반대 의견을 말했다. 인간들이 으깨진 꽃 냄새가 나는 민달팽이 점액 같은 물건들을 항상 얼굴에 바르는 이유를 알 수 있기까지 난 꽤 오랜 시간이 걸렸다.

'카락이 어떻게 하는지 잘 봐 둬. 그러면 너도 다음번엔 어떻게 해야 할지 알 수 있을 거야.'

티카니가 초조한 듯 우리를 올려다보았다.

나는 한숨을 쉬었다.

"좋아, 그렇게 하자."

대답한 후에, 혼란스러워 보이는 약사를 향해 몸을 돌렸다. 그 여자는 우리 대화 중 일부만 들을 수 있었다. 약사의 주의를 돌리기 위해 말릴라 선생님이 적어 준 목록을 읽기 시작했다. 붕대와 소독약과 진통제. 두 해 전에 수양어머니인 안나 아줌마와 함께 물건 사는 연습을 했기 때문에, 어떻게 주문해야 하는지 알고 있었다. 약사는 몇 가지 물건을 계산대 위에 올려놓고는 나에게 물었다.

"어떤 진통제가 필요하니?"

약사는 곧바로 대여섯 가지 진통제의 이름을 줄줄 읊었는데, 알아들을 수 있는 것은 하나도 없었다. 나는 당황해서 약사를 쳐다보았다.

"제일 강력한 걸로 주세요."

그렇게 말하고서, 계산하는 것을 경험해 볼 수 있도록 쿠키의 손에 지갑을 넘겨주었다. 바로 그때, 문이 열리는 소리가 들리고 누군가가 약국 안으로 들어왔다.

불행히도 새로 온 손님은 작은 강아지를 데리고 온 할머니였다. 강아지들이 원래 그러고 다니는지는 모르겠지만, 아주 작고 복슬복슬한 강아지가 외투를 입고 머리에 리본을 매단 채로 가방 안에 앉아 있었다.

그리고 그 녀석은 나와 티카니의 냄새를 맡더니 자지러지게 놀랐다.

그렇게 작고 불쌍한 생명체가 낸 소리라고는 도저히 믿을 수 없는 어마어마한 소음이 약국 안을 가득 메웠다. 안타깝게도 나는 개들의 말을 배운 적이 없어서, 그 강아지가 뭐라고 하는지 한마디도 알아듣지 못했다. 아마도 그 털 뭉치는 이 가게 안에 퓨마 한 마리와 늑대 한 마리가 버젓이 돌아다니고 있다는 걸 주인에게 경고하고 싶었을 거다. 하지만 다행히 할머니 귀에는 그저 캥캥거리며 짖는 소리로밖에 들리지 않았다.

"어머나, 우리 아가, 왜 그러니?"

당황한 할머니는 축 늘어진 귀 뒤에 얼굴을 숨긴 녀석을 간지럽히며 말했다.

"쉿, 착하지, 아가. 얌전히 굴면 집에 가서 맛있는 간식 줄게. 알았지?"

할머니의 '아가'는 간식보다는 우리를 공격하는 걸 택했다. 진주 장식이 되어 있는 목줄을 할머니가 꼭 쥐고 있는데도, 가방 밖으로 튀어나오려고 안간힘을 썼다.

티카니와 쿠키와 나는 서로의 얼굴을 물끄러미 바라보았다. 아마 우리 셋 다 같은 생각을 했을 것이다.

'어서 이곳에서 나가야 해!'

그건 단지 강아지가 짖는 소리 때문에 귀가 아파서만은 아니었다. 문제가 일어날 거라는 불길한 예감이 풀풀 풍기고 있었다. 강아지가 혼이 쏙 빠질 정도로 시끄럽게 짖는 통에 약사도 주의가 산만해져서 계산이 오래 걸렸다. 난 조바심이 나서 발을 이리저리 움직였다.

그 작은 털 뭉치는 마침내 가방에서 빠져나와, 조그만 발을 눈에 보이지 않을 정도로 움직여 바닥을 가로질렀다. 쿠키는 얼굴에 바르는 크림이 담긴 상자 더미 뒤로 재빨리 숨었기 때문에, 강아지는 곧장 티카니에게 달려들었다. 어쩌면 늑대를 잡는다는 자부심이 터질 듯 샘솟았을지도 모른다.

그 뒤로는 모든 사건이 아주아주 빠르게 이어졌다.

티카니는 강아지의 겨울용 외투를 덥석 물어, 머리에 맨 리본이 떨어져 나가도록 세차게 흔들어 댔다.

이젠 작은 강아지보다 그 주인이 훨씬 더 시끄럽게 소리를 지르고 있었다. 말 그대로 기차 화통을 삶아 먹었거나, 아니면 입 안에 소방차 사이렌을 몰래 숨겨 놓았나 의심이 갈 정도였다.

약사도 팔을 흔들며 뭐라고 비명을 질렀다. 뭐라고 하는지는 도통 알 수가 없었다.

우리의 작고 귀여운 강아지 친구는 조금 전 짖던 것보다 훨씬 더 큰 소리로 깨갱깨갱 울부짖었다. 방금 탄 롤러코스터가 별로 마음에 들지 않는 것 같았다. 티카니가 놓아주자마자 강아지는 다리 사이에 꼬리를 숨기고 할머니에게 부리나케 되돌아가서, 가방 안으로 다이빙하듯 뛰어들었다. 미처 들어가지 못한 뒷다리만 여전히 가방 밖에서 바동거렸다. 하지만 할머니는 계속 소리를 질렀다.

두꺼운 겨울 외투를 입은 젊은 남자 두 명이 약국 안으로 들어와 주위를 둘러보며 소리쳤다.

"무슨 일이죠? 도움이 필요하세요?"

"얼른 나가자, 어서!"

난 친구들에게 소리쳤고, 우리는 출구를 향해 전력 질주했다. 우산꽂이를 뛰어넘다가 하마터면 느림보처럼 열리는 자동문에 코를 박을 뻔했다. 그리고 마침내 우리는 약국 밖으로 나와 차갑고 신선한 공기를 들이마셨다.

앞장서서 달려가던 나는 사람이 적은 샛길만 골라서 달렸다. 우리 뒤쪽에서 다급한 발소리가 들렸다. 그 젊은 남자 두 명이 우리를 쫓아오는 걸까? 이런 올빼미 똥 같으니! 절대로 그들에게 잡히면 안 된다. 잡히면 모든 게 엉망이 될 게 분명했다!

모퉁이를 미끄러지듯 돌아, 상한 우유 냄새와 쥐의 배설물 냄새, 젖은 골판지 냄새가 진동하는 좁은 골목으로 들어섰다. 그곳엔 색깔로 구분된 쓰레기통 몇 개가 서 있었다.

"저 안으로 들어가, 얼른!"

그나마 냄새가 덜 지독한 파란색 쓰레기통을 골라서 뚜껑을 열었다. 그리고 몸의 반동을 이용해 쓰레기통 속으로 몸을 던져 산더미처럼 쌓여 있는 폐지 더미 위로 떨어졌다.

그때 갑자기 커다랗고 털이 잔뜩 나 있는 발이 나를 짓밟았다.

'아, 티카니구나.'

재빨리 뚜껑을 덮으려고 서두르다가, 겨울 부츠를 신은 발로 티카니를 걷어찼다. 그건 순전히 실수였지만, 어쨌든 우린 이제 비긴 셈이다.

"쉿!"

우리는 조용히 몸을 웅크렸다. 급한 발소리와 고함 소리가 점점 멀어졌다. 하지만 우리는 그 자리에 그대로 있었다.

'어쩌면 돌아오는 길에 다시 이곳을 지날 수도 있어.'

티카니에게 텔레파시를 보냈다.

'이 난장판이 끝날 때까지 여기 숨어 있는 게 나을 거야.'

정말 끝내주는 상황이었다. 작전은 실패했고, 약도 사지 못했
다. 성적은 훨훨 날아가 버렸다.

그리고…….

'쿠키는 도대체 어디 있는 거지?'

8

쓰레기통 안의 대화

더러운 쓰레기통 안에서 조금이라도 편한 자세를 잡아 보려고 조심스럽게 몸을 움직거렸다. 밑에 깔려 있던 골판지들이 흐트러지면서 퀴퀴한 폐지 냄새가 코를 찔렀다.

'쿠키는 아마 다른 곳으로 도망쳤을 거야.'

티카니에게 텔레파시로 말했다. 머리에서 머리로 대화하는 편이 훨씬 빨랐고, 목소리가 새어 나가는 것도 막을 수 있었다.

'분명히 또 어디서 죽은 척을 하고 있겠지.'

티카니는 조금 짜증이 난 것 같았다.

한동안 우리 둘은 아무 말도 없었다. 쓰레기통 안은 완전히 깜깜했다. 사람들이 폐지를 집어넣는 좁은 틈에서 약간의 빛이 새어 들어올 뿐이었다. 쓰레기통 안에서는 종이 냄새와 젖은 개 냄새…… 아니, 늑대 냄새가 났다. 둘은 어차피 결국 같은 냄새지만.

'쿠키가 아무 일 없었으면 좋겠는데!'

나도 모르게 생각이 밖으로 튀어나왔다. 티카니는 한숨을 내쉬었다.

'쿠키가 휴대폰을 가지고 있어. 혹시라도 무슨 일이 생긴다면 테오 씨에게 전화하면 돼. 집에서처럼 신호가 안 잡히는 것도 아니니까, 어디서든 전화를 걸 수 있겠지.'

갑자기 어떤 생각이 머릿속을 스쳤다.

'최악의 경우엔 쿠키가 우릴 찾으려고 학교 구조 팀을 부를 수도 있어.'

'그러지 않길 바라야지.'

티카니가 작게 끙 소리를 냈다.

지금 이런 꼴로 선생님들에게 구조된다면 너무나도 부끄러울 것 같았다. 이건 그저 약국을 다녀오라는 간단한 심부름일 뿐이었는데…….

참으로 희한한 상황이었다. 나는 불량한 늑대 패거리 중 하나와 깜깜한 어둠 속에 갇혀 있었다. 폐지가 가득한 쓰레기통 안에 단둘이서……. 하마터면 큰 소리로 웃음을 터뜨릴 뻔했다. 낯설지만 동시에 아늑함이 느껴졌다. 티카니는 평소처럼 적대적이거나 화가 나 있는 것 같지 않았다.

'왜 집에서는 신호가 잘 안 잡히는 거야?'

큰맘 먹고 물어보았다.

'우리 가족은 누나부트에 살고 있어. 캐나다에서도 북쪽이지.'

티카니가 머뭇거리며 말을 꺼냈다.

'우리는 이누이트야. 이누이트족 알지? 어쨌든, 에스키모라고는 부르지 마. 그건 네가 멍청하다는 걸 드러내는 말이니까.'

'어, 그래.'

티카니가 말을 멈추지 않도록 조심스럽게 대화를 이어 갔다.

'그래, 그러니까 넌 북극늑대라는 거잖아……. 너는 네가 우드워커라는 걸 어떻게 알게 됐어?'

'별로 어려운 일은 아니었어.'

이제 티카니의 말투는 믿을 수 없을 정도로 부드러워졌다.

'우리 지역에 사는 사람들은 대부분 우드워커야. 그래서 어렸을 땐 두 번째 모습을 갖지 못한 사람들이 정말 이상하게 보였어. 그 사람들이 너무 불쌍해 보였지.'

그 말은 정말로 재미있게 들렸다. 나는 곧바로 다시 물어봤다.

'우드워커가 그렇게 많은데 왜 우리 학교엔 너 혼자만 온 거야?'

'부족에서 나를 선택한 거야.'

티카니는 들릴 듯 말 듯 한숨을 내쉬었다.

'나는 우리 부족이 바깥세상에 보내는 사절 같은 존재야. 꼭 영광스러운 일처럼 들리지만, 나는 아빠처럼 사냥꾼이 되고 싶었어.'

'나는 우리 가족 말고 다른 우드워커들이 있는지도 몰랐어.'

티카니에게 고백했다.

117

'우리 가족은 산에서 퓨마로 살았고, 변신은 기껏해야 1년에 한 번 할까 말까 했으니까.'

'멋진 삶인 것 같은데.'

티카니가 약간 부럽다는 듯한 말투로 말했다.

'그래, 그랬었지.'

내 스스로 이 사실을 인정한 건 이번이 처음이었다. 인간으로 살고 싶다는 너무나 간절한 바람이 머릿속을 가득 채우기 전에는 산속 생활도 꽤 즐거웠던 게 사실이다.

걸리적거리는 종이가 너무 많아서, 좀 구겨서 옆으로 치웠다. 마음 같아서는 갈기갈기 찢어 버리고 싶었지만, 그랬다가는 너무 시끄러울 것 같았다.

'어쨌든, 넌 보나 클리프보다는 훨씬 나은 삶을 산 거야.'

티카니가 말을 이었다.

'보의 부모님은 서커스단에 있었어. 광대와 곡예사로⋯⋯. 그래서 아이들을 돌볼 시간이 없었지. 보가 이상한 애가 아니었더라도 말이야. 그 애 부모님은 보에게 무슨 문제가 있는지 몰랐어. 우드워커의 유전자가 아마도 세대를 걸러서 유전됐나 봐. 그런데 보의 할아버지와 할머니는 이미 오래전에 돌아가셔서, 결국 보는 집에만 틀어박혀 있었지.'

'서커스가 뭐야?'

그런 걸 묻는 게 조금 창피하다는 생각이 들었다.

하지만 놀랍게도 티카니는 나를 비웃지 않았다.

'사람들과 동물들이 커다란 텐트에서 묘기 같은 걸 보여 주는 거야. 나는 왜 그게 재미있는지 모르겠던데, 클리프는 좋아하더라. 클리프네 가족은 엄청난 부자인데, 너무 속물이라서 클리프를 그냥 놔두지 않는 것 같아.'

나는 귀를 쫑긋 세웠다.

'클리프네 부모님이 엄청난 부자라고?'

전혀 몰랐다. 클리프는 주말에 가끔 집에 가곤 했지만, 클리프의 부모님은 한 번도 학교에 오지 않았다.

'걔네 부모님은 클리프가 가업을 잇길 바라는데, 클리프는 그게 싫대.'

티카니의 설명을 듣고도 별로 놀랍지 않았다. 클리프는 정말 강했지만, 낮 시간엔 대부분 졸린 표정을 짓고 있었고 다른 사람이 자기 대신 결정해 주는 걸 좋아했다. 특히 제프가. 어쩌면 당연한 일이겠지만 말이다.

'좋아, 이제 바깥 상황을 좀 확인해 볼까.'

커다란 암늑대가 종이와 판지를 쑤석거리며 주둥이를 작은 틈에 가져다 댔다. 제발 뭔가를 버리려고 오는 사람이 없기만을 나는 간절히 바랐다. 지금 뚜껑을 열었다가는 놀라서 기절할지도 모르니까.

'쳇, 하나도 안 보이네.'

티카니가 불평을 늘어놓으며 공기 중의 냄새를 맡았다.

'우릴 쫓아오던 남자들의 냄새는 더 이상 나지 않아.'

나는 여전히 호기심이 동했다.

'제프는 어때? 걔네 부모님도 엄청난 부자야?'

티카니가 코웃음을 쳤다.

'내가 만약 너한테 제프에 대해서 한 가지라도 이야기한다면, 제프는 나를 죽이려 들 거야!'

'뭐? 그 녀석이 좋아하는 아침 식사 메뉴를 알려 줘도?'

가볍게 농담을 던졌다.

'제프가 아침으로 뭘 먹는지는 너도 잘 알잖아.'

티카니가 투덜거리듯 말했다.

'네가 우리 접시를 힐끔힐끔 쳐다보는 걸 몇 번이나 봤다고! 그리고 너……'

그 순간 우리 둘 다 펄쩍 뛸 듯이 놀랐다. 발소리가 점점 다가오고 있었다. 우리는 겁에 질려 몸을 더 낮게 웅크렸다. 안타깝게도 우리가 깔고 앉은 갈색과 흰색의 종이 언덕이 자꾸 바스락거리는 소리를 냈다. 제발 이 소음이 아무에게도 들리지 않길 간절히 바랐다.

'눈에 띄지 않도록 종이 속으로 파고 들어가는 건 어떨까?'

난 초조하게 제안했다.

'생각 좀 하고 말하지? 그랬다간 쓰레기에 파묻힐 텐데, 내가 숨

막혀 죽길 바라는 거야?'

티카니가 투덜댔다.

우리는 다시 숨을 죽인 채 가만히 기다렸다. 마치 쇠로 된 고리가 심장을 점점 옥죄는 것 같았다. 불현듯 앤드루 밀링에 대한 두려움이 되살아났다. 나는 그 사람의 영역에 들어와 있었고, 만약 여기서 붙잡힌다면 대가를 치러야만 한다는 사실을 너무나 잘 알고 있었다. 앤드루 밀링은 지난번 전화 통화에서 분명히 그렇게 하겠다고 선언했다.

'아주 지독하게 후회할 거야, 이 싹수없는 자식아. 아주 지독하게 후회할 거야, 이 싹수없는 자식아…….'

그리고 마침내 가늘고 긴 틈을 통해 무언가가 쑥 들어왔다! 그것은 종이도 아니었고, 앤드루 밀링의 손에 들린 권총도 아니었다. 그건 녹색 소매가 보이는 손이었다. 안으로 들어온 손은 무언가를 휘두르고 있었다. 네모난 골판지처럼 보였다.

티카니와 나는 너무 놀라서 꼼짝도 할 수 없었다. 이제 두 번째 팔이 좁은 틈을 비집고 들어왔다. 그 손에는 내가 본 적이 있는 지갑이 들려 있었다. 드디어 나는 냄새를 알아차릴 수 있었다.

"쿠키!"

나는 소리쳤고, 티카니는 안도의 숨을 몰아쉬었다.

"야, 너희 둘 다 밖으로 나올 생각은 없는 거야?"

쿠키가 쓰레기통 뚜껑을 열었다. 쿠키의 얼굴에는 미소가 가득했다.

"나 이번엔 죽은 척 안 했어! 그 소동이 다 끝날 때까지 조용히 기다렸다가 약이랑 다른 물건들을 샀다고! 그리고 너희 흔적을 쫓아와서 이렇게 결국 찾아냈고. 어때, 대단하지 않아?"

"너 진짜 끝내준다!"

쓰레기통에서 기어 나와 쿠키를 힘껏 껴안았다. 티카니는 골목길의 부서진 아스팔트 바닥으로 훌쩍 뛰어내리더니, 몸을 흔들어 폐지 조각을 털어 내고 쿠키의 주위를 껑충껑충 뛰어다녔다.

'정말 잘했어!'

티카니가 우리 머릿속에서 환호했다.

그런 다음 우리는 테오 씨에게 우리를 태우러 오라고 전화를 걸었다.

그로부터 몇 시간 지나지 않아, 나는 아주 만족스럽게 우리가 받은 성적표를 들여다보고 있었다.

비밀 유지: B

협동심: A

변신: A

임무 완수: A

문제 해결: A

최종 평가: A

정말 훌륭한 점수였다. 하지만 나에겐 티카니와 친근하게 대화를 나눈 게 더 큰 의미로 다가왔다. 어쩌면 늑대들과도 평화롭게 지낼 기회가 있는 건 아닐까?

앤드루 밀링 역시 나를 해치려 하지 않았다. 내가 그 사람의 영역에 있었는데 아무 일도 일어나지 않았다. 어쩌면 밀링은 나를 그냥 없는 셈 치고 인간에 대한 자신의 복수 계획에 집중할 생각인지도 모른다.

곧장 스파이를 찾기 위해 설치해 놓은 덫을 확인하러 갔다. 배낭 안에 넣어 놓은 공책은 정확히 같은 위치에 있지 않았고, 고무 냄새가 났다. 누군가가 고무장갑을 끼고 만진 것이다! 그렇다면 왜 바닥에 뿌려 놓은 밀가루에는 아무런 흔적도 남지 않은 걸까? 그때 나는 한 가지 허점을 깨닫고 이마를 탁 쳤다.

정체를 알 수 없는 그 방문객이 내가 놓은 덫을 눈치채고, 깨끗하게 닦아 낸 뒤에 밀가루를 다시 뿌려 놓은 게 분명했다!

'다음번엔 좀 더 세심하게 준비해야 해.'

누군가가 내 방에 두 번이나 침입했다는 것을 알고 나니, 기분이 좀 이상하기도 하고 혼란스럽기도 했다. 적이 내 영역 한복판에 자유롭게 드나들다니…… 본능적으로 주위를 둘러보았다. 팔에 난 잔털이 삐죽삐죽 곤두서는 게 느껴졌다.

저녁 식사를 마치고 나서야 조금씩 긴장이 풀리기 시작했다. 학생 식당 안은 스테이크와 구운 감자 냄새로 가득했고, 다들 기분이 좋아 보였다. 성공적으로 탐험을 마치고 돌아온 건 우리뿐만이 아니었다. 님블은 음악을 틀었다. 까마귀 남매 섀도와 윙은 끊임없이 농담을 주고받았다. 홀리와 넬은 식탁에서 로데오 놀이를 하고 있었다. 넬의 작은 앞발로 홀리의 목덜미 털을 그러쥐고 있는 건 확실히 쉬운 일은 아니었다.

'히야호!'

넬은 소리를 지르자마자 곧장 손을 놓치고 튕겨 나가 버렸다.

"탐험은 어땠어?"

나는 약간 흥분한 목소리로 친구들에게 질문했다.

브랜든이 활짝 미소를 지었다.

"섀도와 난 홀리를 수의사에게 데리고 가야 했어. 그리고 우리는 각자 맡은 역할을 아주 멋지게 연기했지! 홀리는 발을 절뚝이는 다람쥐 역할이었고, 우리는 그걸 걱정하는 주인 역할이었어."

섀도가 설명을 덧붙였다.

"내가 병원 대기실에 앉으려고 하는데, 브랜든이 나한테 그러는 거야. 먼저 접수대에 가서 진료 접수를 하지 않으면, 다섯

124

시간 후에도 거기 그냥 앉아 있을 거라고."

"하지만 넌 아픈 곳이 없었잖아, 홀리. 수의사가 그 사실을 몰랐어?"

난 가장 친한 친구를 돌아보며 물었다.

'모르던데?'

홀리가 쾌활하게 대답했다.

'그 사람은 내 발을 몇 번 눌러 보더니, 엑스레이를 찍고 나서 조금 삐었을 수 있다고 하더라. 그러더니 브랜든에게 무슨 연고를 줬어.'

"그래, 맞아. 매일매일 아침저녁으로 발라 줘야 한대. 그러니까 얼른 발 좀 내밀어 봐!"

브랜든이 웃으며 말했다.

홀리가 작은 발을 들어 브랜든의 팔에 척 걸쳐 놓았고, 섀도는 홀리에게 혀를 쏙 내밀어 보였다.

'하지만 진짜 문제는 따로 있었어. 브리저 선생님이 우리한테 돈을 충분히 주지 않았거든.'

홀리가 말했다.

'아마 일부러 그랬을 거야! 뭔가 잘못되었을 때 허세를 부리며 슬쩍 넘어가는 방법을 배우라는 거지.'

"브리저 선생님이 일부러 그랬을 리 없어."

나는 가장 좋아하는 선생님을 두둔했다. 브리저 선생님에 대

125

한 나쁜 소문은 한 번도 들은 적이 없었고, 선생님은 항상 내 편이었다.

브랜든이 어깨를 으쓱했다.

"아마 우리가 엑스레이를 찍는다고 해서 그렇게 비쌌을 거야. 난 큰일 났구나, 생각했어. 어쩔 줄 몰라 하고 있는데……."

"하지만 해결하는 건 식은 죽 먹기였어."

섀도가 기분 좋게 말을 이어 갔다.

"내가 밖으로 나가서 뒷마당에서 변신한 다음에 돈을 더 가지러 학교로 날아왔거든. 그리고 부리로 돈을 물고 돌아가서, 짠! 돈을 낼 수 있었지."

'자, 네 생각엔 우리가 A를 몇 개나 받았을 것 같아, 카락?'

홀리가 적갈색 털을 잔뜩 부풀린 채 자랑스레 머리를 쳐들고 꼬리를 씰룩거렸다.

"한…… 세 개?"

나는 순진한 표정을 지으며 추측해 보았다.

'전부 다 A야!'

홀리는 마치 고무공처럼 방방 뛰어다니며 머릿속이 터질 것 같은 엄청난 괴성을 질러 댔다.

'전부 다 A! 몽땅 다 A라고!'

섀도와 브랜든도 벌떡 일어났고, 셋은 함께 방방 뛰면서 입을 맞춰 소리쳤다.

"A! A! 전부 A! 몽땅 A!"

나는 홀리가 충분히 A를 받을 자격이 있다고 생각했다. 물론 살짝 질투가 나긴 했지만, 정말 살짝일 뿐이었다. 아마도 홀리가 이렇게 좋은 성적을 받은 건 지난 학기 전투 시험 말고는 없을 것이다. 학교 공부는 홀리의 관심 밖이었다.

루도 같은 팀이었던 넬과 리로이와 함께 축하하고 있었다. 나는 그 모습을 곁눈질로 슬쩍 바라보았다.

'나도 가 볼까? 맙소사, 가서 뭐라고 해야 하지? 내가 자기를 좋아한다는 걸 루가 알아차릴지도 몰라!'

제프가 말릴라 선생님에게 세 번째 스테이크와 감자튀김을 달라고 하기 전까지는 모든 게 좋았다.

"세 번째는 안 돼. 누구라도 말이야."

말릴라 선생님이 팔짱을 끼고 단호하게 말했다.

"나는 된다고요."

제프가 태연하게 말했다.

"나한테 이래라저래라 하지 마세요. 비버 주제에."

순식간에 학생 식당은 물을 끼얹은 것처럼 조용해졌다. 폭풍이 몰아치기 직전의 숲 같았다.

영원할 것 같던 침묵은 한순간에 깨졌다. 제프를 향해 열정으로 가득 찬 욕지거리가 홍수처럼 밀려오고, 포크가 날아들었다. 그것도 뾰족한 쪽이 앞을 향한 채로! 만약 제프가 동물의 모습으로 있었다면, 늑대가 다리 사이로 꼬리를 만 채 슬금슬금 도망치는 멋진 광경을 감상할 수 있었을 텐데! 대신 우리는 팔로 머리를 감싼 채 허둥지둥 도망가는 제프의 모습을 볼 수 있었다. 제프가 사라진 바닥에서 온갖 식기들이 달그락거리고 있었다.

"당장 내일부터 징계를 받을 거다! 넌 일주일 내내 주방 일을 도와야 할 거야!"

제프가 멀리 도망가기 전에 말릴라 선생님이 제프의 뒤통수에 대고 소리쳤다.

제프가 내 곁을 지나갈 때 나도 충고를 건넸다.

"다음부터는 공손하게 부탁해 봐."

충고의 효과는 즉각 나타났다. 제프는 걸음을 멈추더니 나를 향해 돌아서서 죽일 듯이 노려보았다.

"방금 뭐라고 그랬냐, 새끼 고양이?"

제프는 말하는 동시에 자기 패거리에게 손짓했다. 클리프는 주먹을 꽉 말아 쥐었고, 보는 비웃는 표정으로 나를 노려보았다.

가장 안 좋았던 것은, 티카니도 제프 곁에 서서 나를 적대적으로 노려보고 있었다는 사실이다. 아마 티카니가 늑대의 모습이었다면, 나를 향해 으르렁댔을 것이다. 너무나도 혼란스러웠다. 쓰레기통 안에서 티카니와 함께 나눴던 즐거운 대화와 티카니가 들려준 자신의 이야기들이 떠올랐기 때문이다.

제프와 그 패거리는 내 대답을 기다리고 있었다. 하지만 머릿속에 아무 말도 떠오르지 않았다. 제프의 표정이 점점 분노에서 놀라움으로 바뀌었다. 결국 기다리다 지친 제프는 내 발치에 침을 퉤 뱉고는 무리를 이끌고 가 버렸다.

내가 다시 자리에 앉자, 홀리가 물었다.

'이게 다 무슨 일이야?'

홀리는 쪼르르 달려가서 탁자 옆에 놓여 있는 화분을 한 바퀴 돌았다.

"응, 아무 일도 아니야."

억지로 미소를 지으며 대답했다. 나는 왜 그렇게 실망했을까? 늑대들은 언제나 무리가 우선이다. 티카니는 오늘 오후 나와 함께 꽤 괜찮은 시간을 보냈다는 사실을 누구에게도 인정하지 않을 것이다.

나도 그 사실을 혼자만 간직하는 편이 나을 것 같았다. 그리고 제프가 폭주하는 바람에 일주일 내내 취사 당번을 해야 한다는 사실을 즐기기만 하면 된다.

9

큰뿔양의 초대

두 주에 한 번씩 수양 가족인 랄스턴 가족과 함께 주말을 보낸다. 그 이틀 동안 나는 퓨마 변신족 카락이 아니라, 어느 날 숲에서 나타나 경찰서로 찾아가 아무것도 기억나지 않는다고 주장한 조금 이상한 소년이 된다. 안나 아줌마가 '제이'라는 이름을 지어 준 소년. 안나 아줌마는 내가 누구인지, 진짜 정체가 뭔지 절대 알아서는 안 된다.

언제나 그랬듯 테오 씨는 금요일 저녁에 나를 잭슨 마을 외곽에 있는 작은 집 앞에 내려 주었다. 전날 눈이 왔기 때문에 현관 앞에는 눈을 치워 만든 좁은 통로가 나 있었다.

"괜찮겠어?"

차에서 내릴 준비를 하는데 테오 씨가 물었다. 테오 씨는 내수양 형인 말론이 내 삶을 지옥으로 만들려고 한다는 걸 알고 있었다.

"어떻게든 살아남아야죠."

차에서 가방을 내리며 대답했다.

"내 특별 교육이 필요한 놈이 있으면 언제든 말해라."

테오 씨가 씩 웃으며 말했고, 나도 따라서 웃었다. 예전에 테오 씨가 나를 처음 학교에 태워다 주기 위해 왔을 때, 말론 형의 손을 거의 부스러뜨릴 뻔했다. 말코손바닥사슴 변신족의 힘은 정말로 엄청났다.

래브라도 빙고는 특별 교육이 필요하지 않았다. 현관문을 열고 들어서는 나를 보자마자 빙고는 낑낑거리며 꼬리를 숨기고 어디론가 잽싸게 달려가 버렸다. 빙고가 도망치는 모습이 꼭 학생 식당에서 달아나던 제프의 모습 같아서, 덕분에 기분이 살짝 좋아졌다.

랄스턴 가족의 집에는 두 가지 놀라운 일이 기다리고 있었다. 안나 아줌마가 나를 안아 주기 전에 그중 하나가 눈에 들어왔다. 바로 앤드루 밀링의 커다랗고 뚱뚱한 얼굴이 담긴 선거 포스터였다. 마을 전체에 걸려 있는 것과 똑같은 포스터가 거실 벽 한가운데에 떡하니 걸려 있었다.

마치 밀렵꾼의 덫에 발가락이 끼인 것처럼 난 그 자리에 우뚝 멈춰 섰다.

"저게 왜 여기 있어요?"

아마도 내 목소리는 아주 퉁명스럽게 들렸을 거다.

안나 아줌마가 나를 보며 환한 미소를 지었다.

"내가 밀링 씨의 선거 운동을 돕고 있거든."

"어…… 왜요?"

정말 어색한 말투로 질문했다.

"네 후원자잖니. 네가 좋아할 줄 알았는데……."

앤드루 밀링과 나 사이에 있었던 일을 랄스턴 부부에게 말하는 것을 오랫동안 피하고 있었다. 하지만 이제는 사실을 털어놓을 때가 된 것 같았다.

"음…… 밀링 씨는 더 이상 제 후원자가 아니에요."

"뭐라고? 도대체 왜?"

안나 아줌마가 깜짝 놀라 물었다.

"싸웠거든요."

간단히 고백했다.

안나 아줌마의 겁에 질린 표정에 마음이 아팠다. 안나 아줌마가 그런 표정으로 날 바라본 적은 한 번도 없었다.

"맙소사! 무슨 짓을 한 거니? 혹시…… 그 사람이 화를 낼 만한 잘못을 저지른 거야?"

내 안에 있던 반항심이 툭 튀어나왔다.

"그 사람이 저한테 뭘 도와 달라고 했는데, 싫다고 했어요."

이제 안나 아줌마가 뭘 물어볼지 잘 알았기 때문에, 곧바로 덧붙여 말했다.

"그게 뭔지는 비밀이라서 말씀드릴 수 없어요. 하지만 선거 운동을 돕는 건 그만두면 안 되나요? 제발요!"

이 말을 할 때 내 심장은 무릎 언저리에서 출렁이고 있었다.

"도널드! 얼른 이리 좀 와 봐!"

안나 아줌마는 내 수양아버지이자 심리학자인 도널드 아저씨의 사무실이 있는 계단 쪽을 향해 날카롭게 소리쳤다.

하지만 계단에서 내려온 건 말론 형과 한 여자애였다. 그리고 이게 바로 두 번째 놀라운 사실이다.

'헐! 말론 형에게 여자 친구가 생겼다니!'

말론 형 같은 악당에게 반할 누군가가 존재한다는 사실이 도저히 믿기지 않았다. 나는 호기심 가득한 눈으로 그 여자애를 자세히 살펴보았다. 키는 나랑 비슷해서 말론 형보다는 머리 하나 정도 작았다. 만약 그 여자애가 우드워커라면 분명 큰뿔양이었을 거다. 진짜로 뿔이 달린 건 아니었지만, 갈색 머리카락이 귀를 감싸며 구불거리는 모습이 마치 뿔처럼 보였다. 그 여자애의 커다란 눈과 왠지 먹잇감을 닮은 모습 때문에 갑자기 배가 고파졌다.

이런 내 생각이 몽땅 다 표정으로 드러나진 않았나 보다. 그 여자애가 나를 보고 웃으며 손을 내밀었기 때문이다.

"안녕? 난 데비야. 넌 말론 동생이지?"

'아니, 저 머저리는 내 형도 아니고, 앞으로도 영원히 그럴 일

133

은 없을 거야! 내 유일한 형제는 미아 누나뿐이야.'

속으로 대답하며 데비의 손을 잡고 흔들었다. 이런 행동은 이미 '인간 연구' 수업 시간에 배웠던 터라 이제는 망설임 없이 할 수 있었다.

"안녕? 난 제이야."

"그래, 알아. 신비로운 소년이잖아!"

데비의 미소가 더 커졌다.

"학교에서 너를 몇 번 봤었어. 아마 천문학 수업을 같이 들었을걸."

"응, 맞아."

미소를 지으며 맞장구쳤지만, 인간들의 표현을 빌리자면 데비에 대해 기억나는 건 쥐뿔도 없었다.

우리가 이야기를 나누는 동안, 짧게 자른 탈색한 금발 머리에 눈 사이는 좁고 어깨만 넓은 말론 형은 데비와 최대한 가까이 붙어 서 있었다. 데비가 나에게 호감을 가지고 있다는 것이 점점 더 확실해질수록 말론 형의 표정은 점점 더 썩어 갔다. 결국 말론 형은 데비의 손을 잡고 계단 아래 부엌으로 끌고 가 버렸다.

"말론이 나한테 석류즙을 넣은 음료를 만들어 주겠대!"

데비가 쾌활하게 말했다. 그리고 부엌문이 쾅 소리를 내며 닫혔다.

잠깐이지만, 안나 아줌마의 콧잔등에 잡혀 있던 근심 어린 주

134

름이 사라졌다.

"미식축구를 하다가 만났다고 해. 데비가 학교 미식축구팀의
열렬한 팬이라는구나."

안나 아줌마가 내게 속삭였다.

"사랑스럽지 않니?"

"흠……."

그 말엔 동의할 수 없었다. 왜냐고? 첫째, 나는 오로지 루에
대해서만 그런 표현을 사용할 거니까. 둘째, 내가 말론 형의 여
자 친구를 사랑스럽게 생각한다는 건 내 사형 집행 명령서에
서명하는 것과 다름없는 일이니까. 그래서 그냥 솔직하게 대답
했다.

"맛있어 보이네요."

"맛있다니!"

안나 아줌마가 폭소를 터뜨렸다.

"넌 정말이지……! 제이, 그건 엄청나게 무례한 말이야."

무례하다고? 인간 세계의 예의범절은 정말 복잡하고 이해하
기 힘들었다.

때마침 도널드 아저씨가 헐레벌떡 계단을 내려왔기 때문에,
이 문제를 오래 고민할 수는 없었다. 도널드 아저씨는 뚱뚱한
체형에 회색 머리, 테가 없는 동그란 안경을 쓰고 있었다.

"무슨 일이야?"

도널드 아저씨가 묻자 안나 아줌마가 즉시 궁금증을 해소해 주었다.

도널드 아저씨는 미간을 찌푸리며, 내가 싫어하는 바로 그 표정을 지었다. 나를 향한 관심과 어떻게든 이해해 보려는 의지로 가득 찬 표정이었다. 사실 그 자체로는 딱히 나쁘다고 할 수 없었지만, 도널드 아저씨의 눈에 담긴 표정은 어쩐지 좀 과한 느낌이었다.

"제이, 네가 이 사회에 적응하는 게 쉬운 일이 아니고, 아직도 많은 것들이 낯설게 보일 거라는 걸 잘 알아. 난 정말 공감하고 있단다. 그렇지만 말이야……."

도널드 아저씨가 검지를 들어 올렸다.

"네가 해서는 안 되는…… 그러니까, 사회적으로 받아들여지지 않는 게 있어. 예를 들자면, 사회적으로 영향력 있는 사람의 기분을 상하게 하면 안 돼. 앤드루 밀링이 너한테 그렇게 친절하고 너그럽게 대해 줬는데……."

"그 사람이 절 염탐했어요."

결국 이 말을 해 버리고야 말았다.

"뭐라고?"

도대체 왜 그 말을 했을까! 이제 나는 혼자 간직하려고 했던 일들까지 모조리 설명해야만 했다.

"밀링 씨가 줬던 그 주머니칼이 도청 장치였어요."

안나 아줌마는 마치 새 동굴을 찾아내고 좋아하다가, 그 안에 살고 있는 곰을 발견한 고슴도치처럼 보였다. 안나 아줌마가 식탁 의자에 털썩 주저앉았다.

"정말이니? 하지만 어떻게……."

재밌는 일이었다. 펄펄 끓는 연못에 떨어진 주머니칼이 폭발하는 것을 두 사람 역시 직접 보았다. 하지만 어떻게 그런 일이 일어날 수 있는지 궁금해하지는 않은 것 같았다. 나는 최대한 말을 아껴 가며 설명하려고 노력했다. 그러다 보니 많은 부분을 생략해야 했다. 예를 들면, 밀링이 학교에 심어 놓은 파리 변신족의 정체를 밝혔다거나, 아니면 여전히 내 행동 하나하나를 옛 후원자에게 보고하고 있는 스파이가 더 많이 있을 수 있다는 사실 말이다.

이야기를 마쳤을 때, 주위가 잠시 조용해졌다. 이윽고 안나 아줌마와 도널드 아저씨가 서로 눈빛을 교환하더니, 도널드 아저씨가 슬쩍 헛기침을 내뱉었다.

"확실히 그건 좀 이상하구나. 하지만 아주 부유한 사람들은 우리와 다른 삶을 살고 있단다, 제이. 그 사람들은 위협에 노출될 가능성이 아무래도 더 크기 때문에, 안전에도 남들보다 각별히 신경 쓴단다. 어쩌면 밀링 씨는 그저 염려가 돼서 그런 걸 수도 있어. 네가…… 사업상의 비밀이나, 뭐 그 비슷한 것을 떠벌리고 다닐까 봐 말이야."

나는 낙심한 얼굴로 안나 아줌마를 바라보았다. 안나 아줌마의 눈빛에서 아줌마가 나를 친자식처럼 사랑한다는 걸, 하지만 도널드 아저씨의 말에 동의하고 있다는 걸 느낄 수 있었다.

"그러니까 가능한 한 빨리 밀링 씨와 화해하렴. 오늘 당장이라도."

이제 도널드 아저씨의 목소리는 조금 날카로워져 있었다.

"그렇게 한다면 그 사람이 의원에 당선됐을 때 너도 다른 모두와 함께 기뻐할 수 있을 거야."

'다른 모두와 함께라니……'

내 수양부모님은 자신들이 무슨 이야기를 하는지도 모른다! 밀링의 아내와 딸이 사냥꾼의 총에 맞아 죽은 뒤로 밀링이 인간들을 얼마나 증오하는지, 두 사람은 모르고 있다.

나는 어찌할 바를 몰라 그저 아무 말 없이 고개만 푹 숙이고 있었다.

"제이?"

안나 아줌마가 부드럽고 상냥한 목소리로 불렀다.

"누군가에게 잘못을 저지른 뒤에 사과하는 게 얼마나 힘든지 알아. 하지만 너는 할 수 있어."

둘 다 정말 아무것도 몰랐다! 앤드루 밀링은 마음만 먹으면 퓨마의 모습으로 몰래 숨어 기다리다가 그들의 목을 물어뜯을 수도 있다. 내가 밀링을 막을 힘이 있는지 확신할 수 없었다. 아니면 방울뱀 변신족을 보내서 독니로 물어 버리라고 지시할 수도 있다. 그런데도 안나 아줌마는 밀링이 더 많은 힘을 얻을 수 있도록 돕고 싶어 했다!

나는 조용히 자리에서 일어섰다. 도널드 아저씨가 팔을 붙잡으려 했지만 몸을 비틀어 빠져나와 2층 내 방으로 올라갔다.

그런데 방으로 가는 길목에서 누군가가 나를 기다리고 있었다. 여덟 살짜리 수양 여동생 멜로디가 카펫이 깔린 계단에 앉아 있었다. 멜로디는 자기가 특별히 아끼는 기다란 은색 갈기가 달린 장난감 말을 꼭 안고 있었다.

"무슨 짓을 한 거야?"

멜로디가 놀라서 토끼 눈을 뜬 채로 속삭였다.

비록 나와는 자주 티격태격했지만, 이번엔 멜로디의 목소리에 진심이 담겨 있었기 때문에 대답해 주었다.

"누군가에게 듣기 싫어하는 이야기를 했어."

"정말? 그 앤드루 밀링이라는 사람?"

놀라서 쳐다보자, 멜로디는 자기 예상이 맞았다는 자부심 가득한 미소를 지었다.

"나도 그 사람 싫어."

멜로디가 속삭였다.

"예전에 우리 집에 왔을 때 날 아주 이상한 표정으로 쳐다봤거든!"

"정말? 어떤 표정이었는데?"

"나를 여자애가 아니라 쥐나 딱정벌레나, 아니면…… 어쨌든 뭔가 다른 걸로 보는 것 같았어."

"그 사람을 멀리하는 게 좋을 거야."

내 충고에 멜로디도 심각한 표정으로 고개를 끄덕였다.

"멜로디, 빙고 산책 좀 시킬래?"

안나 아줌마가 불렀다.

"제이, 네가 멜로디랑 같이 가 줄 수 있니? 밖이 벌써 어두워지기 시작했어."

"알았어요."

멜로디와 나는 동시에 대답했고, 멜로디가 빙고의 목줄을 끌고 왔다. 빙고는 신이 나서 꼬리를 흔들며 멜로디를 따라나섰다. 내가 같이 간다는 걸 깨달았을 때도 산책을 하고 싶은 빙고의 열망은 꺾이지 않았다.

아마 멜로디와 안나 아줌마는 몰랐겠지만, 나는 밤 산책을 함께 가기에 더할 나위 없이 좋은 동료였다. 내 고양이의 눈에 밖은 깜깜한 게 아니라 그저 좀 어둑어둑할 뿐이었다.

커다란 회색 올빼미가 사냥을 하기 위해 눈 덮인 초원 위를 조용히 미끄러지는 모습이 보이고, 나무 계단 아래 구멍 속에서 잠자고 있는 살무사의 냄새가 나고, 세 집 건너에 사는 남자가 집 밖에 나와 숨을 들이마시는 소리가 들렸다.

누구든 멜로디에게 해를 끼치려는 사람이 있다면 분명 따끔한 맛을 보게 될 거다. 그리고 그건 동네 두더지에게도 얻어맞고 다닐 것 같은 빙고 때문은 아닐 것이다.

"혹시 올빼미 본 적 있어?"

빙고가 바닥에 코를 대고 킁킁거리며 따라오는 동안 멜로디에게 물었다. 멜로디가 고개를 젓자 나는 한 방향을 가리키며 말했다.

"저기에 한 마리 있어. 꼼짝 말고 가만히 서서 봐. 안 그러면 놀라서 날아가 버릴 테니까."

호들갑을 떨 거라는 내 예상과 달리 멜로디는 마치 매복 중인 퓨마처럼 가만히 서서 눈알만 굴렸다.

"와, 보인다! 저건 무슨 종류야?"

"정확한 이름은 수리부엉이야."

나는 조용히 설명했다.

"청력이 엄청나게 발달해서, 두꺼운 눈 속에 있는 땅다람쥐 소리도 들을 수 있어. 그렇게 눈 속으로 뛰어들어 저녁거리를 잡지. 이 모든 게 다 눈 깜짝할 새에 일어나."

멜로디가 나를 향해 몸을 돌리고 감탄한 표정을 지었다.

"오빠는 동물에 대해 정말 많이 알고 있구나."

"어, 뭐……."

무슨 말을 해야 좋을지 몰랐다. 만약 내가 퓨마로 변신한다는 사실을 알게 되면, 멜로디는 비명을 지르며 달아날 것이다.

빙고는 그 사실을 알고 있었지만, 다행히 아무에게도 고자질할 수가 없었다.

집 밖에 나와 있던 이웃집 남자가 조용히 우리를 지켜보고 있는 게 느껴졌다. 갑자기 조금 불편한 마음이 들어서 멜로디에게 말했다.

"자, 이제 그만 돌아가자."

다행히 멜로디는 고개를 끄덕였다.

우리는 데비와 말론 형이 복도에서 작별 인사를 하고 있던 바로 그 순간에 집으로 돌아왔다. 둘은 얼굴을 맞대고 있다가, 우리가 들어오는 소리를 듣자마자 마치 독수리에게 쫓기는 얼룩다람쥐들처럼 화들짝 놀라 서로 떨어졌다. 멜로디가 킥킥 웃으며 '쪽' 하고 뽀뽀하는 소리를 흉내 냈다. 말론 형은 우리를 쏘아보더니 주머니에 손을 푹 찔러 넣고 몸을 돌렸다. 하지만 데비는 나를 보며 미소를 지었다.

"저기, 있잖아…… 제이, 다음 주 금요일 밤에 내 생일 파티가 있는데 너도 올래?"

생일 파티라니! 생각만 해도 끔찍했다. 사람들이 북적이고, 시끄럽고, 다들 나보다 적어도 두 살은 많을 것이다!

"안됐지만 걔는 시간이 없어."

말론 형이 능글거리며 웃었다.

"지금 무슨 이상한 기숙 학교에 다니는데, 두 주에 한 번만 밖에 내보내 주거든."

그 순간 나는 마음을 고쳐먹었다.

"초대해 줘서 고마워. 꼭 갈게."

데비를 향해 미소를 지으며 대답했다.

"좋아! 다른 친구들을 데리고 와도 돼."

데비가 말했다.

"알았어."

나는 대답했다.

와우, 인간의 파티라니! 전에 한 번도 가 본 적이 없어서 약간 겁나긴 했지만 동시에 흥미롭기도 했다.

'안나 아줌마와 도널드 아저씨와 클리어워터 교장 선생님이 내가 파티에 갈 수 있도록 허락해 줄까?'

데비가 나가고 현관문이 닫히자마자, 말론 형이 나를 향해 돌아섰다.

"진짜로 파티에 나타나기만 해 봐, 그날이 바로 네 제삿날이 될 테니까."

난 '제삿날'이 무슨 뜻인지 몰랐기 때문에, 그냥 어깨만 으쓱했다. 막 방으로 올라가려는데, 등 뒤에서 멜로디의 낭랑한 목소리가 들렸다.

"오빠는 왜 맨날 제이 오빠를 못살게 구는 거야? 이제 그만 좀 괴롭히면 안 돼?"

도저히 믿을 수가 없었다. 지난 2년 동안 나를 마치 털 속의 진드기처럼 대하던 그 애가 맞는 걸까?

"닥치고 가서 조랑말이나 가지고 놀아!"

말론 형이 소리를 빽 질렀다. 안타깝게도 바로 그 순간 안나 아줌마가 나타났다.

"말론! 어린 여동생에게 어떻게 그런 말을 할 수 있니?"

안나 아줌마가 소리쳤다.

"고마워."

나는 멜로디에게 작게 속삭였다. 하지만 멜로디는 이미 빙고를 껴안고 아기를 어르듯 말을 걸면서, 빙고를 위해서 직접 만든 반짝이 구슬이 달린 목걸이를 채워 주느라 정신이 팔려 있었다. 불쌍한 내 동물 친구…….

안나 아줌마는 내가 파티에 가는 걸 흔쾌히 허락해 주었다.

말론 형은 고맙게도 서프라이즈 선물로 내 침대와 신발에 압정을 숨겨 놓았다. 침대에서 말론 형의 냄새가 났기 때문에 뭔가 수상하다는 걸 느끼고 이불을 털어 봤고, 운 좋게 침대에 있던 압정을 찾아낼 수 있었다. 하지만 서둘러 신발을 신으려다가 결국 발바닥에 두 개, 엄지발가락에 한 개의 압정이 박히고 말았다. 나는 길길이 화를 내며 그것들을 뽑았고, 남은 주말 내내 모든 물건의 냄새를 맡느라 시간이 다 지나가 버렸다.

"제이, 도대체 무슨 일이니?"

안나 아줌마가 마침내 물었다.

"DVD 리모컨에서 냄새가 나는 거야?"

"가끔 그래요."

나는 웅얼웅얼 대답했다.

일요일 저녁에 클리어워터 중고등학교로 돌아가게 되어 너무 나도 기뻤다.

10

초식 동물들의 식탁

일요일 저녁, 기숙사 방으로 돌아가던 중에 토끼 변신족 님블을 마주쳤다. 토끼 소년은 늑대 녀석들이 항상 촌티 난다고 놀려 대던 차림새를 하고 있었다. 하늘색 셔츠 위에 털실로 짠 체크무늬 조끼였다.

"다리는 왜 절뚝이는 거야?"

날 보자마자 님블이 물었다.

"수양 형이 날 별로 좋아하지 않거든."

지친 한숨을 내쉬며 대답했다.

"그래, 알아. 나도 수양 누나랑 계속 부딪히거든."

님블이 일그러진 미소를 지었다.

"어쨌든, 나는 음악이 너무 좋아서 그 가족이 나를 받아 줬으면 했어. 수양아버지는 음악 선생님이고, 수양어머니는 플룻 연주자거든. 처음부터 내가 원래의 가족을 떠나기로 결심했던 이유가 바로 수양부모님 때문이었어."

님블의 이야기를 듣자 마음 한편이 따스해졌다.

"너도 그랬구나? 그럼 인간으로 살기로 결심하고 가족을 떠난 거야?"

님블이 고개를 끄덕였다.

"정말 힘들었어. 막상 겪어 보니까 내가 기대했던 가족은 아니었거든."

님블이 얼굴을 찡그리며 자기 옷을 가리켰다.

"더럽게 엄격해. 게다가 일주일에 세 번씩이나 교회에 가야 하고."

"헐!"

어쩌면 내가 랄스턴 가족과 함께 지내게 된 건 그렇게까지 운이 없었던 건 아닌 것 같았다. 특히 멜로디가 예전만큼 나를 질투하지 않는다면 더더욱 그랬다.

님블과 나는 그래도 내 처지가 님블보다 좀 더 불쌍한 걸로 합의를 봤다. 나는 진짜 가족을 찾지도 못하고, 지금 어디서 뭘 하고 있는지도 모르기 때문이다. 님블은 그래도 휴일마다 가족을 볼 수 있었다.

좀 더 이야기를 나누던 중에 님블이 갑자기 말을 꺼냈다.

"카락, 네가 처음 이 학교에 왔을 때 말이야, 그때 일은 정말 미안해. 네가 얼마나 친절한지 알았더라면, 절대 방을 바꿔 달라고 하지 않았을 거야."

"아, 괜찮아."

나는 뒤끝 없이 대답했다.

"브랜든이랑 같은 방을 쓰지 않는 걸 다행으로 여겨. 오늘 밤
이 지나면 그 녀석은 또 새 침대가 필요할지도 몰라."

브랜든은 정기적으로 대초원을 질주하는 꿈을 꿨는데, 불행
히도 그 과정에서 꼭 들소로 변신했다. 그리고 들소의 질주를
버틸 만한 침대는 드물었다. 지금 쓰는 침대는 강철 파이프로
만든 것이었는데, 얼마나 버틸 수 있나 지켜보는 중이었다.

"그건 어쩔 수 없는 일이라고!"

브랜든이 상처받은 표정을 한 채 우리 방문 밖으로 고개를 내
밀었다.

"그래, 나도 알아! 그런 뜻이 아니었어."

민망해진 나는 메고 있던 배낭을 침대 위에 던지고 화제를 돌
렸다.

"클리어워터 교장 선생님한테 가서 다음 주에 파티에 가도
되는지 물어봐야 해."

"인간들 파티?"

브랜든과 님블이 한편으론 놀랍고, 한편으론 부러운 듯한 표
정으로 바라보았다.

"파티에 가려고?"

"당연히 가야 하는 거 아니야?"

난 좀 멋진 척을 하고 싶었다. 이미 수양부모님의 허락을 받았기 때문에, 이제는 교장 선생님만 허락하면 된다. 그러고 나서 내가 정말로 그 파티에 갈 수 있을지 고민할 시간은 충분히 있을 것이다.

교장실로 가는 길에 주방을 지나쳤고, 거기서 멋진 구경거리를 발견했다. 제프가 앞치마를 두르고, 산처럼 쌓인 채 껍질이 벗겨질 순서를 기다리는 감자 더미 옆에 서 있었다. 제프가 나를 발견하고 무시무시한 눈초리로 노려보았다.

"와, 재미있어 보이네. 혼자서 즐거운 시간 보내!"

미소를 지으며 덕담을 건넨 나는 제프가 감자 칼을 집어 던지기 전에 재빨리 도망쳤다.

클리어워터 교장 선생님은 교장실에 없었다. 혹시라도 사적인 시간을 방해하는 건 아닐까 걱정하며, 교장실에 딸린 개인실의 방문을 살짝 노크했다. 교장 선생님이 순회 강연 중이 아니기를 바랐다. 클리어워터 교장 선생님은 야생 동물을 연구하는 생물학자로서 미국 서부 전역에 있는 학교를 돌아다니며 강연을 했고, 어린 우드워커를 찾아내 우리 학교로 초대했다.

다행히 교장 선생님이 문을 열어 주었다. 맨발에 알록달록하고 헐렁한 드레스를 입은 교장 선생님의 가느다란 흰 머리카락은 빗질도 하지 않은 채 삐죽삐죽 솟아 있었다. 클리어워터 교장 선생님은 남는 시간에 깃털이 들어간 구슬 장신구를 만드는 것을 좋아했고, 지금도 손에는 자신의 최신작을 들고 있었다. 물론 그 안에 들어간 깃털은 모두 자기 깃털이었다.

나는 거의 한 걸음 물러날 뻔했다.

"죄송합니다. 쉬시는데 귀찮게 하려는 건 아니었어요. 저는 그냥……."

"괜찮아, 카락. 무슨 일이니?"

교장 선생님이 미소를 짓자, 매부리코인 얼굴이 평소보다 훨씬 덜 엄격해 보였다.

"물어보고 싶은 게 있어서요."

수줍게 말하며 교장 선생님의 어깨 너머를 건너보았다. 작은 탁자 위에 흰 봉투가 쌓여 있는 게 보였다. 우리가 다음 주에 할 학습 탐험 과제일까?

"누가 저를 파티에 초대했거든요. 친구를 데려갈 수도 있어요. 파티는 다음 주 금요일이에요."

"그래? 그것참 멋지구나."

클리어워터 교장 선생님이 말했다.

"잘 다녀오렴. 테오 씨가 태워다 줄 거야. 누구랑 같이 가려고 하니? 루?"

뺨이 확 달아오르는 게 느껴졌다. 빨개졌으려나? 인간의 신체는 가끔 좀 당혹스러웠다.

150

"어쩌면요."

가까스로 대답했다. 클리어워터 교장 선생님은 내가 루를 좋아한다는 걸 어떻게 알았을까? 그렇게 티가 났나? 설마 모두가 알고 있는 건 아니겠지?

"고맙습니다. 남은 저녁 시간 잘 보내세요. 하던 일을 마저 하실 수 있게 저는 이만……."

"잠시만."

교장 선생님은 나를 보며 잠시 생각에 잠겼다.

"이번 주 네 학습 탐험 말이다……. 이번 탐험이 정말 중요하다는 걸 짚어 주고 싶구나. 그저 너에게만 하는 말이 아니란다. 난 이런 임무는 아무에게나 맡기지 않아. 하지만 너는 올바른 본성을 가지고 있다고 생각해."

목 안에서 가르랑거리는 소리가 저절로 새어 나왔다.

"그 말씀은…… 이번 탐험이 그저 훈련이 아니라는 뜻인가요? 무언가 중요한 임무라는……."

클리어워터 교장 선생님이 고개를 끄덕였다.

"그래, 자세한 건 월요일에 브리저 선생님이 알려 주실 거야. 너도 즐거운 저녁 시간 보내렴, 카락."

안타깝게도 월요일 오후까지는 아무런 준비도 하지 못한 채 그저 이런저런 추측이나 하고 있어야 했지만, 그렇다고 언제까

151

지 고민만 하고 있을 수는 없었다. 그보다 중요한 일이 있었기 때문이다. 루에게 함께 파티에 갈 수 있는지 물어봐야 했다!

얼마 전 학생 식당에 있는 화이트보드에 루가 적었던 말이 뭐였더라?

용기 없는 자에게는 희망도 없다

점심시간에 나는 평소 앉던 탁자로 가지 않았다. 대신 페퍼로니 피자와 사과 주스가 든 접시를 들고 루와 비올라와 쿠키가 앉아 있는 탁자로 향했다. 염소 변신족 비올라가 그곳에 있다는 것은, 그 탁자엔 냄새가 꽤 심할 거라는 의미였지만.

"혹시 여기 앉아도 될까?"

심장이 마치 가슴속에서 탈출하려는 작은 동물처럼 요동치기 시작했다.

루가 의심스러운 표정으로 고개를 끄덕였다.

"그럼, 물론이지."

루의 대각선 반대편 자리가 비어 있었다. 도저히 루를 쳐다볼 엄두가 나지 않았다. 그랜드티턴산맥의 모든 봉우리여! 루한테 무슨 말을 하려고 했더라? 나는 뭘 하러 온 거지?

"피자 맛있네. 안 그래?"

다른 탁자에 앉아서 나를 지켜보고 있는 브랜든과 홀리를 힐끗 보며 중얼거렸다.

"그래."

루가 대답했다. 초식 동물들이 먹는 피자 속 올리브를 골라서 접시 한쪽에 가지런히 쌓아 놓는 모습이 너무나도 귀여워 보였다. 와피티사슴일 때의 루는 섬세한 발굽을 가지고 있었고, 인간의 모습일 때는 솜씨 좋은 손을 가지고 있었다. 그냥 대놓고 파티 좋아하느냐고 물어봐야 하나? 아니, 분명히 그건 무례하게 느껴질 것이다.

"어…… 오늘 날씨가 정말 좋다, 안 그래?"

질문을 바꿔 보았다. 루가 재밌다는 표정을 지었다.

"넌 진눈깨비가 좋아?"

"앗, 아니! 사실 날씨를 제대로 못 봐서……. 하하! 아니, 진눈깨비는 나도 싫어. 눈은 제대로 된 눈이어야지. 그중에서도 밟을 때 가루 같은 느낌이 드는 그런 눈만……."

입에서 더 이상의 헛소리가 튀어나오는 걸 막기 위해 커다란 피자 한 조각을 쑤셔 넣었다.

쿠키가 구원 투수로 등판했다.

"카락, 오늘 아침에 학교 뒤편에서 까마귀들이 한판 붙은 이야기 들었어?"

호기심이 생긴 나는 고개를 저으며 물었다.

"정말? 새도랑 웡이 싸웠다고? 늘 사이좋게 붙어 다니더니."

"그랬지. 근데 쌍둥이가 다들 그러듯, 걔들도 가끔 서로에게 욱하고 그래."

오늘은 학교 정문 화단을 그대로 옮겨 온 듯한 냄새를 풍기는 비올라가 말했다.

"아까 보니까 깃털이 마구 날아다니더라. 그러더니 마지막에는 떨어진 깃털을 하나하나 주워다가 서로에게 선물하고 깍듯하게 인사까지 하면서 끝냈어!"

나는 애써 웃음을 참았다.

"도대체 왜 싸운 건데?"

루가 싱긋 미소를 지었다.

"분명히 윙이 섀도의 첫 비행 기념일을 까먹었을 거야. 그 애들한테는 알에서 부화한 날보다 더 의미 깊은 날이니까."

윙과 섀도의 사이는 다시 좋아진 것 같았다. 잘생기고 날씬한 몸에 검은 머리의 소년과 소녀가 건너편 탁자에 앉아서 서로에게 피자를 먹여 주고 있었다.

"나랑 우리 형제들도 자주 싸웠어. 대부분 누가 누구 옷을 빌려 갔느냐는 문제였지."

루가 말했다.

"특히 남자 형제들이 새 뿔을 시험해 볼 시기가 되면 큰 싸움이 벌어졌어. 싸울 구실을 만들기 위해 뭐라도 있으면 잔뜩 흥분하곤 했으니까."

"형제자매가 몇 명이나 되는데?"

용기를 내어 물어보았다. 그러고 나서 우리가 앉은 탁자로 다가오고 있던 도리안을 은근슬쩍 밀어냈다. 지금 나는 절대로 방해받으면 안 되는 절박한 상황이란 걸 모르는 걸까? 아직 파티 초대 이야기를 꺼내지도 못했단 말이야!

"넷이야."

루가 대답했다.

"그래서……."

그 순간, 피자 한 조각이 내 미끄러운 손가락에서 빠져나가는 바람에 루는 말을 잇지 못했다. 페퍼로니와 기름진 것들이 잔뜩 올라간 피자 한 조각이 루의 접시 위로 떨어지고 있었고, 나는 절대 그런 일이 일어나게 내버려둘 수 없었다!

내 반대편 손이 반사적으로 휙 뻗어 나갔다. 어느 인간도 낼 수 없는 속도였다.

'아싸, 잡았다!'

공포와 충격에 빠진 초식 동물들의 식탁은 고요하기만 했다. 다들 내 손만 뚫어져라 바라보고 있었다. 면도날처럼 날카로운 발톱이 달린 커다란 손을……. 날카로운 발톱에 꿰뚫린 페퍼로니 두 조각과 피자 한 조각이 여전히 달랑거리고 있었고, 나머지는 루의 접시 가장자리에 걸쳐져 있었다.

루가 그걸 슬쩍 보더니, 내 눈을 똑바로 바라보았다.

"우리가 대가족을 이루며 살아서 좋은 점이 뭔지 알아? 우리 엄마가 습격당했을 때, 그 퓨마는 나머지 가족들이 도망갈 거라고 예상했어. 보통 다른 사슴들은 그러니까. 하지만 우리는 그러지 않았어. 모두 엄마를 지켰지. 그러지 않았더라면 엄마는 돌아가셨을 거야."

재빨리 다시 인간의 손으로 변신시켰지만, 이미 너무 늦었다. 내가 아무리 노력하고 아무리 잘해 준다고 해도, 루는 나를 받아들이지 않을 것이다. 우리 사이에는 물론 좋은 순간도 있었지만, 더 나아가 함께 무언가를 하기에 우린 너무나도 달랐다. 슬픔에 목이 콱 막혀서 피자를 삼킬 수가 없었다.

"그 퓨마가 변신족이었다면 애초에 너희 엄마를 공격하지도 않았을 거야."

이 말을 끝으로 자리에서 일어나, 아직 피자가 반쯤 남아 있는 접시를 들고 반납하러 갔다.

문득 혼미했던 정신을 다시 차렸을 때, 섀도와 윙이 나를 향해 다가왔다. 윙은 루와 친했다. 그러니 내가 뭘 잘못하고 있는지 분명히 말해 줄 수 있을 것이다! 아니면 루의 마음을 사로잡을 비법을 알려 주러 오는 건가? 희망을 가득 품고 쌍둥이 까마귀들을 바라보았다.

"그거 먹을 거야?"

섀도가 내 접시에 남은 피자를 가리키며 물었다.

"음식을 남기면 벌 받아."

윙이 탐욕스럽게 덧붙였다.

나는 조용히 접시를 까마귀들에게 건넸다.

오늘은 적당한 날이 아니었다.

정말 누구와도 이야기하고 싶지 않았다. 그게 흘리나 브랜든이나 도리안이더라도……. 그저 친구들에게 손이나 흔들어 주고 방으로 돌아가고 싶었다.

그런 내 앞을 테오 씨가 가로막았다. 오늘 테오 씨는 검은 가죽 바지와 부츠, 그리고 청재킷 차림으로 식당 구석에 있는 전등을 손보는 중이었다. 테오 씨는 수리 도구와 부속품을 주섬주섬 챙기고는 사다리를 접었다.

"이걸 옮기는 것 좀 도와줄래?"

테오 씨가 물었고, 나는 즉시 고개를 끄덕였다.

이 사다리는 말코손바닥사슴을 위해 특수 제작한 게 분명했다. 사다리 무게가 적어도 1톤은 되는 것 같았다. 정확히 2분 후에, 나는 돕겠다고 대답한 걸 후회했다. 그래도 이제 와서 포기할 수는 없었다.

지하에 있는 작업실로 짐을 옮기면서 테오 씨가 입을 열었다.

"참 쉽지 않지? 여자애들의 마음을 알기란 말이다."

'으악! 테오 씨가 모든 걸 다 보고 들었단 말이야?'

너무 당황해서 무슨 표정을 지어야 할지 알 수 없었다. 고맙게도 내가 대답을 하기 전에 테오 씨가 다시 말을 이었다.

"예전에 스웨덴에 있었을 땐 나도 여자 친구가 많았어. 이젠 다 옛날 일이 돼 버렸지만."

테오 씨는 한숨을 내쉬며, 공구함을 잠시 내려놓고 숱이 적은 머리를 손으로 쓸어 올렸다. 언젠가 테오 씨의 작업실 세면대에서 본 서로 다른 네 종류의 탈모 샴푸가 떠올랐다.

"어, 아니에요. 아직 멋지세요!"

사다리의 무게에 짓눌려서 무릎을 꿇기까지 이제 몇 초 남지 않은 것 같았다!

"어…… 그 탈모 샴푸는…… 효과가 없었나요?"

테오 씨가 인상을 팍 썼다.

"그것들은 다 쓰레기야. 녹용 광택제를 빼곤 말이지. 그건 정말 끝내주거든. 너한테도 좀 주고 싶다만, 쓸 일이 없겠지."

"네, 전 괜찮아요."

사다리를 계단 아래로 간신히 끌고 가며 말했다.

"어쨌든, 난 아직도 여자에 대해서 조금은 알아."

테오 씨는 그 이야기를 끝낼 생각이 없어 보였다. 내가 루를 좋아한다는 걸 테오 씨가 알고 있다는 게 부끄럽긴 했지만, 이제 와서 잃을 것도 없었다!

"좋아하는 여자애와 친해질 수 있는 비법이라도 있나요?"

"물론 있지."

양손에 물건을 잔뜩 든 테오 씨는 작업실 문을 발로 차서 열었다.

"애쓰지 마."

내 어리둥절한 표정을 보고 테오 씨가 피식 웃었다.

"난 뒤통수에도 눈이 달렸어. 넌 지금 개한테 깊은 인상을 심어 주려고 너무 애쓰고 있어. 그러지 말고 네 가장 좋은 면을 보여 줘, 네 진짜 모습을. 그게 다야. 다른 건 다 잊어버려. 다 소용없으니까."

"아…… 네, 그렇지만……."

테오 씨가 나한테서 사다리를 받아 들더니 아주 가뿐하게 벽에 기대 놓았다.

"그냥 네가 되고 싶은 사람이 되려고 노력해 봐. 하지만 그 여자애를 위해서가 아니라, 너 자신을 위해서 노력해야 해."

"그게 도움이 되나요?"

"만약 그게 효과가 없다면, 그 여자애는 그럴 만한 가치가 없는 거야."

테오 씨가 공중으로 껌을 하나 휙 던져서 입에 물더니, 다리 한쪽을 작업대 위에 올려놓았다.

"어쨌든, 광택제 한번 써 볼래? 발톱이나 뭐 다른 데 좋을지도 모르니까."

교실로 가는 길에 홀리에게 파티에 함께 가지 않겠느냐고 물었다. 홀리는 활짝 웃었다.

"네 생각은 어떤데? 아, 물론 나는 가고 싶어. 같게!"

그러고 나서 우리는 브리저 선생님이 다음 학습 탐험 과제와 함께 기다리고 있는 교실로 들어갔다.

11

새로운 우드워커

브리저 선생님과 클리어워터 교장 선생님이 함께 우리의 탐험 과제를 나눠 주자, 학생들은 모두 놀랐다. 봉투를 열고 내용을 읽었을 때, 나는 정말로 흥분했다.

참가자: 루, 프랭키, 카락

임무: 아직 자신이 변신족이라는 사실을 모르는 새로운 우드워커 스카우트하기(헨리 윌킨스, 12세). 사진 첨부.

기한: 일주일(오전 시간 포함)

심장이 미친 듯이 뛰기 시작했다. 이건 정말 흥미로운 과제였다. 게다가 루와 함께라니! 얼마 전까지만 해도 무척 기뻐했겠지만, 지금은 학생 식당에서 있었던 일 때문에 루를 보기가 어색했다. 루가 나와 같이 탐험을 가고 싶어 할까?

눈을 가늘게 뜨고 루를 쳐다보았다. 루는 과제 종이를 뚫어져라 들여다보며 골똘히 생각에 잠겨 있었다. 루가 지금 무슨 생각을 하고 있을지 궁금했다. 그와는 반대로 수달 변신족 프랭키는 활짝 웃으며 명랑하게 손을 흔들어 주었다. 마치 이 과제는 자기 전문 분야라고 생각하는 것 같았다.

브리저 선생님은 학생들이 한동안 시끄럽게 떠들어 대도록 내버려두었다. 다들 자기가 뭘 해야 하는지 친구들에게 말해 주고 싶어 했다. 브랜든의 과제는 들소의 모습으로 두 시간 동안 길가에서 풀을 뜯는 것이었는데, 그동안 자동차들을 쳐다보지도 말아야 했다. 윙은 브랜든을 돌보며 타일러야 했고, 그동안 홀리는 지나가는 차와 사람의 숫자를 기록해야만 했다.

"너무 지루할 것 같아."

홀리가 투덜거렸다.

"하지만 넌 아주 중요한 일을 맡은 거야."

내가 일깨워 주었다.

"브랜든은 경적을 울리는 차마다 몽땅 다 들이받는 버릇을 고쳐야 해. 넌 그걸 도와주는 거고. 멋지지 않아?"

"그래그래, 지루한 설교 잘 들었어."

홀리가 인상을 구기며 말했다.

교장 선생님이 우리 팀 세 명을 교실 구석으로 불렀기 때문에, 홀리와 오래 대화할 수는 없었다.

"지난주에 일반 중학교에 방문했다가, 이 헨리라는 아이가 변신족이라는 걸 느꼈어."

교장 선생님이 설명을 시작했다.

"하지만 어떤 종류의 동물인지는 아직 파악하지 못했지. 그러니까 조심해야 해. 회색곰이나 말코손바닥사슴일 수도 있으니까. 직접 말을 걸지 않고, 가능한 눈에 띄지 않게 그 아이에 대한 정보를 모아 오도록 해. 알겠지?"

"물론이죠."

프랭키가 마치 탐정 일로 잔뼈가 굵은 사람처럼, 가벼운 말투로 대답했다.

"어떻게 할지 너희끼리 계속 상의하고, 일주일 내내 잘 지켜보도록 해. 지금부터 언제라도 떠나도 돼. 그동안 너희 수업은 면제될 거야."

이건 정말 좋았다! 기뻐서 가르랑거리는 소리가 절로 났고, 루조차도 기뻐하는 것처럼 보였다.

"내일 변신 수업 전에 출발하는 게 어떨까?"

교장 선생님이 떠나자마자 내가 제안했다.

"전투와 생존 수업 전에 가면 안 돼?"

프랭키가 물었다.

나는 뜨악한 표정으로 프랭키를 쳐다보았다.

"전투와 생존 수업을 왜 빼먹으려고? 재밌잖아!"

"올빼미가 등을 꼬집거나, 염소가 필살의 뒷발차기를 날리지만 않는다면 말이지."

프랭키가 얼굴을 찡그리며 말했다.

"난 정말 대진운이 엉망이라서……. 그래도 아직 퓨마를 만나진 않은 게 다행이네."

"너랑 싸워야 한다면 내가 특별히 살살 쓰다듬어 줄게."

나는 너그럽게 말했다.

루가 빙긋 웃었다.

"글쎄, 내 생각엔 우리 모두가 사랑하는 그 수업을 빼먹었으면 하는데……. '독립적인 동물 되기'나 아니면 미술 말이야. 난 파커 선생님은 좀 견디기 힘들어."

루가 말했다.

"그리고 벽에 걸려 있는 선생님의 형편없는 그림을 볼 때마다 토하고 싶어져서……."

"그래, 네가 그림 위에다가 토하면 그나마 좀 나아 보일지도 몰라."

프랭키의 표정은 진심인 것 같았다.

"맞아. 하지만 진짜로 그랬다가는 파커 선생님 수업에서 앞으로 평생 F만 받을지도 몰라."

"얘들아, 지금 무슨 수업을 빼먹을지가 중요한 게 아니라, 이 새로운 우드워커에 대해 알아내는 데 집중해야 하지 않을까?"

나는 과제가 적힌 종이를 흔들었다.

"우린 먼저 계획을 세워야 해."

"계획을 세우는 건 언제나 좋은 일이지."

프랭키가 동의했다.

"그래, 이제부턴 좀 진지하게 해 보자. 이 헨리라는 애가 학교나 집에서 어떻게 지내는지 알아내야 해."

루가 말했다.

"우선 학교로 가서 뒤를 밟아 보는 건 어떨까? 우리 셋은 그렇게 눈에 띄지 않을 거야. 그다음엔 그때그때 상황에 따라서, 아니면 헨리가 어떤 동물인지에 따라서 우린 각자 헤어져야 할 수도 있어……."

나는 좀 더 현명하고 똑똑해 보이는 의견을 제시하고 싶었지만, 슬프게도 그건 불가능했다.

"어떤 동물인지는 어떻게 알아낼 수 있을까?"

아무 대답 없는 둘을 잠시 바라보다가, 브리저 선생님에게로 다가갔다. 브리저 선생님은 학생들이 토론하는 동안 사흘은 면도하지 않은 것 같은 덥수룩한 수염을 긁적이며 메모를 하고 있었다. 이 과제를 수행하기 전에 먼저 선생님에게 몇 가지 조언을 구하는 게 좋을 것 같았다. 이번 과제는 너무나도 중요했기 때문에, 절대로 망칠 수 없었다.

하지만 브리저 선생님이라고 우리를 도와줄 수 있는 건 아니었다.

"두 눈 크게 뜨고 그 애를 주의 깊게 지켜보면서, 어떤 기운을 가지고 있는지 느껴 보도록 해. 그럼 행운을 빈다."

선생님의 조언은 이게 다였다.

우리는 평범한 학생들처럼 옷을 입고 있었기 때문에 학교로 들어가는 것은 전혀 문제가 없었다. 다시 일반 학교에 들어서니 낯선 기분이 들었다. 난 일반 학교에 다녔던 시간을 별로 좋아하지 않았다. 그리고 헨리도 그다지 잘 지내고 있지 않다는 걸 단번에 알아볼 수 있었다. 재미있게도, 난 다른 친구들보다 먼저 헨리를 알아보았다. 아마도 헨리의 사진을 너무 많이 들여다봤기 때문일 것이다.

"쟤가 걔야?"

루가 내 귀에 대고 속삭였다.

"그런 것 같아."

프랭키가 나 대신 대답했고, 나는 계속 관찰을 이어 갔다. 헨리는 키가 큰 편은 아니었다. 나와 같은 금색 눈동자를 가지고 있었지만, 움직이는 모습이 나와는 사뭇 달랐다. 너무 커 보이는 낡은 양털 스웨터를 입고 있었는데, 뭔가 좀 서툴러 보였다. 커다란 입은 미소 짓는 걸 좋아하게 생겼지만, 적어도 지금까지 본 바로는 웃을 일이 거의 없는 것 같았다.

166

"개 종류일까?"

루가 중얼거렸다. 헨리는 팔은 정말 날씬했지만, 손발이 눈에 띄게 컸다.

"늑대만 아니었으면 좋겠는데!"

내가 투덜거리는 소리를 듣고 프랭키가 실실 웃으며 물었다.

"카락, 넌 왜 그렇게 늑대를 싫어하는 거야?"

"아무 도움이 안 되잖아."

헨리에게서 눈을 떼지 않으며 대답했다. 헨리는 다른 남학생 두 명과 함께 걸어가고 있었다. 내 눈에 다른 두 학생은 헨리에게 그다지 관심이 없는 것 같았는데, 헨리는 아주 열성적으로 그 둘에게 말을 걸고 있었다. 다른 아이들과 헤어지자 헨리는 팔을 축 늘어뜨린 채로 혼자 남겨졌다. 두 남학생은 헨리에게 눈길 한번 주지 않고 계속 걸어갔다.

"친구가 없네."

잭슨홀 중학교에 다니던 시절을 떠올리면서 마음이 흔들렸다. 당장 헨리에게 가서 '이제 곧 네 삶이 더 나아질 거고, 세상에는 너와 같은 사람이 더 있다'고 알려 주며 위로해 주고 싶었다. 마치 내 생각을 읽기라도 한 것처럼 루가 내 소매를 잡아끌었다.

"분명히 헨리에게는 훌륭한 가족이 있을 거야."

루가 말했다.

"그리고 우린 이제 나가는 게 좋겠어. 다른 학생들은 모두 교실로 가는데 우리만 계속 밖에서 어슬렁거리면 이상하게 보일 거야."

"늑대 냄새는 나지 않는 것 같아."

학교 밖으로 나가는 길에 프랭키가 말했다.

"너희 느낌은 어때?"

"느낌이 엄청나게 약해."

내가 대답했다.

"그리고 아무 냄새도 안 나. 이상해."

"한 번도 변신해 본 적이 없는 우드워커들은 냄새가 그렇게 약하대."

루가 설명했다.

"아빠가 해 준 말이야. 카락, 네가 우리 아빠를 좋아하지 않는 건 알지만, 아빠는 자기 분야에 있어서는 전문가야."

멍청하게도 나는 루가 변신 과목 담당인 엘우드 선생님의 딸이라는 걸 거의 잊고 있었다.

"나는 그 반대라고 생각했는데……. 엘우드 선생님이 나를 좋아하지 않는다고 말이야. 엘우드 선생님은 몇몇 애들…… 그러니까 후아니타 같은 애들에게는 정말 친절하지만 나한테는……."

"그 문제는 나중에 다시 얘기하는 게 어떨까?"

프랭키가 우리를 출구 쪽으로 떠밀며 말했다.

"우선 그 애가 어디에 사는지부터 알아보자. 그건 그렇고, 난 무언가 미끌미끌한 느낌을 받았어."

"미끌미끌한 느낌이라고?"

루와 나는 동시에 프랭키를 쳐다보았다.

프랭키가 어깨를 으쓱했다.

"나도 잘은 몰라. 하지만 어쩌면 걔도 나와 같은 수생 동물일지도 몰라."

프랭키의 말이 맞는 것 같았다. 수업이 끝나자 비가 세차게 퍼부었고, 우리는 재킷을 뒤집어쓴 채 처마 아래로 달려갔다. 하지만 헨리는 그 비를 고스란히 맞으며 집으로 걸어갔고, 심지어 그걸 즐기는 것처럼 보였다. 그날 오후에는 자전거를 타고 스네이크강에 가서 정처 없이 걸어 다녔다. 프랭키는 수달의 모습을 하고 그런 헨리를 지켜보았다. 프랭키는 물속에서 교묘하게 묘기를 부리고 간식으로 먹을 물고기를 잡는 등 자연스럽게 움직였다.

"프랭키는 정말 신나 보이네."

난 우비 속에 몸을 구겨 넣고서 쓰러진 나무둥치에 걸터앉아 있었다.

"뭐, 잘된 거지."

"그래, 그런 것 같아."

루도 변신할지 말지 잠시 고민했지만, 그러지 않기로 했다.

"난 헨리의 가족이 어떨지 궁금해. 너희 가족은 어때? 누가 말하는 걸 들었는데, 너는 가족들과…… 연락하지 않는다고 하던데……."

설마 루가 나에 대해 더 알고 싶어서 다른 친구들에게 물어본 걸까? 아니, 그건 그저 내 희망 사항일 뿐이었다.

"맞아, 하지만 내가 원한 건 아니었어."

루에게 자초지종을 털어놓았다. 내 이야기가 끝나자 루는 동정심 가득한 눈빛으로 나를 바라보았고, 그 눈빛을 보자 마음이 찌릿찌릿하면서 따뜻해지는 느낌이 들었다.

"그건 정말 끔찍한 일이야! 난 가족 없이는 살 수 없을 것 같아. 맞다, 내가 친척들에게 물어볼게. 우리 사슴들은 여러 곳을 돌아다니면서 살기 때문에 다른 우드워커들도 많이 알거든. 어쩌면 어딘가에서 너희 부모님을 봤을지도 몰라."

"고마워, 루. 넌 정말 친절하구나."

가슴이 점점 뛰기 시작했다.

"그게 정말 효과가 있을까? 그렇게 해서 찾을 수 있다면…… 정말 놀라운 일일 거야!"

희망의 불꽃이 다시 타오르기 시작했다.

"아무것도 약속할 순 없어."

루가 말했다. 나는 고개를 끄덕였고, 우리는 다시 임무 이야기로 돌아갔다. 헨리의 가족에 대해 알아보기 위해서, 다음번엔 루가 자선 행사를 위한 과자를 파는 것처럼 위장해서 헨리네 집 초인종을 눌러 보기로 했다.

"착한 사람들이었으면 좋겠어."

루가 한숨을 내쉬며 말했다.

"핼러윈 때 말고는 낯선 사람의 집 초인종을 눌러 본 적이 없거든."

"괜찮을 거야."

걱정하는 루를 안심시켰다.

"헨리의 부모님이 우드워커가 아닌 이상, 네 정체를 알아보지 못할 거야. 내가 장담하는데, 그 사람들이 초콜릿 쿠키를 하나도 남김없이 몽땅 다 사 버릴걸! 우리 먹을 것도 안 남기고 말이야."

루가 고맙다는 듯 날 보며 미소를 지었고, 내 심장은 거의 멎을 뻔했다. 어쩌면 지금이야말로 그 피자 사건에 대해 사과하고, 함께 파티에 갈 수 있는지 물어볼 기회일지도…….

'조심해!'

프랭키의 날카로운 목소리가 머릿속을 파고들었다.

'헨리가 그쪽으로 가고 있는데, 너희를 보면 안 될 것 같아. 이런 날씨에 우연히 이런 곳을 어슬렁거리고 있다는 걸 믿지 않을 거라고!'

171

우리는 즉시 숨을 곳을 찾아 두리번거렸다. 루는 당황해서 어쩔 줄 몰라 했다.

"그냥 도망갈까? 아니면 저기 버드나무 뒤에 숨을까? 아니면……."

맙소사! 와피티사슴은 도대체 어떻게 야생에서 살아남는 거지? 재빨리 루를 붙잡아 우리가 앉아 있던 나무둥치 뒤로 끌어당겼다.

"이제 조용히 해!"

루의 귀에 대고 속삭였다.

강둑의 자갈을 자그락자그락 밟으며 걸어오는 발소리를 들을 수 있었다. 소리가 점점 커지다가 갑자기 조용해졌다.

"저기요, 혹시 거기 누가 있나요?"

아뿔싸! 우리도 변신족이었기 때문에 헨리가 우리를 알아챘다! 아마 헨리는 자기도 모르게 근처에 누가 있다는 느낌을 받았을 것이다. 비록 인간의 모습을 하고 있었지만 헨리에게도 들릴 것 같아서, 프랭키에게 텔레파시로 말을 걸 수도 없었다.

헨리는 잠깐 머뭇거리다가 다시 걸어갔다. 루를 돌아본 나는 하마터면 웃음을 터뜨릴 뻔했다. 내 옆에는 인간의 팔과 다리를 가진 와피티사슴이 웅크리고 있었다. 루가 놀라서 부분 변신한 것이다.

하지만 루가 커다란 갈색 눈동자를 공포로 물들이며 몸을 움

172

츠렸을 때, 내 웃음은 사라져 버렸다.

"무슨 일이야?"

조용히 물어봤다. 그리고 바로 그때, 루가 무서워하는 이유를 알게 되었다. 내 이빨이 변해 있었다. 입 밖으로 날카로운 송곳니가 튀어나와 있었던 것이다! 깜짝 놀라서 허둥지둥 고개를 돌리고 그것들이 사라졌는지 확인했다. 맙소사! 어쩌다가 이런 일이 일어난 걸까? 그래, 사실 조금 배가 고팠던 건 인정한다. 설마 내 잠재의식이 루를 먹잇감으로 본 걸까? 루는 앞으로도 계속 나를 두려워하는 편이 나을까?

루가 다시 인간의 모습으로 변신해 옷을 입고 돌아왔을 때, 우리는 서로에게 눈길 한번 주지 않고 한동안 말없이 앉아 있었다. 그러다 마침내 루가 수줍게 웃으며 말했다.

"지금 있었던 일…… 우리 아빠한테는 말하지 마! 내가 변신을 제어하지 못한 걸 알면 아빠는 자존심 상해 하실 거야."

"입도 뻥긋 안 할게."

나는 약속했다.

조금 전에 있었던 일에 대해서 루는 더 이상 말하고 싶어 하지 않는 게 확실했다.

'프랭키? 헨리는 이제 간 것 같아.'

우리의 수달 친구도 인간의 모습으로 변신해 돌아왔고, 우리는 학교로 돌아가기 시작했다.

173

다음 날, 프랭키와 홀리와 브랜든과 나는 긴장을 풀기 위해 잠깐 농구 시합을 했다. 그런 다음 우리의 다음 계획을 위해 과자를 구웠다. 루가 미끼가 되어 헨리의 가족을 방문하기로 한 그 계획 말이다.

시간이 되었고, 프랭키와 나는 윌킨스 가족의 집 앞 보도블록을 초조하게 서성이고 있었다. 루가 초인종을 눌렀다. 머리가 희끗희끗하고 괴팍하게 생긴 남자가 현관문을 열고 밖을 내다보았다.

"안녕하세요. 자선 행사 모금을 위해 과자를 팔고 있어요."

루가 수줍게 요청했고, 남자는 고개를 저었다. 쾅! 문이 세게 닫혔다.

"헨리의 아빠는 우드워커가 아니야. 그렇게 느껴졌어."

우리에게 돌아온 루가 한숨을 내쉬며 말했다. 그리고 과자 바구니를 향해 손을 뻗었다. 프랭키와 내 손도 잽싸게 바구니 안으로 들어갔고, 결국 우리 모두의 손가락이 바구니 안에서 충돌했다.

"너무 욕심부리지 마, 퓨마!"

프랭키가 투덜거렸다. 하지만 그렇게 말하는 프랭키의 손에는 과자가 두 개나 들려 있었다. 프랭키가 남는 손으로 스마트폰을 두드렸다.

174

"학교 홈페이지에서 찾았는데, 헨리는 형이 두 명 있어. 롭과 벤. 작년에 우수한 성적으로 졸업했는데…… 진짜 잘생겼어. 자, 봐 봐."

프랭키가 스마트폰을 돌려서 우리에게 졸업 사진을 보여 주었다.

"헨리가 힘들었겠네. 잘난 형들한테 치였을 거야."

형제가 많은 루가 다 이해한다는 얼굴로 말했다.

나도 다 안다는 듯 고개를 끄덕였다.

그 밖에도 우리는 헨리가 일주일에 두 번 수영장에 가는 것을 알아냈다.

"수영장에 가서 그곳에서는 어떤 모습인지 관찰하자."

프랭키가 말했다.

"퓨마한테 수영장에 가자고? 제정신이야?"

나는 손가락 끝에 뻗어 나온 고양이 발톱으로 내 이마를 톡톡 두드렸다.

"너희는 수영장으로 가. 그동안에 난 헨리의 엄마를 쫓아다녀 볼게."

"안전을 위해서라도 우리 모두 함께 다녀야 하지 않을까?"

루가 길고 검은 머리카락을 쓸어 넘기며 말했다.

"물에 젖지 않아도 돼, 카락. 그저 수영복 바지를 입고 물가에 앉아 있으면 돼. 그러다 프랭키가 도움이 필요하다고 할 때 도

175

우면 될 거야."

　루가 나를 바라보며 그렇게 말하자, 싫다는 대답은 진작에 머릿속으로 사라져 버렸다.

　그렇게 해서 우리는 아마도 '이번 학기 최악의 선택'으로 기록될 결정을 내렸다.

　우리는 헨리를 따라 수영장으로 가기로 했다.

12

수영장의 혈투

"너희 어디 가는 거야?"

리로이가 가방을 싸 들고 학교 정문을 향해 걸어가고 있는 루와 프랭키와 나를 호기심 어린 눈으로 바라보며 물었다.

"야, 카락! 넌 차라리 엘우드 선생님 수업을 들어가는 게 낫겠다는 표정인데?"

나는 얼굴을 찡그렸다.

"우린 수영장에 갈 거야."

"와, 정말? 난 수영장에 한 번도 가 본 적 없는데."

리로이는 꽤 부러워하는 눈치였다.

"재미있게 놀다 와!"

하! 재미는 개뿔! 이 끔찍한 소독약 냄새만 맡아도 신경이 바짝 곤두섰다. 너무 자극적이고, 또 너무 인위적이었다. 헨리가 그걸 견뎌 내는 게 정말 놀라웠다. 헨리는 전혀 동요하지 않고 잭슨홀 체육 문화 센터의 출렁이는 파란 물살을 가르며 헤엄을 쳤고, 때때로 물속으로 들어갔다가 수면 위로 다시 떠오르기를 반복했다. 아마도 헨리는 냄새를 잘 맡지 못하는 동물인 듯싶었다.

물론 프랭키는 조금도 주저하지 않고 헨리와 함께 수영장 물에 들어가 있었다. 인간의 모습을 하고 있는데도 프랭키는 우아하게, 그리고 미친 속도로 물속을 누비고 있었다.

"저 멍청이 좀 봐."

나는 루에게 속삭였다.

"우린 '비밀 유지' 항목에서 F를 받게 될 거야!"

프랭키의 실력 자랑은 분명 지나친 관심을 끌고 있었다. 수영장 한쪽 레인에서는 수영부가 훈련 중이었고, 다섯 명의 소년 소녀가 레인을 열심히 오가고 있었다. 프랭키가 헤엄치는 것을 본 수영부 코치는 입이 떡 벌어졌다.

루가 신음하듯 말했다.

"저 사람이 프랭키를 수영 선수로 스카우트하려고 할 것 같은데……."

아니나 다를까, 프랭키의 귀가 물 위로 떠오르자마자, 수영부 코치가 큰 소리로 외쳤다.

"거기, 너! 실력이 아주 대단하구나! 올림픽 메달감이야! 몇 살이니?"

"열세 살인데요."

젖은 머리카락이 이마에 찰싹 달라붙은 프랭키는 인간의 모습인데도 불구하고 약간 수달 같아 보였다.

"우리 수영부에 들어오지 않을래? 훈련도 하고, 대회 준비도 도와줄 수 있어. 전국 대회는 물론이고 국제 대회도 말이야. 어떨 것 같니?"

"솔직히 말해도 되나요?"

"당연하지!"

"좀 지루할 것 같네요."

프랭키는 우리를 향해 짓궂게 웃고는 다시 물속으로 뛰어들어 총알같이 앞으로 튀어 나갔다. 그러고는 레인을 지키지도 않고 이리저리 마구 헤엄을 쳤다. 수영부 코치는 나라 잃은 표정을 짓고 있었다.

헨리는 그 누구와도 말 한마디 섞지 않고, 그저 혼자서 헤엄을 쳤다.

"자, 이제 클리어워터 교장 선생님에게 우리의 목표물에 대해 꽤 많은 정보를 알려 드릴 수 있을 것 같은데."

루가 말했다.

"교장 선생님이 곧 헨리를 만날까?"

"물론이지."

나는 고개를 끄덕이며 대답했다.

"그리고 프랭키는 유명한 수영 선수가 돼서 텔레비전에 나올 거고."

"그러기 위해서는 먼저 직선으로 헤엄치는 것부터 배워야 할 거야."

루가 키득거리며 말했다. 나도 재치있게 대꾸하려 했지만, 그러지 못했다. 그 순간 우리 말고 또 다른 두 명의 변신족을 감지했기 때문이다. 바로 이곳, 이 수영장에서.

깜짝 놀라 주위를 둘러보았다. 우리가 오늘 이곳으로 학습 탐험을 나온다는 걸 아는 사람이 또 누가 있었나? 하지만 어디에도 아는 사람은 보이지 않았다. 대신, 밖에서 입는 옷을 그대로 입고 물을 한 방울도 묻히지 않은 채로 샤워장에서 걸어 나오는 성인 두 명을 발견했다. 한 명은 전에 한 번도 본 적 없는 남자였는데, 턱수염을 기르고 운동선수처럼 보였다. 그 옆에 있는 여자는 왠지 낯이 익었다. 마른 체격에 물결치듯 구불거리는 길고 검은 머리, 그리고 눈이 가려지도록 반사 코팅이 된 선글라스. 두 사람 다 화려하지만 평범한 겨울옷을 입고 있었다. 길거리에서 봤다면 두 번 쳐다보지 않을 차림이었다. 하지만 이곳에서 그 사람들은 마치 길을 잃고 잘못 들어온 것처럼 보였고, 몇 겹씩 겹입은 옷이라도 좀 벗어야 할 것 같았다. 인명 구조 요원이 그 사람들을 봤다면 주의를 줬을 테지만, 불행히도 어디 갔는지 보이지 않았다.

"저 사람들은 뭘 하는 거지?"

루가 깜짝 놀라 물었다.

그 두 사람은 이리저리 두리번거리다가, 루와 내가 있는 곳으로 똑바로 걸어오기 시작했다. 내 본능이 위험하다고 외치고 있었다! 첫 번째 학습 탐험에서 느꼈던 두려움이 또다시 한꺼번에 밀려들었다. 아니, 전보다 두 배는 더 강해졌다. 그제야 그 여자가 누구인지 알아봤기 때문이다. 그 여자는 앤드루 밀링을 만나러 갈 때 날 약속 장소까지 태워다 줬던 뱀 변신족이었다!

"날 찾고 있는 것 같아."

두려움에 목이 잠겼다.

"저 사람들은 앤드루 밀링의 부하들이야."

다행히 이미 루에게 앤드루 밀링의 위협에 대해 말했기 때문에, 루는 곧바로 알아들었다.

"오, 안 돼!"

루가 소리쳤다. 동시에 우리 둘 다 벌떡 일어섰다. 잽싸게 움직인다면, 아직 도망칠 기회가 있을지도 모른다!

이제 프랭키도 그 사람들을 발견했다.

"여기요! 구조 요원!"

프랭키가 소리를 질렀고, 그건 효과가 있었다. 파란색 티셔츠를 입은 나이가 꽤 있어 보이는 남자가 그들을 향해 다가갔다. 그리고 눈살을 찌푸리며 침입자들을 막아서려고 했다.

"실례합니다! 밖에서 입던 복장으로 수영장을 돌아다니면 안 됩니다."

그때 남자가 팔을 쑥 뻗어 인명 구조 요원을 한쪽으로 밀어 버렸다. 구조 요원은 타일 바닥에 넘어지면서 쭉 미끄러졌고, 머리에 피를 흘리면서 그곳에 쓰러져 버렸다. 몇몇 사람이 비명을 지르며 탈의실로 도망쳤고, 수영부 아이들은 올챙이처럼 수영장 가장자리에 다닥다닥 붙어서 이 광경을 지켜보았다.

나는 달리기 시작했다. 운이 따라 준다면, 수영장 반대편의 출구까지 갈 수 있을 것이다. 저렇게 옷을 입은 채로는 내가 탈출하는 걸 막으려고 물로 뛰어들진 않을 테니까.

하지만 그들은 두 명이었고, 양쪽으로 흩어져서 나를 잡으러 올 수 있었다.

'그럼 어떻게 해야 하지? 수영장 반대편까지 헤엄쳐서 건너야 하나?'

이건 정말 끔찍한 생각이었다. 게다가 통할 것 같지도 않았다. 난 프랭키처럼 빠르게 헤엄칠 수는 없었기 때문에, 그들이 빙 돌아서 올 때까지 수영장을 가로지를 수도 없었다.

'다른 출구는 없을까?'

불행히도 그런 건 없었다! 어떻게든 다른 방법을 써서 따돌려야 했다.

'나한테 무슨 짓을 하려는 거지? 나를 죽이라는 명령을 받은

걸까?'

저 여자에게 나는 한 입 거리밖에 안 될 것이다. 그저 이빨만 부분 변신하면 될 일이었다.

'저 남자는 무슨 동물이지?'

해롭지 않을 리가 없다는 것 하나만은 분명했다.

몸을 돌려 어린이 수영장과 워터 슬라이드가 있는 쪽을 향해 달려갔다. 그쪽에서 어떻게든 따돌릴 수 있을 것 같았다.

남자가 속도를 높여서 쫓아오기 시작했다. 남자의 눈은 사냥 감을 쫓을 때의 흥분으로 반짝였고, 그 순간 나는 그가 포식자 임을 확신했다.

"그냥 좀 내버려둬!"

버럭 소리를 질렀지만, 그들은 아무 소리도 못 들은 것처럼 행동했다. 여자의 선글라스에 일그러진 내 얼굴이 비쳤다. 나는 그 여자를 피해 뒤로 물러났다.

"그냥 우리와 함께 가면 돼. 해치지 않아."

여자가 비단결처럼 부드러운 목소리로 말했다.

"내 친구가 너와 조용히 이야기를 나누고 싶어 해."

도대체 나를 얼마나 멍청한 놈이라고 생각하는 걸까? 앤드루 밀링이 나와 이야기를 하고 싶었다면, 그저 전화만 걸면 되는 일이었다. 내 전화번호를 알고 있으니까. 그리고 구조 요원을 바닥에 내동댕이칠 필요도 없었다.

여자가 내 팔을 잡으려고 손을 뻗다가, 갑자기 비틀거리며 바닥에 쓰러졌다.

"이크, 정말 죄송합니다!"

프랭키가 몰래 수영장에서 나와 그 여자의 발을 걸어 넘어뜨렸다. 덕분에 프랭키는 한 방 맞고 다시 수영장으로 날아가 버렸다. 물론 프랭키는 물에 빠지는 걸 전혀 두려워하지 않았다.

루가 우리 팀 공용 전화기를 들고 누군가와 다급하게 통화하는 모습이 보였다. 학교에 도움을 요청하는 게 틀림없었다. 하지만 학교에서 여기까지 오려면 시간이 너무 오래 걸린다. 최소한 20분?

남자의 옆구리를 파고들어 출구까지 달려가려고 했지만, 남자는 놀라운 힘으로 나를 붙잡았다. 비밀 따윈 개나 주라지! 나는 필사적으로 발톱을 뻗어 그 남자의 팔에 박아 넣었다. 남자는 숨 막히는 소리를 내며 손에서 힘을 잠깐 풀었고, 난 그 틈을 놓치지 않고 몸을 비틀어 빠져나왔다. 내 본능은 높은 곳으로 가라고 지시하고 있었다. 사다리를 타고 거대한 파란색 미끄럼틀 위로 올라갔다. 클리어워터 중고등학교에서 오든, 아니면 경찰이 오든 간에, 지원군이 올 때까지 여기서 버틸 수 있을까?

무슨 일이 일어나고 있는지 미처 파악하지도 못했는데, 그 둘은 벌써 나를 따라왔다. 여자는 두툼한 파란색 플라스틱 미끄럼틀을 거꾸로 타고 오르는 중이었고, 남자는 루가 손에 잡히는 대로 집어 던지고 있는 공과 부표, 구명 벨트 같은 건 거들떠보지도 않고 내 뒤를 쫓아 사다리를 올라오고 있었다. 이제 나는 막다른 길에 몰렸다! 저 아래에서는 마지막으로 남아 있던 부모들이 넋을 잃고 구경하던 아이들을 붙들고 서둘러 출구로 향하고 있었다.

'여기에서 뛰어내리면 도망칠 수 있을까?'

만약 이곳이 숲속이었다면 조금도 망설이지 않았겠지만, 수영장의 단단한 타일 바닥으로 뛰어내렸다가는 다리가 부러질 수도 있다. 그랬다가는 정말 속수무책으로 잡혀갈 수밖에 없다. 아무래도 도와줄 사람들이 올 때까지 버티는 게 최선일 것 같았다!

사다리를 기어 올라오는 남자를 발로 힘껏 걷어찼다. 내 맨발이 수염 가득한 얼굴에 두어 번쯤 정확히 꽂혔다. 그러고 나서 몸을 휙 돌려, 미끄럼틀을 기어오르려고 금속 봉을 잡고 있던 여자의 손을 세게 때려서 거의 떨어뜨릴 뻔했다. 여자가 나를 향해 사납게 쉭쉭거리자, 그 입속에서 둘로 갈라진 혓바닥을 볼 수 있었다.

"포기해라, 우리 둘 중 하나는 널 잡을 테니!"

사다리에 있던 남자가 낮게 으르렁거렸다.

"내가 끝까지 버텼다고 앤드루 밀링에게 전해."

그 남자를 몇 번 세게 걷어차며 대꾸했다. 하지만 효과는 그리 오래가지 못했다.

멀리서 사이렌 소리가 들렸지만, 경찰이 제시간에 오지 못할 거라는 사실을 알고 있었다. 나는 곧 이 악당들에게 붙잡힐 것이다!

몸서리를 치며 깊이를 알 수 없는 물을 내려다보았다. 정말로 멀게 느껴졌고, 또 정말로 축축하게 느껴졌다…….

'난 못 해!'

하지만 그래도 해야 했다. 나는 눈을 꼭 감고 파란 튜브 속으로 몸을 던졌다. 속수무책으로 떨어져 내리는 내 밑에서 물이 소용돌이치는 것 같았다. 그리고 마침내 거대한 물보라를 일으키며 소독약 맛이 나는 차가운 수프 속으로 풍덩 떨어졌다. 우웩!

불평할 틈도 없이 열심히 계단 쪽으로 헤엄쳐 나와 달리기 시작했다. 그리고 그곳에 헨리가 있었다. 방금 물 밖으로 나온 헨리는 수영장 구석에 서서 물을 뚝뚝 흘리면서 혼란스러운 표정을 짓고 있었다. 일단 헨리에 대한 것은 모두 잊고 가능한 한 빠르게 지나쳐, 젖어 있는 타일 바닥에서 최선을 다해 달렸다.

남자는 즉시 반응했다. 분명히 사다리를 단번에 뛰어내렸을 것이다. 남자의 발소리가 바로 등 뒤에서 들렸다. 그리고 또다시 물보라가 일었다. 누군가가 물속에서 부글거리며 욕설을 퍼붓는 소리가 들렸다. 뒤를 힐끗 돌아본 나는 무슨 일이 일어났는지 알 수 있었다. 날 쫓아오던 남자가 헨리의 발치에 고여 있던 물웅덩이를 밟고 미끄러져 수영장 물속으로 빠져 버렸다. 지금 그 남자는 물속에서 팔다리를 마구 휘저으며 몸부림치고 있었다. 그리고 수영부 애들 다섯 명이서 그 남자에게 인간 덩굴처럼 달라붙어 물속으로 끌어당기고 있었다.

하지만 뱀 변신족 여자가 여전히 나를 쫓아오고 있었다. 미끄럼틀을 미끄러져 내려와 나를 따라 물속을 헤엄쳐 온 게 분명했다. 그 여자는 으스스한 눈빛을 하고 있었다.

그러는 동안 헨리는 어떤 아이가 떨어뜨리고 간 수영 튜브를 집어 들었다. 마치 겁에 질려 튜브를 잡고 매달려 있는 것처럼 보였다. 하지만 뱀 변신족 여자가 앞을 지나갈 때, 헨리는 번개처럼 여자에게 튜브를 덮어씌웠다. 여자는 깜짝 놀라서 자기 몸을 내려다보았다. 작은 튜브가 여자의 팔과 몸통을 한데 묶어 꼼짝 못 하게 만들어 버렸다. 그 여자는 인간 형태로 그 안에 갇혔고, 당연히 이런 곳에서는 변신할 수 없었다! 헨리가 여자를 수영장 안으로 힘껏 떠밀었고, 수영부 코치가 물속으로 집어넣어 버렸다.

마침내 헨리가 미소 짓는 모습을 볼 수 있었다. 그 짧은 순간, 우리의 눈이 마주쳤다. 헨리는 마치 내게 행운을 빌어 주는 것처럼 손을 들어 올렸고, 나도 미소로 화답했다. 헨리가 벌어 준 시간이 그리 길지 않다는 것을 알았기 때문에, 곧장 그곳을 벗어났다. 나를 쫓아오던 두 사람이 다시 자유의 몸이 되기까지는 시간이 그리 오래 걸리지 않을 것이다.

"이 스웨터를 입어, 얼른. 젖은 채로 밖에 나갔다간 얼어 죽을 거야."

나를 쫓아 탈의실로 뛰어 들어온 프랭키가 옷가지를 던져 주었다. 나는 미처 물기를 닦아 내지도 못한 채, 근심 가득한 표정으로 그 옷에 팔다리를 꿰어 넣었다. 그때 갑자기 헨리가 내 앞에 나타났다.

"정문으로 나가면 안 돼. 창문에 선팅을 진하게 한 검은 차가 있어. 내가 유리문을 통해 봤어."

헨리가 호기심 가득한 눈으로 내가 옷 입는 모습을 지켜보며 말했다.

"이런 올빼미 똥 같으니라고!"

분명 앤드루 밀링이 그 차에 앉아서, 자신이 후원하던 학생이 접시에 예쁘게 담긴 채로 실려 오기를 기다리고 있을 것이다.

"혹시 다른 출구는 없어?"

"저런 것도 괜찮아?"

헨리가 탈의실 벽에 난 작은 창문을 가리키며 물었다.

"물론이지!"

바지 속으로 다리를 구겨 넣고, 양말 따위는 생략한 채로 곧장 신발에 발을 쑤셔 넣었다. 프랭키가 창문을 열었다. 헨리가 내 발을 받쳐 주려고 했지만, 나는 고개를 저었다. 그리고 단숨

188

에 위로 뛰어올라, 날렵하게 창문을 빠져나갔다. 원래 고양이는 이런 일에 능숙했다. 수달도 그렇고. 프랭키가 바로 내 뒤를 쫓아왔다.

그리고 우리는 도망쳤다. 마을 변두리에 도착할 때까지 자세를 낮춘 채로 주차장과 덤불을 이리저리 헤치며 달려갔고, 도착했을 무렵 루도 우리를 따라잡았다. 우리는 그곳에서 숨을 헐떡이며 테오 씨가 데리러 올 때까지 기다렸다. 너무 오래 기다리지 않기를 바라면서…….

"앤드루 밀링의 부하들이 우릴 쫓아올 수 있을까?"

루의 목소리에는 걱정이 잔뜩 묻어 있었다.

"그 사람은 나와 같은 퓨마야."

나는 긴장한 목소리로 대답했다.

"최악의 경우엔, 이미 내 뒤를 쫓고 있을 거야."

바로 그때, 끼익 소리와 함께 낡은 학교 트럭이 도착했다. 차가 멈추기도 전에 우리는 우르르 달려가 뒷좌석에 몸을 구겨 넣고 문을 쾅 닫았다. 테오 씨가 운전석에서 걱정스러운 표정으로 밖을 내다보았다.

"학교로 돌아가는 거냐?"

"가능한 한 빨리요, 제발!"

프랭키가 소리쳤다. 프랭키는 우리가 학교에 도착하기 전까지는 안전하지 않으리란 것을 나만큼이나 잘 알고 있었다.

189

우리는 한동안 아무 말이 없었다.

"적어도 우린 이제 헨리가 어떤 동물인지는 알게 됐어."

침묵을 깨뜨리며 내가 먼저 말을 꺼냈다.

"수영장에서 개 손을 봤거든. 흥분해서 부분 변신을 한 것 같은데, 아마 자기도 알아차리지 못했을 거야."

"그래서?"

루가 기대에 찬 얼굴로 물었다.

"개구리야."

내가 대답했다.

"헨리가 알게 되면 좀 실망할 수도 있겠는걸."

프랭키가 얼굴을 찌푸리며 말했다. 양서류에 대해 그다지 높이 평가하지 않는 것 같았다.

"그리고 우리가 헨리와 이야기를 나눴다는 거 알아? 그러면 안 되는 거였는데."

"지금 가장 큰 문제는 그게 아닌 것 같아."

루는 여전히 신경이 곤두서 있는 듯 얼굴이 창백했다.

"밀링이 널 죽이려고 한 걸까?"

루가 날 보며 물었다.

"아마 납치하려고 했을 거야. 그게 아니라 죽일 생각이었다면 총으로 쐈겠지."

나는 기진맥진한 몸을 좌석 깊숙이 파묻었다.

프랭키가 우리를 빤히 쳐다보았다.

"더 중요한 질문은 이거야. 우리가 수영장으로 헨리를 관찰하러 간다는 걸 누가 알고 있었지? 밀링은 네가 거기 있다는 걸 알고 왔어. 누군가 그 사실을 알린 거야."

"어…… 얘들아, 토론을 방해하고 싶진 않지만……."

테오 씨가 끼어들었다.

"우리가 미행당하고 있다는 걸 알려 줘야 할 것 같구나."

13

분노의 냄새

당연히 우리는 즉시 몸을 돌려 뒤를 바라보았다. 테오 씨의 말이 맞았다. 창문이 까맣게 선팅된 커다란 검은색 SUV가 뒤에 바짝 붙어 있었다. 너무 가까이 다가와서 번호판조차 볼 수 없을 정도였다.

프랭키가 깜짝 놀라 꺅 비명을 질렀다.

"더 빨리 달려요, 테오 씨!"

루가 소리쳤다.

"그러고 있어!"

테오 씨가 말했다. 가속 페달을 밟자 소형 트럭이 덜컹거리며 속도를 냈고, 우리는 뒷좌석 쪽으로 쓰러지듯 몸이 쏠렸다. 나는 걱정스러운 눈으로 밀링의 차를 지켜보았다.

'어떻게든 우릴 막아서면 어떻게 하지? 저 사람들이 나를 끌어내서 자기들 차에 태우고 가 버리면? 테오 씨와 루와 프랭키

가 나를 지켜 줄 수 있을까? 두 포식자와 뱀을 상대로?'

루가 다치는 건 절대로 바라지 않았다!

아주 잠깐 뒤따라오는 차와 거리를 벌렸지만, 그 차 역시 곧바로 속도를 올렸고, 금방 다시 우리 뒤로 바짝 붙었다.

"더 밟을 수는 없어요?"

테오 씨를 다그쳤지만, 테오 씨는 그저 고개를 저을 뿐이었다.

"지금이 최고 속도야."

눈 덮인 고속도로를 무시무시한 속도로 질주하던 소형 트럭은 휘어진 길에서 거의 날아가 버릴 뻔했지만, 테오 씨는 용케 트럭을 도로 위에 붙잡아 놓는 데 성공했다.

우리는 차 안에서 이리저리 굴러다니지 않도록 서로를 꽉 붙잡고 있었고, 그러자 산에서 퓨마로 지내던 때의 아련한 기억 한 조각이 떠올랐다. 발밑에서 바위가 무너져 내려 산비탈을 따라 굴러떨어지던 기억이었다.

이제 학교가 그리 멀지 않았다. 우리가 학교에 도착하면 앤드루 밀링은 어떻게 할까? 주차장까지 따라올까? 아니면 포기하고 돌아갈까? 두려움에 몸이 욱신욱신 쑤시는 기분이었다.

그때 뒤쫓던 차가 트럭과 거의 부딪힐 정도로 아슬아슬하게 우리를 추월해서 앞으로 달려갔다.

"우릴 멈춰 세우려나 보군."

테오 씨가 투덜거리듯 말했다.

테오 씨의 말대로 SUV가 트럭을 막아서며 점점 속도를 줄이는 바람에 우리도 속도를 늦출 수밖에 없었다. 테오 씨가 두 손으로 핸들을 너무 꽉 움켜쥐고 있어서 부서지는 건 아닐지 걱정스러웠다.

"내가 제대로 보여 주마, 이 더러운 놈들!"

테오 씨가 소리를 질렀다. 앞차가 브레이크를 더 세게 밟자, 테오 씨는 핸들을 한쪽으로 획 꺾어서 도로를 벗어나 풀밭 위로 달려갔다. 이리저리 부딪히는 경험은 정말 끔찍했다! 비록 머리를 천장에 쾅 박기는 했지만, 우리는 학교로 가는 지름길에 들어서는 데 성공했다! 트럭은 공터를 가로지르고 짙은 녹색 소나무들을 지나쳐, 강둑을 따라 자란 버드나무의 가지를 꺾으면서 계속 굴러갔다. 우리는 차에서 튕겨 나가지 않으려고 그 어느 때보다 더 꽉 매달려 있어야 했다.

하지만 안타깝게도 우릴 뒤쫓는 차는 험한 도로를 전문으로 달리는 SUV였고, 여전히 우리 뒤를 쫓아오고 있었다. 테오 씨는 조용히 욕설을 퍼부었다. 그중엔 수달로 변해 물갈퀴 달린 발로 좌석 밑을 헤집고 있는 프랭키에 대한 악담도 섞여 있었다. 좌석 밑에는 온갖 잡동사니가 쌓여 있었다. 빈 과자 봉지, 종잇조각, 빈 음료수 병, 장갑 한 짝…….

"야! 그건 내 발가락이야!"

루가 빽 소리를 질렀다.

'아, 미안, 난 또 사탕인 줄 알았지.'

프랭키가 당황하지도 않고 대꾸했다.

"먹을 걸 찾는 건 좀 나중에 하면 안 될까?"

나는 불길하게 털털거리는 엔진 소리에 귀를 기울이며, 프랭키에게 소리쳤다. 프랭키는 털로 뒤덮인 뚱뚱한 갈색 뱀처럼 내정강이 사이에서 꿈틀거리고 있었다.

'여기 어딘가에 빈 깡통이 있었는데…….'

머릿속으로 프랭키가 중얼거리는 소리가 들려왔다.

'아, 여기 있다! 얘들아, 잠깐 고개 좀 돌려 줄래?'

갑자기 이상야릇한 냄새가 났다. 분명히 향기와는 거리가 멀었고, 수달 똥 냄새에 가까웠다. 루와 나는 믿을 수 없다는 표정으로 서로를 바라보았다. 우리의 학급 친구가 정말로 지금 깡통에다가 큰일을 본 걸까?

'이 선물을 우리 뒤에 있는 녀석들에게 전해 줄래, 카락?'

프랭키가 태연하게 물었고, 그제야 비로소 프랭키가 무슨 꿍꿍이인지 이해했다. 나는 서둘러 깡통을 집어 들고, 창문을 내리고, 밖으로 몸을 기울이고…… 그걸 힘차게 뿌렸다. 악취 나는 내용물이 뒤쫓던 차의 앞 유리에 명중했고, 곧바로 와이퍼가 작동하면서 앞 유리에 문질러 지저분한 갈색 얼룩을 퍼뜨렸다. SUV는 브레이크를 밟으며 미끄러지다가 그대로 소나무를 들이받았다.

195

"아싸!"

우리는 환호성을 질렀다.

나무에 처박혀 있던 차가 빠져나왔을 때 우리는 이미 학교에 도착했다. 초대받지 않은 손님들은 학교까지 쫓아오진 않았다. 자동차 사이드미러를 통해서 그 차가 점점 속도를 줄이다가 되돌아가는 것을 볼 수 있었다.

테오 씨가 주차하자마자 우린 동시에 차 문을 열고 뛰쳐나가 학교 안으로 들어갔다. 여전히 무서웠지만, 동시에 화가 치밀어 올랐다. 지금 당장 누구든 붙들고 싸우고 싶어서 몸이 근질거렸다. 앤드루 밀링의 얼굴에 대고, 내가 그 사람을 어떻게 생각하는지 말해 주고 싶었다.

클리어워터 교장 선생님과 브리저 선생님, 브라이트아이 선생님이 걱정 가득한 얼굴로 우리를 향해 다가왔다.

"누가 너희를 공격했니? 아직도 이 근처에 있어?"

교장 선생님이 물었다.

"제가 가서 확인해 보죠."

'전투와 생존' 과목을 가르치는 브라이트아이 선생님이 말을 마치자마자, 선생님의 옷이 바닥에 털썩 떨어지면서 커다란 검은 늑대 한 마리가 그 자리에 서 있었다. 늑대는 털북숭이 어깨로 입구 유리문을 밀치고 밖으로 나갔다. 그리고 잠시 후 숲속으로 모습을 감췄다. 동시에 학교 비행단 소속의 3학년 독수리

196

변신족이 적의 위치를 알아내기 위해 날아올랐다. 온갖 종류의 우드워커들이 무슨 일이 벌어졌는지 궁금해하며 복도로 모여들었다. 홀리는 나에게 미친 듯이 손짓발짓을 했고, 브랜든은 걱정스러운 표정으로 나를 바라보았다.

서둘러 교장 선생님에게 수영장에서 있었던 일과, 또 다른 변신족이 어떻게 우릴 도와줬는지 보고했다. 내가 의심 가는 사람의 이름을 말하자 교장 선생님은 입술을 오므렸다.

"앤드루 밀링이라고?"

교장 선생님의 말투에는 의심이 가득했다.

"확실하니? 몇 년 동안 그 사람을 알고 지냈지만, 우리가 해를 입는 걸 바라거나 그런 비열한 방법을 생각해 낸다는 건 믿을 수가 없구나. 혹시 그 사람을 직접 봤니? 아니면 그 사람의 이름이 언급되었거나."

"아뇨, 보지는 못했어요. 선팅이 너무 짙어서 차 안이 보이지 않았거든요."

마지못해 인정했다.

"그럼…… 누가 밀링 씨의 이름을 꺼냈니?"

나는 입술을 깨물었다. 그것도 아니었다.

"그 뱀 변신족 여자가, 자기 친구가 저와 이야기하고 싶어 한다고 했어요. 그런데 전 그 여자를 알아요. 시에라 리조트에서 밀링 씨와 저녁 식사를 했을 때 절 태워다 준 사람이었어요."

"네가 착각한 걸 수도 있어."

"하지만 앤드루 밀링은 카락을 위협했어요!"

루가 크고 또렷한 목소리로 말하며 내 옆에 와서 섰다. 나는 루를 옆으로 슬쩍 보며 고맙다는 눈짓을 보냈다.

"그건 사실이에요."

브리저 선생님이 확인해 주었다.

"지금 내가 확실히 말해 줄 수 있는 한 가지는, 더 이상 네가 학습 탐험을 나가는 걸 허락해 줄 수 없다는 거야."

클리어워터 교장 선생님이 선언했다.

"뭐라고요?"

어느 정도 예상을 하긴 했지만, 찬물을 한 바가지 뒤집어쓴 기분이었다.

"그러니까, 다른 친구들은 다들 나갈 수 있는데…… 저는 안 된다는 건가요?"

"네가 학교 안에 있어야만 우리가 널 제대로 보호할 수 있어. 너를 공격한 사람들은 감히 학교 안으로는 들어오지 못하는 것 같으니까."

교장 선생님이 내키지 않는다는 표정으로 말했다.

"그리고 이 말을 들으면 기분이 좀 나아질지 모르겠지만, 헨리에 대해 알아 오라는 임무는 아주 훌륭히 해냈다. 우리는 그 아이에 대해 많은 걸 알게 됐고, 며칠 내로 우리 학교로 전학 오도록 권할 생각이야. 그저 그 애가 자신이 우드워커란 걸 알게 되었을 때 너무 충격받지 않기를 바랄 뿐이야."

밖은 서서히 어두워지고 있었다. 그리고 내 마음속은 훨씬 더 어두웠다. 좋은 성적을 받은 것이 하나도 기쁘지 않았다. 더 이상 학습 탐험을 갈 수 없다니, 그럴 수는 없었다! 다른 친구들은 모두 모험을 떠나는 동안 나는 학교 안에 죽치고 있어야 하다니⋯⋯. 고맙게도 이건 다 앤드루 밀링 덕분이었다!

선생님들이 상의하기 위해 자리를 떠나자, 친구들이 내 주위로 몰려들었다.

"괜찮아? 어디 다친 덴 없지?"

홀리는 나를 꼭 끌어안았고, 브랜든은 힘없이 내 어깨를 두드려 주었다. 그게 내 머리가 아니어서 다행이었다. 만약 그랬다면 나는 숲의 지배자가 아닌, 길 잃은 새끼 고양이가 된 듯한 기분이 들었을 테니까.

"어디 하나 긁힌 데도 없어."

깊은 한숨을 내쉬며 말했다.

"그 불쌍한 구조 요원이나 괜찮았으면 좋겠는데. 그 사람은 자기가 무슨 싸움에 휘말린 건지도 몰랐어."

"얼른 회복하길 바란다고 카드라도 한 장 써서 보내. 분명히 좋아할 거야."

브랜든이 조언했다. 브랜든은 인간으로 자랐기 때문에 이런

199

것들에 대해 잘 알고 있었다.

학생 식당에 도착할 때까지 두 친구는 호위하듯 내 양옆에서 함께 걸어갔다. 오늘의 메뉴는 쓰레기 맛이 나는 스튜였고, 나는 시무룩하게 그걸 숟가락으로 휘휘 저었다.

"너희는 어땠어? 자동차를 몇 대나 찌그러뜨렸어, 브랜든?"

"그게 무슨 소리야!"

브랜든은 꽃 한 송이라도 밟지 못할 것 같은 표정을 지었다.

"그저 사소한 문제가 하나 있었을 뿐이야. 알고 보니 홀리는 딱 100까지만 셀 수 있더라고. 붐비는 도로를 지나가는 자동차 수를 기록하기에는 턱없이 부족해서……."

"그건 전혀 문제가 되지 않았어."

홀리가 반박했다.

"난 1부터 다시 셌고, 100을 셀 때마다 기록했다고."

기분이 아무리 가라앉았다고 해도, 도저히 웃음을 참을 수 없었다.

"다람쥐가 겨울 식량을 저장해 놓고 자꾸만 잊어버리는 게 당연해! 얼마나 묻어 놨는지 제대로 세지도 않을 테니까."

"무슨 소리! 난 내가 뭘 숨겼는지 다 알고 있어! 깨진 솔방울 하나하나까지 다 기억하고 있다고! 난 말이야……."

"진정해, 홀리. 카락은 그냥 널 놀리려고 그러는 거야."

도리안이 홀리를 달랬다. 도리안은 스튜를 한 입 먹더니 경멸

200

하는 표정을 지으며 옆으로 치워 버렸다. 도리안은 부잣집 애완고양이로 지냈기 때문에 철갑상어 알이나 푸아그라를 먹는 데 더 익숙했다.

옆 탁자에서는 제프와 늑대들이 추격전 이야기를 해 달라고 프랭키를 조르고 있었다. 하지만 프랭키는 이제 한계에 다다랐고, 루와 함께 우리 탁자로 넘어왔다. 루가 머뭇거리지 않고 내 옆에 앉아 줘서 얼마나 좋았는지 모른다. 아마도 오늘의 학습 탐험이 우리 사이의 친밀감을 아주 조금이나마 높여 준 것 같았다. 내 기분은 간신히 조금 나아졌다. 프랭키가 말릴라 선생님에게 입에 발린 소리를 해 가며 연어를 몇 조각 얻어 온 것도 큰 도움이 되었다. 우리는 감사한 마음으로 연어를 향해 달려들었다.

"좋아, 이제 배신자를 찾아내자!"

프랭키가 외쳤고, 나는 프랭키가 차에서 했던 말을 떠올렸다. 그렇다, 분명 누군가가 앤드루 밀링에게 내가 언제, 어디에 있을지 알려 준 게 틀림없었다. 그것만이 매복을 준비할 수 있는 유일한 방법이었다. 예전에 잡은 파리 변신족을 제외하면, 나는 여전히 밀링이 학교 안에 누굴 스파이로 심어 놨는지 알지 못했다. 파리 변신족은 그날 이후로는 보이지 않았다.

"우리가 수영장에 간다는 사실을 아는 사람은 많지 않아."

난 생각에 잠긴 채 중얼거렸다.

"선생님들은 헨리에 대해 알아 오라는 과제를 내 주긴 했지만, 오늘 우리가 어디로 가는지는 모르고 있었어. 그런데……수영장에 가는 길에 리로이를 마주쳤던 거 기억해?"

프랭키와 루와 나는 서로를 바라보았다.

"리로이와 이야기해 봐야 해. 좋든 싫든 말이야."

홀리가 말했다.

"글쎄, 내 생각에 리로이는 기껏해야 나무딸기만큼 털어놓을 것 같은데."

루가 반대했다.

"그냥 무작정 물어봤다가는 아무 말도 안 할 가능성이 더 커!"

하지만 루의 의견은 다수결에 밀려 버렸다. 프랭키, 브랜든, 루, 홀리, 그리고 나는 어둑어둑한 겨울 저녁에 리로이를 찾아 나섰다. 그리고 우리가 자수 모이던 나부집 근처 공터에서 검은색과 흰색이 섞인 털가죽을 입고 쿵쿵대며 덤불 냄새를 맡고 있는 리로이를 찾을 수 있었다. 우리가 다가오는 걸 보고 리로이는 기쁜 듯 검은 눈을 반짝이며 고개를 들었다. 하지만 곧 무언가가 잘못되었다는 것을 감지한 것 같았다.

'무슨 일 있어?'

리로이가 물었다.

홀리는 안절부절못하며 주위를 서성였고, 루는 초조하게 발을 움직거렸고, 프랭키는 새를 보며 휘파람을 불었고, 브랜든은 한쪽 발로 눈을 툭툭 차며 입안으로 옥수수 알갱이를 던져 넣었다.

'좋아, 다들 그렇게 나온단 말이지?'

내 친구들은 다들 어찌할 바를 모르고 있었다. 나는 숨을 깊이 들이마시고 물었다.

"리로이, 혹시 앤드루 밀링을 알아?"

'아니. 그런데 왜?'

우리의 스컹크 동급생은 나와 눈을 마주치려 하지 않고, 짧고 날카로운 발톱으로 눈을 쑤석대기만 했다. 그건 어쩐지 좀 수상쩍어 보였다.

"얘기를 나눠 본 적도 없어?"

계속 이어서 질문했다.

"아니면 이메일을 보냈다든지."

'모르는 사람하고 어떻게 이야기를 할 수 있어?'

리로이가 약간 까칠하게 대답했다.

"앤드루 밀링에게 오늘 카락이 어디로 가는지 말해 준 똥멍청이가 너야?"

홀리가 머리카락을 삐죽삐죽 세우며 불쑥 물었다.

"카락과 다른 애들이 수영장에 간다는 걸 알고 있던 사람은 너밖에 없다고!"

'너 제정신이야?'

리로이가 꽥 소리를 지르며 제자리에서 빙글빙글 돌았다.

'정말 내가 그런 짓을 했을 거라고 생각하는 거야?'

"어쩌면 무슨 이유에서든 나한테 화가 났을 수도 있고."

나는 조심스레 말을 꺼냈다.

"사실을 말해 줄 수도 있잖아. 우리는……."

리로이의 눈이 위험하게 번뜩였다.

'아니!'

리로이가 우리 머릿속으로 외쳤다.

'난 아니라고! 네가 나를 그런 형편없는 놈으로 생각하다니, 정말 상처받았어!'

"하지만 너는……."

프랭키가 말을 꺼냈다. 그리고 그건 별로 똑똑한 행동이 아니었다. 리로이는 끝상 몸을 돌리고 쇼리를 치켜들너니, 우리를 향해 악취 폭탄을 뿌렸다. 프랭키와 나는 반사 신경이 좋은 편이어서 제때 피할 수 있었다. 홀리도 재빨리 옆으로 펄쩍 뛰어서 폭탄의 사정거리에서 벗어났다. 하지만 루와 브랜든은 충분히 빠르지 못했다.

"으악! 저 녀석이 나한테 방귀를 쐈어!"

브랜든이 숨을 헐떡이며 비명을 질렀다. 예상했던 대로, 브랜든한테서 나는 냄새를 맡느니 차라리 가득 찬 쓰레기통 냄새를 맡는 게 나을 것 같았다. 나는 제대로 숨을 쉴 수가 없었다. 루는 가까스로 몇 걸음 물러섰고, 덕분에 겨울 외투에 몇 방울이 튀는 걸로 그쳤다.

"윽! 당장 내다 버려야겠어!"

루가 불평했다.

리로이가 여전히 우리를 향해 엉덩이를 보이고 있었기 때문에, 우리는 재빨리 도망쳤다.

"우아! 리로이가 엄청 화가 났나 봐."

홀리가 괴로워하며 말했다.

"이건 장난이 아니야."

브랜든이 울먹이는 목소리로 말했다.

"이걸 어떻게 해야 해? 이래서는 교실에도 들여보내 주지 않을 거야!"

'어이, 바보들아!'

리로이가 우리 뒤통수에 대고 소리를 질렀다.

'너희가 수영장에 물놀이하러 간다고 내가 트루디랑 버사한테 말했단 말이야!'

우리는 부끄러운 얼굴로 서로를 바라보았다.

이제 분노한 회색곰을 심문해야 하는 걸까?

하지만 그 뒤에 일어난 일은 훨씬 더 심각했다.

14

진실 혹은 거짓

브랜든과 루가 그렇게 냄새를 풍기고 있는데, 그대로 학교 건물 안으로 들어갈 수는 없었다. 불쌍한 브랜든은 속옷까지 홀딱 벗어야만 했다. 한 손으로는 코를 틀어막고, 다른 한 손으로는 손가락 끝으로 옷을 집어서 학교 뒤편 쓰레기통에 갖다 버렸다. 그 옷을 빨아 봤자 스컹크 악취가 사라지지 않을 거란 사실을 우리 모두 잘 알고 있었다.

"입을 옷을 좀 가져다줄게."

홀리가 우리 방으로 달려가며 말했다. 브랜든이 오늘 밤 우리 방에서 잘 생각은 하지 않길 바랐다. 다행히 학교 기숙사에는 예비로 사용할 수 있는 방이 몇 개 남아 있었다.

루는 눈물을 뚝뚝 떨굴 것 같은 표정으로 외투를 벗어서 마찬가지로 쓰레기통에 던져 넣었다.

"겨울 외투는 이거 한 벌밖에 없는데…… 어떡하지? 난 이제 아빠한테 죽었어."

"내 잘못이라고 말할게."

나도 모르게 말이 튀어나왔다. 그 말이 입 밖으로 나오는 순간, 그 말을 한 나를 발로 걷어차고 싶었다. 엘우드 선생님은 이미 나를 싫어했다. 만약 내가 자기 딸이 아끼는 옷을 망쳤다고 고백하면 어떻게 될까? 앞으로 변신 수업이 더욱 힘들어질 거다!

루는 내가 무슨 약속을 했는지 믿지 못하겠다는 표정으로 멍하니 나를 바라보았다. 루가 아무 말이 없어서 난 어색하게 덧붙였다.

"어…… 버사한테 아마 외투가 두 벌 있을 거야. 어쩌면 하나를 빌려줄지도 몰라. 너한테 맞는다면……."

이제 루의 입술에는 희미한 미소가 걸렸다.

"어쩌면 그러면서 버사한테 몇 가지 질문을 할 수 있을지도 몰라. 그런데 혹시 버사가 화를 내면……."

"그럼 잽싸게 도망쳐야지. 넌 빠르잖아."

루에게 조언했다.

세상에서 가장 멋진 와피티사슴 소녀가 용감하게 고개를 끄덕였다.

"난 트루디를 슬쩍 떠볼게. 뭐라고 하는지 들어 보자고."

프랭키가 말했다.

브랜든이 샤워를 하는 동안, 우린 브랜든이 쓸 빈방을 정리하는 걸 도와 달라고 테오 씨와 말릴라 선생님에게 부탁했다. 테오 씨는 좀 시무룩한 얼굴로 말없이 고개만 끄덕였다. 나한테 여자아이를 대하는 법과 발톱 관리에 대해 조언해 준 게 마치 몇 년은 지난 것처럼 느껴졌다.

'테오 씨에게 무슨 걱정거리라도 있는 걸까?'

그날 저녁, 녹초가 되었음에도 불구하고 학교 노트북을 하나 빌려, 침대에서 안나 아줌마에게 이메일을 보냈다. 모든 게 다 괜찮은 척 속이기 위해서 말이다.

만약 내 진짜 부모님과 이렇게 쉽게 연락할 수 있다면 얼마나 좋을까? 내 걱정은 하고 있는 걸까? 언젠가 미아 누나와 단둘이서 산에 올라갔다가 시간 가는 줄도 모르고 논 적이 있다. 해가 지고 한참이 지나서도 우린 돌아오지 않았고, 수컷 회색곰이 지나간 흔적을 발견한 엄마는 우리가 걱정돼서 온 산을 휘젓고 다녔다. 다른 동물들은 다 도망쳐서 숨어 버렸고, 심지어 엄마는 자신보다 몸무게가 열 배쯤 더 나가는 회색곰에게 덤비려고까지 했다. 어리둥절해하는 회색곰에게 막 달려들려고 했을 때, 우리가 털끝 하나 다치지 않은 채로 즐겁게 어슬렁거리며 나타났다. 엄마는 내 목덜미를 잡아채서 영혼까지 탈탈 털었는데, 그건 그다지 유쾌하지 않았다!

갑자기 휴대폰이 울리는 바람에 깜짝 놀라서 책상 서랍을 뒤졌다. 난 평소에 휴대폰을 거의 사용하지 않았다. 지금껏 인간 친구가 한 명도 없었기 때문에, 전화는 그저 수양 가족과 연락하는 용도로만 사용했다.

'혹시 안나 아줌마도 내 생각이 난 건가?'

나는 초록색 통화 버튼을 눌렀다.

"앤드루다. 잠시 대화를 나누고 싶었는데, 네가 내 작은 초대마저 피하는 쫄보인 줄은 몰랐구나."

몸이 떨려 왔다. 앤드루 밀링! 내 가장 위험한 적이 전화를 하다니……. 한동안 침묵이 흘렀다. 나는 침도 못 삼킬 정도로 입이 바싹 말랐다.

"당신 졸개들이 그렇게 친절하게 초대하진 않던데요. 사실, 좀 무례했어요."

살이 베일 정도로 날카롭고 깊은 웃음소리가 터져 나왔다.

"그랬니? 그래, 그렇다면 따끔하게 한마디 해야겠구나. 너도 알겠지만, 지난번에 내 제안을 거절한 건 정말 실망스러웠다. 아주 실망스러웠지……. 난 그저 네가 마음을 바꿀 수 있게 도와줄 만한 걸 보여 주려고 했었다."

"그게 뭔데요?"

내가 정말로 그걸 알고 싶은지조차 확신할 수 없었다.

"로키산맥에서 지난 몇 주 동안 우드워커 여럿이 살해됐어. 인간 사냥꾼이 쏜 총에 맞아서 말이야."

209

속이 울렁거리기 시작했다. 그 말을 듣고는 태연한 척할 수가 없었다. 밀링은 나에게 무엇을 보여 주려던 걸까? 어쩌면 나란히 누워 있는 피투성이 사체들일지도 모른다.

그중에 내 가족이 있을까? 생각하면 할수록 숨이 턱턱 막혀 왔다.

'아니, 아니야! 그럴 리가 없어!'

"그 많은 사람 중에 왜 하필 내 도움이 필요한 거죠? 이미 수많은 지지자를 모았잖아요."

"그래, 그렇지. 그리고 날마다 그 수가 늘어나고 있어. 어제만 해도 밴쿠버섬에서 온 퓨마 변신족 두 명이 나에게 연락했어. 하지만 넌 나와 너무나도 닮았어. 네가 계속 거절한다면 나는 가슴이 아플 거야. 사실 선택지는 딱 두 가지밖에 없어. 네가 나와 함께하거나, 아니면……."

밀링은 말을 끝맺지 않았다. 팔에 소름이 돋기 시작했고, 내 불쌍한 인간의 머리카락도 곤두설 준비를 했다.

'당황하지 말자, 학교 안은 안전하니까.'

나는 스스로를 안심시켰다.

'이곳은 내 영역이야, 밀링의 영역이 아니라고.'

"미안하지만 그럴 수 없어요."

나는 단호하게 말했다.

얼음장 같은 침묵이 이어졌다. 전화를 끊고 싶었지만, 움직일 수가 없었다. 이번에는 밀링도 침착했다.

"너는 내 힘을 너무 우습게 보는 것 같구나."

밀링이 말했다.

"네가 정신 차리고 내 뜻에 동참하지 않는다면, 분명 마음 아픈 일이 생길 거야. 그리고 그 일에 대한 책임은 바로 네가 지게 될 거야, 카락."

아무 말도 할 수가 없었다.

'마음 아픈 일이라고? 도대체 무슨 꿍꿍이지?'

"우리가 만나면 내가 무슨 말을 하려고 했는지 넌 모를 거야."

앤드루 밀링이 말을 이었다.

"하지만 괜찮아, 이렇게 전화로 말하면 되니까."

나는 대꾸하지 않았다. 밀링이 하려는 말을 계속 들어야 할까? 아니면 그냥 전화를 끊고 휴대폰을 변기 속에 던져 버리는 게 더 나을까? 갑자기 너무나 외롭게 느껴졌다. 조용하지만 강한 내 친구 브랜든이 옆에 있었으면…….

"아마 너는 아직도 네 부모에 대해 궁금해하고 있겠지. 난 그저 재미로 그들을 찾아보려고 했는데…… 내가 뭘 찾아냈는지 알고 싶니?"

열기와 냉기가 동시에 느껴졌다. 기쁨과 공포도…….

"네."

미처 생각할 틈도 없이 입에서 말이 튀어나왔다.

"그래, 나도 그럴 줄 알았다. 좋은 소식과 나쁜 소식, 어떤 걸 먼저 듣고 싶니?"

"좋은 소식요."

전화기에 대고 속삭이듯 말했다. 그게 내가 할 수 있는 전부였다.

"살아 있다."

'하나님, 감사합니다!'

나는 의자에 털썩 주저앉았다. 매끈한 나무로 만들어진 책상의 감촉이 이마에서 느껴졌다. 엄마와 아빠, 미아 누나는 총에 맞지 않았다!

'감사합니다! 감사합니다!'

아무 말도 하지 못할 정도로 목이 메지만 않았더라면, 나는 큰 소리로 외쳤을 것이다. 방 안의 풍경이 흐릿해졌다. 눈이 소금물로 가득 차 버렸기 때문에 아무것도 볼 수 없었다.

"자, 이번엔 나쁜 소식 차례다."

앤드루 밀링은 신이 나 보였다.

휴대폰을 붙들고 있는 내 손이 덜덜 떨렸다.

"네 가족들은 너에게 화가 나 있어. 특히 네 아버지는 네가 아직도 인간으로 살고 있다는 사실에 몹시 실망하고 있다. 널 배신자로 여기고 있지. 한마디로, 네 부모는 너를 보고 싶어 하지 않아."

"뭐라고요?"

처음에는 무슨 뜻인지 이해가 가지 않았다. 아빠와 나 사이에 거친 말들이 오간 건 사실이었다. 밀링이 실제로 우리 부모님과 대화를 한 게 아니라면 절대 이런 사실을 알 수 없었을 것이다. 하지만 부모님이 두 세계에서 살아가는 나를 용서하지 않을 거란 말이 정말 사실일까?

"그럴 리 없어요!"

"정말? 넌 네가 진실이길 바라는 것만 믿는 거냐?"

"날 협박해서 뭔가를 하게 하려는 속셈이잖아요!"

나는 앤드루 밀링을 비난했다.

"넌 내게서 멀어진 것과 똑같은 방식으로 네 가족을 떠났어. 그게 용서받을 수 있다고 생각하는 거냐?"

휴대폰을 부숴 버리고 싶었다. 지금처럼 인간의 모습을 하고 있을 때라도 충분히 휴대폰을 부술 수가 있었다. 하지만 한 가지를 더 확인해야만 했다.

"부모님은 어디에 있는데요? 옐로스톤에 있나요?"

밀링은 다시 웃음을 터뜨렸고, 그건 나를 조롱하는 것 같았다.

"넌 이미 기회를 내다 버렸어, 카락. 기억하지? 넌 벌써 두 번이나 내 제안을 거절했다. 나는 자주 거절당하는 편이 아닌데 말이야."

"인간들을 해칠 음모를 꾸미고 있으니까!"

나는 이제 울부짖고 있었다. 도저히 참을 수가 없었다.

"하지만 난 사람들에게 당신에 대해서 경고할 거야! 사람들이 당신의 진짜 정체를 알게 될 때까지!"

아무 대답도 들리지 않았다. 밀링은 이미 전화를 끊었다.

온몸이 식은땀으로 흠뻑 젖어 있었다. 덜덜 떨리는 손으로 땀에 젖은 티셔츠를 벗어서 바닥으로 던지고 옷장에서 새 티셔츠를 찾아보았다. 서랍 구석에 구겨진 티셔츠 한 장이 남아 있었다.

그러고 나서 비틀거리며 방을 나섰다. 내 방문에는 햇살 같은 노란색으로 내 이름이 크게 적혀 있었다. 무릎을 꿇고 울부짖지 않기 위해, 한 발 한 발 내딛는 데에만 집중하고 또 집중했다. 무턱대고 학교에서 도망쳤다가 총에 맞았던 그날만큼이나 끔찍한 기분이 들었다. 당장 홀리와 브랜든을 찾아가서 통화 내용에 대해 말하고 싶었지만, 내 본능은 다른 길을 찾아가라고 말하고 있었다. 지금 나를 도와줄 수 있는, 그리고 기꺼이 도와줄 사람은 단 한 명뿐이었다.

브리저 선생님.

브리저 선생님의 방은 같은 층이었지만, 다른 쪽 별관에 있었다. 나는 이름이 적혀 있는 명판 대신 오래된 텍사스 자동차 번호판이 붙어 있는 선생님의 방문을 두드렸다. 아무런 반응이 없었다. 조심스레 손잡이를 돌리자 방문이 열렸다.

"브리저 선생님?"

나는 방 안을 들여다보았다. 책과 쇠붙이와 플라스틱 냄새가 났다. 책상 위에는 세 대의 모니터와, 어린 소년의 손을 잡고 있는 검은 머리 여성의 사진이 놓여 있었다. 그 소년은 웃고 있었다. 내 시선은 미끄러지듯 소파로 옮겨 갔다.

하지만 그곳에도 인쇄물 더미와 반쯤 분해된 전자 기기 부품밖에 없었다. 소파 옆 선반에는 20개국 여행 안내서와 오디오 장비, 그리고 선인장 화분이 빼곡하게 놓여 있었다.

선생님은 밖에 나간 게 분명했다. 하지만 꼭 브리저 선생님을 찾고 싶었고, 또 찾아야만 했다! 비틀거리며 내 방으로 돌아와 커다란 창문을 활짝 열고 퓨마로 변신했다. 크고 보드라운 퓨마의 발로 풀이 뒤덮인 화강암 덩어리를 밟으며 밤의 어둠 속으로 들어섰다. 브리저 선생님의 냄새를 발견하는 데는 그리 오래 걸리지 않았다. 선생님은 코요테의 모습으로 강가 쪽으로 움직이고 있었다. 나는 곧 선생님을 찾을 수 있었다. 당연히 선생님도 내가 다가오는 냄새를 맡고, 눈을 뚫고 나를 향해 가볍게 달려왔다. 선생님의 목소리에는 놀라움과 노여움이 섞여 있었다.

'카락! 넌 학교 밖으로 나와서는 안 돼!'

선생님에게 다가가자마자 난 곧바로 무너져 내렸다. 소나무 아래 차가운 맨땅에 몸을 웅크린 채로 다시는 일어나지 못할 것만 같았다.

'그 사람이 제 부모님을 찾았대요. 그런데 부모님은 절 보고 싶

215

지 않다고 했대요······.'

브리저 선생님은 단번에 무슨 말인지 알아들었다.

'카락, 그런 쓰레기 같은 놈이 한 말은 믿지 마라!'

선생님은 내 옆에 몸을 웅크리고 앉아, 홀쭉한 코요테의 주둥이를 내 어깨에 슬쩍 가져다 댔다. 인간의 모습이었다면 나를 안아 주었을 것이다. 이상하게도 그 몸짓에 온갖 감정이 북받쳐 올랐다. 그 몸짓은 내게 너무도 큰 의미가 있었다. 왜냐하면 이 학교에서 내가 이렇게 믿는 사람은 오직 브리저 선생님밖에 없었기 때문이다.

'하지만 밀링은 제 부모님이 살아 있다고 했어요. 전 그 말을 믿고 싶어요!'

'그래, 나도 알아.'

브리저 신생님이 조용하고 차분하게 말했다. 그 순간, 반항적인 표정을 짓고 있는 소년의 모습이 선생님의 머릿속을 스쳐 지나갔고, 나는 선생님이 아들 생각을 하고 있다는 것을 알 수 있었다. 선생님의 아들은 자신이 진정 누구인지, 어떤 존재가 되고 싶은지조차 알지 못했던 젊은 변신족이었다.

만약 아직 살아 있다면, 약에 취해 어딘가를 헤매는 삶을 살고 있을 것이다.

'밀링은 너를 망치려고 할 거야. 또 다른 퓨마 변신족이 자기 제안을 거절한 걸 절대 받아들일 수 없을 테니까.'

나는 신음 소리를 냈다.

*'그리고 전 정말 바보 같은 짓을 했어요. 사람들에게 경고하겠
다고 말했거든요. 그 사람의 계획이 무산되도록 모두에게 알리겠
다고요.'*

'흠, 좋지 않구나.'

브리저 선생님이 내 쪽으로 고개를 돌렸다. 선생님의 현명한
갈색 눈이 나를 주의 깊게 바라보았다.

'부모님이 어디에 계신지에 대해서는 조금이라도 말해 줬니?'

나는 고개를 저었다. 퓨마의 모습으로는 어울리지 않는 인간
의 몸짓이었다. 문득, 이런 몸짓을 하는 내가 싫어졌다. 내 이런
모습을 부모님이나 미아 누나가 보게 된다면 어떻게 생각할까?
전보다 못한 퓨마가 되었다고 경멸하는 눈빛으로 쳐다볼까? 밀
링이 거짓말을 한 걸까, 아니면 진실을 말한 걸까?

브리저 선생님은 나를 억지로 학교로 돌려보내지 않았다. 그
저 눈 덮인 숲속에서 몸의 떨림이 멈출 때까지 옆에서 기다려
주었다.

이상하게도 다음 날 아침 루의 아빠인 엘우드 선생님을 마주
하는 일이 어렵게 느껴지지 않았다. 언제나 그랬듯이 엘우드 선
생님은 새로 다림질한 셔츠와 갈색 재킷을 입고 교실로 들어왔
다. 나와 눈이 마주치자 선생님의 눈빛이 굳어졌다.

"루가 외투를 버려야 했던 건 다 제 잘못이었어요."

나는 담담히 말했다.

"제가 리로이를 화나게 했고, 그래서 생긴 일이었어요."

만약 우리가 숲속 어딘가에서 두 번째 모습으로 만났더라면, 선생님은 거대한 뿔로 나를 가까운 나무에 꽂아 버렸을지도 모른다. 다행히 엘우드 선생님은 지금 와피티사슴의 모습이 아니었고, 근처에는 뿔 비슷한 것조차 없었다. 분노가 가득 담긴 말들이 나를 향해 폭포수처럼 쏟아져 내렸다. 그중 몇 개의 말이 귀에 꽂혔다. '불량한 생물, 전형적인 포식자, 예의가 없는, 범죄에 가까운…….' 등등. 하지만 나는 새끼손가락 하나 꿈쩍하지 않았다. 선생님이 나를 어떻게 생각하는지는 그다지 신경 쓰이지 않았다.

지리에 앉아서 자기 아빠와 나를 번갈아 바라보고 있던 루의 얼굴이 붉으락푸르락했다.

마침내 엘우드 선생님의 설교가 끝이 났다.

"그러니 내가 말한 걸 하나도 빼먹지 말고 똑똑히 기억해라. 그렇지 않으면 나도 교장 선생님에게 보고할 수밖에 없으니까. 알아들었니?"

"네, 선생님."

그렇게 대답하고 나서야 동그랗게 모여 앉아 있는 반 친구들 옆에 앉을 수 있었다. 하지만 그것도 잠시뿐이었다. 당연히 내 이름이 첫 번째로 불렸고, 앞에 나가서 온갖 종류의 복잡한 변신 시범을 보여야만 했다. 심지어 엘우드 선생님은 팔다리를 퓨마의 발로 변신시키면서 물구나무를 서라는 주문까지 했고, 난 기적적으로 그 모든 걸 해냈다.

엘우드 선생님은 꽤 실망한 기색을 보이며 말했다.

"좋아, 이제 자리에 앉아도 좋다, 카락."

다음으로 호명된 건 버사였다. 엘우드 선생님은 버사가 변신을 자유자재로 통제할 수 없다는 걸 잘 알고 있었다.

다음 수업은 캘러웨이 선생님의 영어 수업이었고, 영어 수업이 끝난 뒤에는 역사와 지리 수업이 이어졌다. 내 옆자리인 리로이는 다행히 화가 풀린 것 같았다. 심지어 역사 시간에는 유럽 국가들의 수도를 정리해 놓은 걸 내가 베껴 쓸 수 있게 허락해 주었다.

마지막 수업이 끝난 뒤, 루는 다른 친구들이 모두 교실을 나갈 때까지 일부러 천천히 책을 챙겼다. 나 또한 이유 없이 교실을 나가지 않고 어슬렁거렸다.

그러다가 결국 교실에 우리 둘만 남게 되었다. 교실 안은 서로의 숨소리가 들릴 정도로 조용했다.

서너 걸음 걸어가자, 루 엘우드가 내 눈앞에 서 있었다. 루는 길고 검은 머리카락을 쓸어 넘기며 진지하고 의문에 찬 얼굴로 날 바라보았다.

"왜 그랬어, 카락? 왜 우리 아빠한테 그렇게 말한 거야?"

나는 그저 루를 바라보기만 했다.

'왜냐하면 너를 좋아하니까.'

속으로 생각하면서, 지금의 모습으로는 루가 내 생각을 들을 수 없다는 사실에 감사했다.

"그냥……."

"좋았어."

루가 살짝 수줍은 미소를 지으며 말했다.

"다른 애들은 아무도 그렇게 하지 않았을 거야. 넌 정말 이상한 애야…… 가끔은."

"난 애가 아닐 때가 더 많아."

"그래, 퓨마지. 나도 알아."

루의 시선이 너무나 따스해서 무릎에 힘이 풀렸다.

"그리고 어쩌면 그건 좋은 일일지도 몰라."

내가 제대로 들은 건가 싶어 어리둥절했다. 루는 어깨에 가방을 둘러메며 말을 이었다.

"점심 먹으러 갈래? 오늘 점심 메뉴는 라자냐래."

나는 라자냐를 싫어한다.

"와우! 맛있겠다."

우리는 함께 학생 식당으로 향했다.

15

진실을 찾아서

점심을 먹고 나서 도리안은 학생 식당 휴게실의 텔레비전 앞에 널브러졌고, 늑대들은 테이블 축구 게임을 시작했다. 우리에게 신경 쓰는 사람은 아무도 없었다. 프랭키, 루, 홀리, 브랜든 그리고 나는 1층에 있는 도서관으로 갔다. 도서관 바닥에는 중후한 무늬가 그려진 카펫이 깔려 있었고 오래된 종이 냄새가 났다. 그리고 여럿이 함께 작업할 수 있는 커다란 탁자 두 개와, 팔걸이가 달린 편안한 독서용 의자가 몇 개 있었다. 도서관에는 우리밖에 없었지만, 우리는 탁자 위로 몸을 숙인 채 조용히 이야기를 나누었다.

"버사는 절대로 스파이가 아니야."

루가 속삭였다.

"버사의 생각과 감정은 꼭 책장을 펼쳐 놓은 것처럼 그대로 눈에 다 보이거든. 그런데 죄책감이 개미 눈곱만큼도 보이지 않았어."

"날아다니는 쓰레기한테서는 뭘 알아냈어?"

홀리가 프랭키를 향해 물었다. 홀리는 나보다도 더 트루디를 믿지 않았다. 특히 제프를 짝사랑하는 트루디가 늑대들을 위해 우리를 염탐했던 사건 이후로는 더욱더 그랬다.

프랭키는 어깨를 으쓱했다.

"트루디 말로는, 카락이 수영장에 가고 싶다고 해서 좀 놀라긴 했지만 그 후로는 그냥 잊고 있었대. 거짓말하는 것 같지는 않았어."

"어쩌면 밀링에게 밀고한 건 리로이가 맞을지도 몰라. 그 얘길 들었을 때 난리를 치던 게 너무 수상했어."

도서관 반대편에 있던 브랜든이 큰 소리로 외쳤다. 불쌍하게도 브랜든에게서는 여전히 악취가 났다. 마치 퇴비 더미 위에 썩어 가는 동물 사체가 얹혀 있는 것 같은 냄새였다. 불쌍한 브랜든! 교실에서는 책상을 아무도 없는 뒷벽까지 밀어야 했다.

"그 형편없는 자식이 원하는 게 뭐지? 인간들에게 복수하기 위해 대체 뭘 준비하고 있는 거야?"

홀리가 우드워커의 역사를 기록한 아주 오래된 책을 갉아 먹으며 씩씩거렸다. 프랭키가 잽싸게 책을 빼앗았다.

"밀링은 인간들을 죽이진 않을 거라고 했어. 그보다 더 심한 짓을 할 거라면서."

나는 이리저리 고민하며 대답했다.

"하지만 그런 건 불가능하잖아, 안 그래? 죽는 것보다 더 심한 게 뭔데?"

브랜든이 눈을 이리저리 굴렸다.

"우리 엄마는 테니스 클럽에서 쫓겨나느니 차라리 죽는 게 낫다고 하긴 했어."

"나는 고아원으로 돌아가는 게 죽기보다 싫어!"

홀리는 그 생각만으로도 안절부절못하는 것 같았다.

"난 다시는 물에 들어갈 수 없다면 차라리 죽는 게 나을 것 같아."

프랭키가 커다랗고 슬픈 눈으로 우리를 차례로 돌아보며 말했다. 프랭키는 수달이었지만, 그보다 더 강아지 눈망울을 잘할 수 있는 사람은 없을 것 같았다.

난 어깨를 으쓱했다.

"어쩌면 밀링은 그저…… 인간들이 그걸 뭐라고 부르더라?"

"허세?"

멀리서 브랜든이 소리쳤다.

"아니, 허세를 부리는 건 아닐 거야."

루가 말했다. 작고 부드러운 목소리였지만, 조용한 도서관 안에서는 소리가 아주 크게 들렸다.

"우리 아빠는 겁이 별로 없는 편이야. 그런데 언젠가 이런 말을 한 적이 있어. 나나 우리 형제들이 다치는 건 너무나 두렵다고. 차라리 아빠가 죽는 게 낫겠다고 하더라."

밀링의 가족에게 무슨 일이 일어났는지 떠오르자, 루의 말이 옳다는 걸 알 수 있었다.

"바로 그거야!"

흥분해서 목소리가 커졌다.

"앤드루 밀링의 아내와 딸은 퓨마의 모습으로 밖에 나갔다가 사냥꾼의 총에 맞았어. 분명히 인간들에게 똑같이 갚아 주고 싶을 거야. 아마 아이들을 통해 복수하려고 할 거야. 그러니까 인간들의 아이를……."

너무 끔찍해서 차마 그 말을 입 밖으로 꺼낼 수가 없었다. 정말 그렇게까지 하려는 걸까? 인간들에게 복수하기 위해 아이들을 죽인다고?

"끔찍해! 넌 정말 그렇게 생각하는 거야?"

브랜든도 완전히 충격받은 표정이었다.

"밀링은 전에도 사람을 죽인 적이 있어."

나는 힘없이 대답했다.

"그리고 자신을 도울 포식자들을 신중하게 뽑고 있어. 아마도 그들은……."

"아무렇지 않게 죽일 수 있을 거라는 말이지?"

홀리가 불쑥 끼어들었다. 나는 얼굴을 찌푸리고 있는 루를 걱정스럽게 쳐다봤다. 하지만 루는 곧 표정을 풀었다.

프랭키가 학생 식당에 가서 노트북을 가져왔고, 우리는 그 노트북으로 앤드루 밀링의 선거 운동 사이트를 둘러보았다. 그 사람의 얼굴을 보고 있기가 너무 힘들었다.

"학교에서 여는 행사가 꽤 많은데."

불안감이 슬슬 밀려오기 시작했다.

"어쩌면 그 썩은 송곳니가 학교 행사를 이용해서 뭔가를 하고 있는지도 몰라."

팔꿈치로 턱을 괸 채 적갈색 머리카락을 쥐어뜯으며 노트북 화면을 들여다보고 있던 홀리가 말했다.

"예를 들자면, 아이들에게 접근할 방법을 찾는다거나."

"이대로 두고 볼 순 없어."

루가 선언했다.

"그래, 그런데 우리가 뭘 할 수 있지? 밀링이 위험한 인물이라고 생각하는 사람은 브리저 선생님밖에 없어."

친구들의 굳은 얼굴을 보며 난 덧붙였다.

"브리저 선생님하고 상의해 볼게, 알았지?"

잠깐 쉬어야 할 것 같아서 다시 학생 식당에 딸린 휴게실로 돌아왔다. 다른 애들은 '인간 연구' 시간에 배웠던 〈스타워즈〉 시리즈를 보고 있었다. 그런데 7화 중간쯤에서 텔레비전 소리가 끊겨서 나오지 않았다.

"저러는 게 벌써 두 번째야. 인간들이 발명했으니 말 다했지."

티카니가 투덜댔다.

나는 눈을 굴렸다. 난 여전히 인간들을 좋아하고, 누가 인간에 대해 욕할 때면 털 속에 진드기가 들어간 것처럼 불편한 느낌이 들었다.

"아, 그래? 그럼 우드워커들은 지금껏 발명한 게 뭐가 있지?"

예상치 못한 질문을 받은 티카니는 잠시 생각하다가 대답했다.

"잘은 모르지만, 뭔가 발명한 게 있을 거야."

티카니가 계속 말하려는데, 클리프와 보가 나를 찌를 것 같은 눈빛으로 노려보며 티카니의 옆으로 다가왔다.

"어쩌면 퓨마들이 냉동 스테이크를 발명했을지도 몰라. 놈들은 사냥하기엔 너무 멍청하니까."

보가 빈정댔고, 다른 늑대들은 낄낄거렸다. 심지어 티카니까지도.

만약 우리가 쓰레기통에서 함께 보낸 시간이 없었더라면, 난 티카니가 사실 꽤 괜찮은 애란 걸 결코 알지 못했을 것이다. 짜증이 나서 막 방으로 돌아가려고 할 때, 테오 씨가 공구 상자를 들고 나타났다.

"이번엔 또 뭐가 문제야?"

테오 씨가 투덜거렸다. 기분이 조금도 나아지지 않은 것 같았다.

"우리한테 더 이상 말을 하지 않아요."

윙이 소리가 나지 않는 화면을 가리키며 말했다.

테오 씨를 물끄러미 바라보다가, 불현듯 한 가지 생각이 떠올랐다. 테오 씨라면 우리 학교에서 무슨 일이 일어나는지, 그리고 우리가 어디 있는지를 항상 알고 있을 것이다. 왜 그걸 까맣게 잊고 있었을까! 우리가 인간의 모습으로 학교를 나설 때면 항상 테오 씨가 태워다 줬고, 또 태우러 왔다. 내가 그날 수영장에 있을 거라는 사실도 물론 알고 있었다. 하마터면 날 적에게 팔아먹을 뻔해서 테오 씨가 그토록 낙담한 걸까? 아니면 그 반대로, 스파이 일이 잘 풀리지 않아서?

테오 씨는 텔레비전을 고치기 위해 한동안 애썼지만, 결국 성공하지 못했다. 그래서 클리프와 나는 서로를 죽일 듯이 노려보면서 테오 씨를 도와 망가진 텔레비전을 지하 작업실까지 옮겨야 했다. 심지어 클리프는 이따금 나를 향해 이빨을 드러내기도 했다. 하지만 인간의 모습으로 그런 행동을 하니 위협적이기보다는 오히려 우스꽝스러워 보였다.

"이가 아파서 그러는 거야?"

난 싱글거리며 물었다.

"아니면 미소를 지으려고 한 건가?"

클리프는 두 손으로 텔레비전을 들고 있었기 때문에 나를 공격할 방법이 없었고, 덕분에 나도 쓸데없는 협박을 무시할 수 있었다. 어쨌거나 내 마음은 딴 데 쏠려 있었다.

'제발 그게 테오 씨가 아니기를…….'

간절한 바람이 머릿속을 끊임없이 맴돌았다. 나는 우리의 학교 관리인을 좋아했고, 이 힘센 말코손바닥사슴을 좋아했다. 그리고 테오 씨 역시 날 마음에 들어 한다고 생각했었다. 하지만 어쩌면 그게 다 나만의 착각이었는지도 모른다.

아니면, 앤드루 밀링이 테오 씨에게 어마어마한 돈을 준 걸까? 날 좋아하든 말든 상관없이 내 정보를 팔아넘길 수 있을 정도로? 인간들이 자신의 은행 계좌에 얼마나 많은 돈을 넣어 놓고 있는지 난 전혀 관심이 없었다. 돈을 어떻게 사용해야 하는지에 대해서도 여전히 산에서 막 내려온 야생 퓨마에 가까웠다. 하지만 다른 우드워커들은 다를지도 모른다. 돈으로는 아주 많은 것들을 살 수 있다. 예를 들면 자신만의 영토 같은 것…….
인간들은 그걸 '부동산'이라고 불렀다.

텔레비전을 작업실에 내려놓자마자 클리프는 서둘러 자기 패거리에게 돌아갔다. 하지만 나는 그곳에 남아 있었다. 테오 씨는 어쩐지 불편해 보였다. 알아듣기 힘든 말을 중얼거리며 작업 도구를 뒤적거리는 동안, 나에게 한 번도 눈길을 주지 않았다.

나는 비참한 기분으로 의자 끝에 걸터앉았다. 도대체 이걸 어떻게 물어봐야 할까? 리로이가 그랬던 것처럼, 기분이 상해서 나를 공격하면 어떻게 해야 할까? 다 자란 말코손바닥사슴은 나보다 훨씬 강했다.

마침내 숨을 깊이 들이마시고 나서 간단히 질문했다.

"앤드루 밀링을 어떻게 알게 된 거죠?"

테오 씨는 뒤돌아보지 않고, 뻣뻣하게 굳어 있었다. 난 본능적으로 숨을 죽이고 온몸을 긴장시켰다. 내 안의 퓨마는 테오 씨가 허튼 움직임을 보이면 곧바로 달려들어 목을 물어뜯을 준비를 하고 있었다. 하지만 테오 씨는 그저 그 자리에 가만히 서서 입을 열었다.

"오래전부터 알고 지냈다."

테오 씨가 잠긴 목소리로 말했다.

"그 사람이 야생 동물 다큐멘터리를 찍을 때 처음 만났지. 그때 난 말코손바닥사슴의 모습으로 있었는데, 내가 우드워커라는 걸 알아차리고 앤드루가 대화를 시도했어. 그때 앤드루는 정말 아무것도 몰랐어. 내가 떠나려고 했을 때도 나를 쫓아왔지. 좀 뻔뻔한 녀석이긴 했지만, 나는 그를 좋아했어. 시간이 지나고는 앤드루와 에블린과 함께 자주 저녁을 먹었어. 그땐 다들 웃음이 많았어. 에블린의 유머 감각은 좀 독특했지만."

"그 사람 아내를 알고 있었어요?"

잠시 말을 멈추고 숨을 골랐다.

"딸은요?"

"당연히 둘 다 잘 알아. 준은 사랑스러운 여자애였어…… 내

229

가 걸을 때마다 다리에 매달리곤 했지. 그게 그렇게 재미있었나
봐. 가끔은 변신해서 내 신발을 물어뜯거나 발가락에 덤벼들기
도 했고…… . 정말 사랑스러운 꼬마였어."

그다음 이야기는 내가 채울 수 있다. 안타깝게도 준은 오래
살지 못했다. 에블린과 준은 퓨마의 모습으로 눈밭에서 놀다가
사냥꾼의 총에 맞았다.

"우리 모두 그들을 위해 눈물을 흘렸어."

테오 씨의 목소리가 흐트러졌다.

"에블린과 준을 알던 사람들 모두 눈물을 흘렸지."

밀링의 이야기가 생각나 내 눈에도 눈물이 고였다. 그 순간,
앤드루 밀링은 나의 적이 아니라 그저 끔찍한 일을 겪은 우드
워커 중 한 명이었다.

하지만 곧바로 다른 감정이 홍수처럼 밀려들었다. 두려움과
무력감 그리고 분노까지.

"아저씨가 앤드루 밀링에게 학교에서 있었던 일들을 이야기
한 거죠? 그리고 제 이메일도 봤나요? 배낭도 뒤졌고요?"

아주 천천히, 그리고 여전히 나를 보지 않은 채로 테오 씨는
문을 향해 걸어가서 문을 닫았다.

"그래, 처음에는 별생각 없이 그랬어. 그 사람은 네 후원자였
고, 당연히 네가 뭘 하고 있는지 알고 싶어 할 테니까."

"밀링이 자신의 계획에 절 끌어들이기 위해 무슨 짓이든 할

거라는 사실은 언제 알았어요? 그 사람이 저를 노리고 있다는
건요?"

갑자기 테오 씨에게 화가 나기 시작했고, 너무 화가 나서 가
슴에 간질간질 털이 자라나는 느낌이 들었다. 이런 느낌은 정말
오랜만이었다.

테오 씨는 몸을 돌려 온갖 색깔의 페인트가 묻어 있는 의자에
털썩 앉았다. 커다란 손은 무릎 위에 힘없이 놓여 있었다. 테오
씨가 다시 고개를 들었을 때, 잔뜩 구겨진 얼굴에는 슬픔이 가
득했다.

"물론 에블린과 준이 죽은 뒤에 앤드루가 변했다는 건 나도
알고 있었어. 하지만 이렇게까지 잔인해질 줄은 몰랐어. 우리
를 공격하고, 뒤를 쫓고…… 정말 충격이었어. 나를 믿어 줘.
이런 사실을 알게 된 후로는 죄책감을 견딜 수 없었어. 미안하
다, 카락."

한동안 말없이 테오 씨를 바라보았다. 테오 씨는 아무것도 부
정하거나 변명하지 않았다. 그저 자기가 왜 그런 실수를 했는지
에 대해서만 설명했다. 난 내 자신이 이미 어느 정도 테오 씨를
용서했다는 걸 깨달았다.

"학교에 다른 스파이가 또 있나요?"

'스파이'라는 말에 테오 씨가 움찔했다. 하지만 테오 씨는 그
런 말을 들을 만했다.

"나는 누군지 모르지만…… 있을 거야."

테오 씨가 신중하게 대답했다.

"난 그 파리 변신족에 대해서는 아무것도 모르고 있었어. 하지만 내 메시지를 받아 가던 다람쥐가 있었어. 내가 알아낸 것을 말해 주면, 그 다람쥐가 앤드루에게 달려가서 전했지."

아하! 처음으로 브랜든이 침대를 박살 냈던 그날 밤, 우리 방 창문 밖에서 달아난 게 누군지 그제야 알게 되었다. 이제부턴 낯선 다람쥐 변신족을 경계해야 했다.

"앞으로 다른 스파이에 대해 알게 되면, 저한테 알려 주실 수 있나요?"

테오 씨에게 물었다.

"그리고 밀링의 계획에 대해서도요."

테오 씨는 망설이지 않고 고개를 들어 나와 눈을 맞췄다.

"그렇게 할게."

테오 씨가 대답했다.

이 따끈따끈한 소식을 홀리와 브랜든에게 전해 주자 둘은 불같이 화를 냈다.

"테오 씨라고? 말도 안 돼!"

브랜든이 옥수수 알갱이를 한꺼번에 두 개씩 씹으며 신음했다.

"우린 테오 씨를 믿었는데!"

"테오 씨는 정말로 좋은 사람이야. 그저 실수를 저질렀을 뿐이고, 지금은 후회하고 있어."

내 말이 사실이기를 바라며 브랜든을 진정시켰다.

"그리고 이 모든 건 일급비밀이야. 우리가 이 사실을 알아냈다는 걸 밀링이 알아선 안 돼."

브리저 선생님은 이 사실을 알고도 그다지 놀라지 않았다.

"어느 정도는 예상하고 있었다."

브리저 선생님이 말했다.

"한두 주 전부터 테오 씨를 지켜보고 있었거든."

"하지만 증거는 잡지 못했고요?"

"그랬지. 네가 잘 물어본 거야. 안 그랬다면 진실을 알아내지 못했을 거다. 하지만 앞으로도 계속 주의 깊게 살펴봐야 해, 카락. 진심으로 뉘우치고 있는지는 아직 모르는 일이니까."

말은 쉽다. 실제로 행동하는 게 어려워서 그렇지.

오늘은 수요일이고, 이제 금요일이 코앞으로 다가왔다. 처음으로 인간들의 파티에 초대받은 금요일이…….

16

파티를 즐길 시간

 홀리도 그 초대를 잊지 않고 있었다. 다음 날 오후, 우리는 격렬한 농구 시합을 마친 뒤 나무집에서 땀을 식히고 있었다. 나는 나무를 깎아 만든 난간 사이로 앞발을 걸치고 혼자 조용히 가르랑거렸고, 홀리는 내 등에 올라타 있었다. 들소로 변신해도 익취가 가시지 않았던 브랜든은 나무집 아래에서 눈 위에 발자국으로 무늬를 만들며 어슬렁거리고 있었다.

 '*파티가 너무너무너무 기대돼! 정말 미친 듯이 놀 거야!*'

 홀리가 장난스레 내 귀를 잡아당기며 선언했다.

 '*어…… 있잖아, 홀리.*'

 조심스레 말을 꺼냈다.

 '*우리가 파티에 갈 수 있을지 모르겠어. 알다시피 난 이제 학교를 떠나지 못해. 교장 선생님이 학습 탐험도 금지시켰잖아.*'

 '*하지만…… 그러면 파티도 못 가는 거야?*'

홀리의 마음속을 가득 채운 실망감을 느낄 수 있었다. 홀리가 내 등에 철퍼덕 쓰러지더니 죽은 것처럼 네 다리를 뻣뻣하게 세웠다. 다람쥐 심폐 소생술이라도 해야 하나 고민하고 있을 때, 홀리가 다시 움직이기 시작했다. 홀리는 오랫동안 가만히 누워 있지 못했다.

'아마 못 갈 거야. 정말 미안해.'

나는 계속 말을 이었다.

'그리고 지금 파티에 가는 건 너무 위험해. 앤드루 밀링은 그런 기회를 놓치지 않을 테니까.'

'그건 그래.'

브랜든이 끼어들었다.

'그리고 우린 그 사람이 카락을 끌어들여서 무슨 일을 하려는 건지도 정확히 모르고 있잖아.'

나는 긴장하면 꼬리 끝이 씰룩거렸는데, 바로 지금이 그랬다. 물론 홀리는 냉큼 거기 달라붙어서 이리저리 흔들렸다.

'하지만 우린 이제 배신자가 누군지 알아냈잖아.'

홀리가 반박했다.

'우리가 파티에 갔다는 걸 밀링이 어떻게 알 수 있겠어?'

홀리 말이 맞았다. 하지만 그걸 확신할 수는 없었다.

'어쨌든, 지금은 내가 그 파티에 가고 싶은지 아닌지도 잘 모르겠어.'

나는 느릿느릿 말을 이었다.

'물론 형의 여자 친구는 착했지만, 분명 거기엔 물론 형도 있을 거고, 아마 친구들도 몇 트럭쯤 있을 테니까…….'

홀리는 이제 분주하게 난간을 오르내리고 있었다.

'하지만 이건 내 첫 번째 인간 파티야. 이건 완벽한 솔방울 100개를 준다고 해도 바꿀 수 없는 기회라고! 제발, 카락! 제발, 제발, 제발! 우리 그냥 가자, 응? 엄청나게 재밌을 거야. 아무도 모를 거고 말이야!'

'두 번째 모습으로 변신하면, 밤에 아무도 몰래 빠져나갈 수 있을 거야.'

브랜든이 제안했다.

'너도 우리가 파티에 가야 한다는 거야?'

깜짝 놀라서 브랜든에게 물었다. 평소에 브랜든은 매우 신중한 편이었다.

'내 생각엔 좋은 기회인 것 같아. 과자도 얼마든지 먹을 수 있고, 그리고 다른 것들도…….'

브랜든이 부러운 목소리로 말했다. 내 들소 친구는 옥수수 알갱이만큼이나 과자를 좋아했다. 브랜든에게 같이 가자고 물어보지 않은 게 후회스러울 뻔했다. 브랜든이 자길 빼고 간다고 화를 내지 않아서 정말 다행이었다.

'제발.'

홀리가 수염이 닿을락 말락 한 거리에서 나를 뚫어지게 바라보며 다시 애원하기 시작했다. 내가 콧김을 내뿜자 홀리는 거의 날아가 버릴 뻔했다.

그래, 좀 궁금한 건 사실이다. 그리고 홀리의 말도 옳았다. 만약 우리가 비밀리에 움직이고, 또 그걸 아는 사람이 우리와 브랜든밖에 없다면 그렇게까지 위험하지는 않을 것 같았다.

'그래, 알았어.'

결국 한숨을 내쉬며 대답했다.

홀리는 기뻐서 춤을 추며 몇 바퀴나 공중제비를 돌았다.

'하지만 거기 갔다가 내가 밀링한테 잡혀서 죽으면, 그건 다 네 책임이야!'

'걱정 붙들어 매라고!'

홀리의 대답은 너무 속 편한 소리로 들렸다.

얼마 지나지 않아 우리의 계획이 완성되었다. 브랜든이 야행성인 우드워커들의 주의를 돌리기 위해 학교 반대편의 나무를 들이받으면, 그동안 홀리와 나는 변신해서 창문으로 빠져나간다는 계획이었다. 퓨마와 다람쥐에게 마을까지 걸어가는 건 그다지 어려운 일이 아니었다. 옷은 가방에 넣어서 내가 입으로 물고 가면 된다. 데비의 파티에서 즐겁게 시간을 보내며 충분히 논 다음 바깥 어딘가에서 다시 변신해서 학교로 돌아오면 끝나는, 말로 하면 정말 쉽고도 간단한 계획이었다.

하지만 금요일 아침, 학생 식당으로 가는 길에 잊고 있던 중요한 사실 하나가 떠올랐다.

"이건 생일 파티야! 그러니 선물을 준비해야 해. 여자애들이 뭘 좋아하지?"

"예쁜 거!"

홀리가 곧장 대답했다.

"난 호두 목걸이를 만들어 줄 수 있어."

과연 인간 소녀도 그걸 예쁘다고 생각할지 의문이었다. 홀리도 내 시큰둥한 반응을 알아차렸다.

"호두에 색칠을 할까?"

"직접 만든 건 제외하는 게 좋을 것 같긴 한데."

홀리의 눈치를 보며 슬쩍 얼버무렸다.

"좀 더 생각해 보자."

인간 연구 수업을 맡은 캘러웨이 선생님은 바로 그런 종류의 질문에 완벽한 답을 해 줄 수 있는 사람이었다. 선생님은 방울뱀 변신족이지만, 매우 착했다.

"파티에 대해 질문해도 될까요?"

수업이 시작되기 전에 선생님에게 질문했다.

"무슨 일인데? 파티를 열 계획이라도 있니?"

캘러웨이 선생님이 놀란 표정으로 물었고, 나는 입술을 깨물었다. 만일 야생에서 이토록 부주의했다면, 진작에 죽어서 땅의 거름이 되었을 것이다.

"아뇨, 그냥 궁금해서요. 흥미가 있거든요."

재빨리 얼버무리자 캘러웨이 선생님이 웃음을 터뜨렸다.

"너를 포함해서 이 수업을 듣는 스무 명의 학생 모두 내년엔 파티를 경험하게 될 거야. 아직 너희에게는 조금 이른 것 같다만, 그동안 열심히 노력한 보상으로 파티 일정을 이번 여름으로 옮기도록 하마. 어때?"

이번 여름? 그건 너무 늦었다! 하지만 그걸 사실대로 말할 수는 없었다. 그저 "고맙습니다. 정말 잘됐네요."라고 말하고 리로이의 옆자리에 앉았다. 파티에 간다는 건 브리저 선생님에게도 말할 수 없었다. 선생님도 나와 홀리가 파티에 가는 걸 절대 허락하지 않을 테니까. 우리는 이 일을 철저히 비밀로 해야만 했다.

결국 말릴라 선생님에게 주방에 딸린 조그만 온실에서 허브 한 다발을 얻어 보기로 결심했다. 빨간 리본을 두르면 그럴듯해 보일 것 같았다. 허브는 약으로 쓸 수도 있고, 예민한 내 코에도 매우 좋은 냄새가 났다.

'데비가 허브를 좋아할까?'

물론 형이 이걸 보고 뭐라고 할지는 생각하지 않는 게 나을 것 같았다.

금요일 저녁, 클리어워터 중고등학교에서 외출하는 사람은 거의 없었고, 제프와 클리프를 포함해서 학생 중 3분의 1 정도가 주말을 보내기 위해 집으로 돌아갔다. 우리에게는 다행스러운 일이었다. 안 그랬으면 늑대들이 우리의 계획을 망쳤을지도 모르니까.

드디어 파티에 갈 시간이 되었다. 브랜든과 함께 사용하는 방에서 두 번째 모습으로 변신하자, 털끝까지 찌릿찌릿한 흥분이 차올랐다.

"재미있게 놀다 와."

브랜든이 약간 부러운 듯한 목소리로 말했다. 다음번엔 반드시 브랜든을 데려가야 할 것 같았다. 안 그랬다간 소중한 친구를 잃을지도 모른다!

'혹시 누가 묻거든, 속이 답답해서 숲에 나갔다고 해 줘.'

뭐, 이것도 맞는 말이기는 했다.

브랜든은 다른 사람들의 주의를 돌리기 위해 출발했고, 나는 조심스레 가방을 물어 올렸다. 가방 안에는 나와 홀리의 옷과 데비에게 줄 선물이 들어 있었는데, 이빨 자국이 뚫린 청바지는 너무 후줄근해 보였고, 데비도 퓨마 침이 흥건한 허브 다발을 받고 싶어 하지 않을 것 같았다. 입에 가방을 물고 부드러운 발로 미끄러지듯 창문을 빠져나갔다.

모든 게 완벽했다. 올빼미, 비버, 주머니쥐 모두 발이든 날개

240

든 써서 브랜든이 괴롭히고 있는 나무를 향해 전속력으로 달려 갔고, 그러는 동안 홀리와 나는 반대편에서 달빛을 받아 반짝이 는 숲을 가로질러 달려갔다.

내가 배꼽까지 차오를 정도로 깊이 쌓인 눈을 헤치며 걸음을 옮기는 동안 홀리는 이 나무에서 저 나무로 바람처럼 뛰어올랐 다. 이따금 내 몸 위로 차가운 눈덩이가 쏟아져 내렸는데, 홀리 는 그때마다 배를 잡고 웃었다. 결국 나는 나무 위로 올라가, 홀 리가 용서해 달라고 싹싹 빌 때까지 쫓아다니며 복수했다.

물론 우리는 도로와 건물에서 멀리 떨어져 숲을 가로질렀다. 어느 방향으로 가야 하는지는 본능적으로 알 수 있었다.

앤드루 밀링에 대해 생각할 때마다 이 작은 소풍이 불안하게 느껴졌다. 하지만 동시에 파티에 대한 기대감에 취해 있었다. 지난 학기에 학교에서 열렸던 종강 파티만큼 재미있을까? 홀리 가 눈에 보이는 대로 다 훔치진 말아야 할 텐데! 우리의 첫 번 째 학습 탐험을 떠올릴 때마다 아직도 흠칫하곤 했다. 이번에는 문제를 일으키지 말아 달라고 부탁해야 할까? 하지만 그랬다간 오히려 나를 놀리려고 더 심한 장난을 칠지도 모른다.

잭슨 마을에 가까워지자 우리는 눈밭에서 다시 변신한 뒤 서 둘러 옷을 입었다.

"아우, 정말 춥네!"

인간 모습을 한 홀리가 이를 딱딱 부딪히는 소리가 커다랗게

241

들렸다. 나는 긴장한 눈으로 주위를 둘러보며 홀리를 향해 속삭였다.

"좀 조용히 떨 수는 없어?"

"없어! 그게 맘대로 되는 줄 알아? 이 더러운 녀석아!"

홀리가 나를 째려보며 쏘아붙였다.

"얼른 가자. 그 데비라는 애가 네가 말한 것만큼 착했으면 좋겠는데!"

파티가 열리는 곳을 찾기는 정말 쉬웠다. 다섯 블록쯤 떨어진 곳에서도 시끄러운 소음을 들을 수 있었으니까. 하지만 이런 것쯤은 이미 대비를 하고 왔다. 나는 청바지 주머니에서 휴지를 꺼내 찢은 다음, 돌돌 말아서 귀를 틀어막았다.

자, 이제 파티를 즐길 시간이다! 홀리와 나는 잠깐 시선을 교환한 뒤 파티가 열리는 집을 향해 터벅터벅 걸어갔다.

17

컵에 든 수영장 물

데비의 가족은 목장식 단독주택에 살고 있었다. 돌담과 두꺼운 나무 기둥, 널빤지 지붕으로 덮인 이중 차고가 있었다. 집 밖에는 이미 학생으로 보이는 아이들 몇 명이 음료가 든 플라스틱 컵을 들고 큰 소리로 대화를 나누고 있었다. 사실 그 애들은 거의 고래고래 소리를 지르고 있었는데, 아마 커다랗게 울리는 음악 소리를 뚫고 대화하느라고 그러는 것 같았다. 인간들이 다들 청력이 좋지 않았더라면, 세상은 정말 끔찍했을 것이다.

집 안으로 들어가자 맥주와 레모네이드와 땀 냄새, 그리고 감자칩에 여자애들 향수 냄새까지 뒤죽박죽 섞여서 났다. 숨을 꾹 참은 채 허브 다발을 들고서 데비를 찾았다. 데비에게 생일 축하한다고 말해야 했다. 인간으로 지내기 시작한 첫해에 배운 풍습이었다. 하지만 생일을 맞은 여자애는 보이지 않았고, 다행히 말론 형도 보이지 않았다.

"야, 제이! 오랜만이야."

전에 다녔던 중학교의 학생이 아는 척을 했다. 나도 마주 손을 흔들어 주고서 군중 속을 샅샅이 훑었다.

마침내 데비가 화장실에 있다는 걸 알아냈다. 홀리와 나는 화장실 문밖에서 기다리다가 데비가 나타나자 선물을 내밀었다.

"생일 축하해. 그리고 새해에는 좋은 일만 가득하길 바라."

데비가 충분히 알아들을 수 있도록 커다랗게 고함을 질렀다.

데비는 한 걸음 뒤로 물러서서 멍하니 나를 쳐다보다가, 허브 다발을 내려다보았다.

"어어, 고마워, 제이. 이건 정말…… 그러니까…… 사랑스러운…… 녹색이네."

데비가 어색한 미소를 지으며 말했다.

허브 다발을 좋아하지 않는다는 걸 곧바로 알 수 있었다. 데비가 무슨 큰뿔양도 아니고, 약초가 필요했던 것도 아닐 테니까.

'내가 미쳤지, 이런 걸 선물이라고!'

데비의 친구 하나가 스마트폰으로 멋진 영상을 보자며 데비를 데리러 왔다. 그러다 허브 다발을 보고는 웃음을 터뜨렸다.

"이 풀때기는 다 뭐야?"

오소리 굴이라도 있으면 기어들어 가서 다시는 밖으로 나오고 싶지 않았다.

하지만 홀리는 그런 것 따위는 신경 쓰지 않았다. 살짝 주눅

이 든 듯 내 옆에 조용히 서 있던 홀리가 갑자기 한 걸음 앞으로 나섰다. 홀리는 데비의 손을 잡더니 허브 다발을 코앞에 들이밀었다.

"냄새를 맡아 봐, 이건 허브라고! 약으로 쓰이는 것도 있고, 정말로 희귀한 것들도 있고, 무엇보다 네 몸에 정말 좋아!"

홀리 덕에 반강제로 녹색 다발의 냄새를 맡고 있던 데비의 얼굴이 갑자기 밝아졌다.

"냄새 너무 좋다! 고마워, 제이. 너무 멋진 선물이야. 혹시 이 안에 기침에 좋은 약초도 있어? 겨울만 되면 성가시게 자꾸 기침이 나와서……."

이제 데비와 홀리는 함께 타임, 아니스, 회향 같은 허브에 대해 이야기하기 시작했고, 나는 물론 형이 어디 있는지 두리번거리며 찾았다. 그런데 갑자기 데비가 대화를 중간에 끊으며 말했다.

"맞다, 그러고 보니 너희 마실 것도 없잖아. 여기 잠깐만 있어 봐, 뭐라도 좀 가져다줄게."

우리는 그 자리에서 기다렸고, 데비는 금세 컵에 든 밝은 파란색 음료를 우리한테 가져다주었다.

"자, 마셔. 그리고 재밌는 시간 보내! 먹을 건 저쪽에 있으니까 마음껏 먹어도 돼. 알았지?"

우리는 데비가 가자마자 조심스레 그 파란 액체의 냄새를 맡왔다.

"이건 몸속에 넣으면 해로울 것 같은 냄새가 나."

홀리가 딱 잘라 말했다.

컵을 들어 불빛에 비춰 보니, 얼마 전에 다녀온 학습 탐험 때의 기억이 떠올랐다.

"이거…… 수영장 물처럼 보여."

"꼭 마셔야 하는 거야? 혹시 안 마시면 무례한 행동이 되는 건가?"

홀리가 소곤소곤 물었다.

"그럴 것 같아."

나도 소곤소곤 대답했다.

"말도 안 돼."

홀리의 시선이 기실 한쪽에서 자기 본분을 다하고 있는 화분에 머물렀다. 잠시 후, 홀리는 음료가 거의 남지 않은 컵을 들고 있었고, 화분 속의 흙은 촉촉하게 젖은 채로 반짝거렸다.

"좋은 생각이야."

칭찬을 날리며 똑같이 따라 하려고 했지만, 홀리가 내 팔을 붙잡았다.

"너 바보냐? 이 불쌍한 식물을 죽이고 싶어? 이런 걸 두 컵이나 부어 버리면 애가 살아남을 수 있겠느냐고! 넌 밖에 나가서 덤불에다가 부어. 퓨마도 그런 상식은 좀 알아 두라고."

나는 코웃음을 치고 사람들을 헤치면서 문 쪽으로 향했다. 집 뒷마당에는 덤불이 무성히 자라 있었다. 하지만 안타깝게도 그중 몇 개는 이미 사용 중이었다. 덤불 뒤에서 누군가가 토하는 소리가 들렸다.

"수영장 물을 너무 많이 마신 거 아니야?"

걱정을 가득 담아 물었다. 하지만 대답으로 돌아온 건, 말론 형이 즐겨 쓰는 몇 개의 단어와 "꺼져!"라는 명령뿐이었다. 그리고 그 뒤로 더 심하게 토하는 소리가 이어졌다. 어깨를 으쓱한 뒤 파란 음료를 버리러 몇 발짝 더 걸어갔다.

다시 파티 장소로 돌아왔을 때는 홀리가 이미 뷔페를 찾아낸 뒤였다. 홀리는 호두가 박힌 초코 머핀에 손을 뻗고 있었다. 나도 몹시 배가 고팠기 때문에 한 손은 과자가 담긴 그릇으로, 다른 한 손은 햄버거를 향해 뻗었다. 홀리와 나는 먹을 걸 들고 거실 한쪽으로 가서 온갖 색깔로 반짝이는 불빛과 사람들과 데비를 바라보았다. 데비는 아직도 새로 오는 손님들을 맞이하고 있었다.

홀리는 음악에 맞춰 발을 까딱거리다가 이윽고 다리를, 그리고 온몸과 거친 적갈색 머리카락을 흔들기 시작했다. 홀리는 얼굴에 미소를 가득 띤 채 나를 쳐다보았다.

"같이 춤추자!"

"좋아!"

대답을 하자마자 우린 곧바로 군중 속으로 뛰어들었다. 홀리는 멋진 춤꾼이었고, 다람쥐였을 때만큼이나 곡예 같은 움직임을 보여 주었다. 내 춤도 그리 나쁜 편은 아니었다. 춤을 춘다는 것이 내게는 이상하리만치 쉽게 느껴졌다. 마치 내 발은 태어났을 때부터 박자를 타고 노는 법을 알고 있는 것 같았다. 어쩌면 음악을 타는 동작이 원래부터 내 인간의 몸속에 깃들어 있었던 것 같다. 미아 누나도 분명 춤을 좋아했을 것이다. 누나는 발이 정말 날렵했으니까! 누나도 이곳에 있었다면 정말 좋았을 텐데…….

데비가 춤을 추며 내 곁으로 다가왔다.

"제이, 파티는 재밌어?"

데비가 물었다.

"전에도 파티에 가 본 적 있어?"

"첫 번째 답은, 그래! 두 번째 답은, 아니!"

즐거운 목소리로 크게 외쳤다.

"하지만 학교에서는 한 번……."

그때 누군가가 내 어깨를 잡아 뒤로 힘껏 잡아당겼다. 깜짝 놀란 나는 비틀거렸다. 보통의 인간이라면 뒤로 자빠졌을 테지만, 우드워커는 아니었다. 나는 뒤로 넘어가면서 몸을 빙글 돌렸고, 그대로 한 번 더 몸을 돌려 옆으로 빠져나왔다. 순식간에 나는 다리를 살짝 굽히고 앉아 나를 공격한 사람의 얼굴을 마주하게 되었다.

내 앞에 서 있는 사람은 바로 말론 형이었다. 집에서는 절대 허락받지 못하는 맥주 냄새를 폴폴 풍기고 있었다. 바람만 제대로 불어 준다면 15킬로미터 밖에서도 냄새를 맡을 수 있을 정도였다.

"너 같은 게 감히 내 여친한테 말을 걸어? 이 바퀴벌레 같은 놈아! 알아들었어?"

'넌 선을 넘었어, 말론!'

나는 몸을 일으켜 세우며 대답했다.

"내가 원하는 사람이면 누구든 말을 걸 수 있어."

"말론!"

데비가 버럭 화를 냈다.

"미쳤어? 갑자기 왜 그러는 건데?"

말론 형은 데비를 향해 안심하라는 듯한 미소를 지었다.

"걱정 마, 데비. 내가 알아서 할게."

흠…… 저 알아서 한다는 게 무슨 뜻일까? 데비 역시 걱정스러운 표정을 지었다.

"말론, 제발 진정해. 제이는 너보다 어리고, 또…….."

말론 형이 나를 향해 주먹을 휘두르는 걸 보고 무슨 일이 일어나고 있는지 알아차렸다. 데비가 비명을 질렀고, 나는 몸을 숙여 주먹을 피한 뒤 곧장 위로 뛰어올랐다. 천장에는 굵은 대들보가 있었다. 대들보에 팔을 단단히 걸고, 다리를 말론 형의 목에 감았다. 말론 형은 쥐가 짝짓기하는 것 같은 소리를 내면서 내 다리에서 빠져나가려고 미친 듯이 발버둥 쳤다.

안타깝게도 우리는 시선을 너무 많이 끌어 버렸다. 꽤 많은 사람이 우리 주위로 모여들어 구경하기 시작했다. 나는 바보 같은 질문들이 쏟아지기 전에 말론 형을 놓아주고 다시 바닥에 내려섰다. 처음에 말론 형은 붙잡혔던 목을 문지르는 데 정신이 팔려 있었지만, 곧 다시 나를 향해 화를 내며 달려들었다. 이 인간은 날 그냥 내버려둘 수는 없는 걸까?

당연히 그럴 순 없을 것이다. 내가 몸을 살짝 옆으로 피하자, 말론 형은 아무도 없는 곳을 덮쳤다. 이제 나는 말론 형의 뒤에서 있었고, 팝콘이 가득 든 커다란 상자를 집어 들 시간은 충분했다. 그리고 그 상사는 말론 형의 머리에 꼭 들어맞는 크기였다. 고소한 냄새가 나는 눈 폭탄이 말론 형을 집어삼켰고, 팝콘 상자가 턱 아래까지 푹 덮어 씌워졌기 때문에 벗어나려고 비틀대는 동안 아무것도 볼 수가 없었다. 말론 형이 뭐라고 소리쳤지만, 상자 안에서 웅웅 울리는 통에 아무리 노력해도 알아들을 수가 없었다.

"내가 형이라면, 차라리 그걸 벗지 않을 거야. 비 맞을 염려도 없고, 여러모로 쓸모가 있을 테니까."

나는 말론 형에게 충고해 주었다.

"머리를 식히는 데도 도움이 되면 좋겠네."

화려한 팝콘 장식을 두르고 있는 남자 친구를 바라보는 데비의 목소리는 잔뜩 날이 서 있었다.

모두가 이 일을 즐거워했던 건 아니었다. 말론 형의 친구인 몇몇 미식축구 부원들이 얼굴을 구기고 뭐라고 중얼거리면서 사람들을 밀치고 다가오고 있었다. 이건 일종의 영역 싸움처럼 보였고, 나에겐 승산이 없어 보였다. 저쪽은 다섯 명이었다.

그때 갑자기 명랑한 목소리가 울려 퍼졌다.

"조심해! 뒤를 보라고!"

사람들이 호기심에 뒤를 돌아보았다. 나도 위험을 무릅쓰고 고개를 돌렸다가, 그대로 미소를 지을 수밖에 없었다. 물구나무를 선 홀리가 음악에 맞춰 거실을 이리저리 돌아다니면서 춤을 추고 허공에서 다리를 흔들어 댔다. 파티에 온 손님들은 다들 놀라서 스마트폰을 꺼내 들었다.

홀리가 멋지게 주의를 끌어 준 덕분에 나는 뒷문으로 도망칠 기회를 잡을 수 있었다.

잠시 후, 홀리가 나를 뒤쫓아 파티장을 빠져나왔다.

"와우! 이 파티는 정말 미쳤어!"

홀리가 눈을 빛내며 말했다.

"우리 벌써 가야 해?"

"안타깝지만…… 가야 해."

밝은 조명이 켜져 있는 집을 향해 난 안타까운 눈길을 보냈다. 그곳에는 여전히 잔뜩 쌓인 햄 맛 과자와 음악이 나를 기다리고 있었다. 하지만 말론 형과 그 친구들도 마찬가지였다.

우리는 소리 없이 어둠 속으로 녹아들었다.

살금살금 방으로 돌아왔을 때, 깜짝 놀랄 만한 일이 나를 기다리고 있었다. 내 책상 의자에 앉아 있는 사람은…… 클리어워터 교장 선생님이었다! 교장 선생님의 표정은 그다지 좋아 보이지 않았다.

"드디어 왔구나."

교장 선생님은 재빨리 휴대폰을 들어 번호를 누르더니 내 손에 쥐여 주었다.

18

납치

"제이! 너랑 통화하려고 수십 번이나 전화했었어!"

안나 아줌마가 숨이 멎을 듯한 목소리로 말했다.

"제이, 우리……."

안나 아줌마가 울음을 터뜨렸다.

"무슨 일인데요?"

나는 멍하니 물었다. 지금껏 안나 아줌마가 우는 모습은 한 번도 본 적이 없었다.

"멜로디가 사라졌어."

안나 아줌마가 참았던 숨을 터뜨리듯 외쳤다.

"누가…… 누가…… 멜로디가 자는 동안 밖에서 창문을 깨뜨리고 들어와서 멜로디를 데려간 것 같아. 우린 아무 소리도 못 들었는데, 잘 자는지 확인하러 갔더니 그만……."

목소리가 잦아들었고, 그 뒤로 들을 수 있는 것은 안나 아줌마가 흐느끼는 소리뿐이었다.

얼음장처럼 차가운 발톱이 피부를 파고드는 것 같았다.

"경찰에는 연락했어요?"

수양아버지인 도널드 아저씨가 전화를 받았다. 도널드 아저씨의 목소리는 좀 더 차분했지만, 떨리는 것은 마찬가지였다.

"당연히 곧바로 실종 신고를 했다. 네가 이 소식을 뉴스에서 보는 것보다는 우리한테 직접 듣는 게 나을 것 같아서 전화한 거야."

"바로 갈게요."

한 가지 확실한 것은, 내가 반드시 그곳으로 가야 한다는 것이었다. 나는 완전히 혼란에 빠진 얼굴로 휴대폰을 교장 선생님에게 돌려주었다. 클리어워터 교장 선생님은 근엄한 얼굴에 동정심을 가득 담고 나를 바라보고 있었다.

"정말 안됐구나, 카락."

교장 선생님이 말했다.

"안타깝게도 인간들은 서로에게 이런 짓을 저지르곤 한단다."

"인간이 아니에요."

본능적으로 알 수 있었다.

교장 선생님이 눈썹을 치켜세웠다.

"아직 우린 무슨 일이 일어난 건지 정확히 모르잖니. 다만 네 수양 동생을 무사히 찾기만을 바랄 뿐이야."

교장 선생님은 깊은 한숨을 내쉬었다.

"파티에 갔었지? 그렇지? 많은 사람이 너를 봤기를 바란다. 그게 아니라면 너는 곧장 의심받을 테니까."

"뭐라고요?"

교장 선생님을 놀란 눈으로 쳐다봤다.

"무슨 일이 생기든 우린 네 편이란다, 카락."

교장 선생님이 침울하게 말했다.

"그래도 이번 일로 너에게 경고를 줄 수밖에 없단다. 너는 학교 밖으로 나가지 말라는 지시를 받았어. 그런데 네가 지시를 따르지 않는다면 우리가 어떻게 너를 지킬 수 있겠니?"

나는 이를 악물고 고개를 끄덕였다. 이게 벌써 두 번째 경고였다. 그리고 세 번이면…… 나는 퇴학당할 것이다.

"수양부모님 집까지 태워다 주실 수 있을까요?"

교장 선생님은 고개를 끄덕였다.

"물론이지. 그리고 이번 규칙은 네가 수양 가족의 집에 머물러야 한다는 거야. 브리저 선생님과 함께 가라. 선생님이 널 지켜 줄 거야. 5분 뒤에 아래층에 차를 대기시켜 놓으마. 현장에 가면 경찰이 많이 있을 테니, 그곳도 학교만큼 안전할 거야."

"멜로디를 찾는 걸 도와도 되나요?"

교장 선생님이 뭐라고 대답할지 반쯤은 짐작하면서 긴장된 목소리로 물었다.

그리고 예상했던 답이 돌아왔다.

"그건 경찰이 할 일이야, 카락. 우리는 그런 종류의 일에는 간섭하지 않아."

애써 고개를 끄덕였지만, 대답은 하지 않았다. 내가 완전히 다른 계획을 세우고 있다는 걸 교장 선생님은 모르는 편이 나았다. 앤드루 밀링의 앞에서는 절대로 겁에 질린 두더지처럼 굴어선 안 된다. 그렇게 하는 건 그저 밀링에게 구둣발로 짓밟을 기회를 줄 뿐이었다.

출발까지 5분 남았다. 친구들에게 나를 도와줄 수 있는지 물어봐야 했다! 나는 강하고 빠르지만, 그것만으로는 충분치 않았다. 다른 우드워커들 없이는 멜로디를 찾을 기회를 잡기 힘들 것이다. 우리는 제각기 다른 장점을 가지고 있고, 지금은 그 모든 게 필요했다.

클리어워터 교장 선생님의 발소리가 계단에서 사라지자마자 곧바로 움직이기 시작했다. 먼저 미끄러지듯 모퉁이를 돌아 여학생 기숙사에 있는 홀리의 방으로 향했다. 하지만 얼마 가지 못해 티카니와 보가 길을 막고 서서 지나가지 못하게 했다.

"올빼미 똥! 바쁘니까 비켜, 얼른!"

난 으르렁거리며 말했다.

"아주 중요한 일이라고!"

"너 같은 절름발이한테는 그럴지도 모르지."

보가 허리에 손을 얹으며 씩 웃었다.

"우린 특별히 바쁜 일도 없고, 여기가 좋아서 말이지."

"미안하지만 정말 급해서 그래."

그렇게 말하고는 보를 어깨로 밀치며 지나갔다. 보는 내 갑작스런 공격에 깜짝 놀란 나머지 속이 빈 병처럼 넘어졌다. 하지만 난 여전히 지나갈 수가 없었다. 티카니의 손이 나를 붙잡고 있었기 때문이다.

"무슨 일이야, 카락?"

티카니가 물었고, 우리의 눈이 잠깐 마주쳤다. 티카니의 눈에는 적대감이 아닌 그저 호기심만 보였다.

"내 수양 여동생이 납치됐어. 그래서 얼른 가 봐야 해."

티카니는 즉시 나를 놓아주었다.

"저런! 걔는 이제 겨우 여덟 살밖에 안 됐잖아, 맞지?"

"그래, 맞아. 그 애는 우드워커도 아니야. 그러니 절대로 혼자 사라진 게 아니야."

갑자기 내 인간의 눈이 따끔거리기 시작했다.

'맙소사! 지금은 때가 아니야!'

"부탁할게, 빨리 가 봐야 해."

"나도 도울게."

티카니가 말했다. 보와 나는 놀라서 눈이 커다래졌다.

"네가 카락을 돕겠다고?"

보의 목소리가 날카로웠다.

"네가 이러는 걸 제프가 알게 되면……."

티카니가 보를 향해 사납게 으르렁거렸다.

"언제부터 오메가가 베타에게 건방지게 지껄였지? 저리 꺼져! 그리고 어디 한번 제프에게 입 뻥긋해 봐!"

티카니가 평소에 내게 보이던 사나운 눈빛을 도리어 자신이 받게 되자, 보는 우물쭈물 중얼거리며 자리를 피했다.

강인한 베타 늑대이자 제프의 싸움꾼인 티카니가 내 옆에서 나란히 걸으며, 자신이 추적에 도움이 될 거라고 장담했다. 이건 꿈일까? 아니, 꿈이 아니었다. 이 애는 종이 쓰레기가 가득했던 그곳에 나와 함께 숨어 있던 바로 그 티카니였다. 난 그저 우리 둘이 함께 나타났을 때, 홀리가 심장마비를 일으키지나 않기를 바랐다.

다행히 홀리는 방에 있었다. 입 주변에 하얀 거품을 잔뜩 문 힌 채로 문을 연 홀리의 입에는 칫솔이 삐죽 튀어나와 있었다.

"어흐, 무흐 이리야?"

홀리가 내 옆의 늑대를 향해 의심의 눈길을 보내며 물었다.

나는 서둘러 소식을 전했고, 홀리는 입이 쩍 벌어지며 칫솔을 바닥에 떨어뜨렸다.

"마호 안 대!"

홀리는 소리를 빽빽 질러 대며 지저분한 바닥에 떨어져 있던 칫솔을 주워 들더니 이를 박박 닦았다. 우웩! 티카니와 나는 차마 그 꼴을 보지 못하고 시선을 돌렸다.

"네 도움이 필요해, 홀리. 그리고 다른 애들도! 브랜든과 윙, 섀도에게 전해 줄래? 랄스턴 가족의 집 뒤편 숲에서 만나자고 해 줘."

서둘러 홀리에게 부탁했다. 우리 팀에는 까마귀가 꼭 있어야만 했다.

"물론 그 애들이 돕고 싶다면 말이야."

홀리가 서 있던 바닥은 분노의 양치질 덕분에 온통 치약 거품으로 하얗게 덮였다.

"부명히 애드른 다 가 꺼야!"

홀리가 흥분할수록 더 많은 치약 거품이 바닥에 쌓였다.

"어, 재느 아 오게찌? 그치?"

홀리가 티카니를 슬쩍 곁눈질하며 물었다.

"나도 가거든."

티카니가 얼굴을 찌푸리며 으르렁거렸다.

"으아!"

홀리가 소리를 지르며 방문을 쾅 닫았다.

홀리를 진정시킬 시간이 없었다. 이제 가야만 했다. 홀리와 다른 친구들을 약속 장소에서 볼 수 있기를 바라면서.

19

퓨마 하나와 흑곰 하나

티카니와 나는 나란히 학교 정문을 향해 달려갔다. 그곳에는 이미 낡은 소형 트럭이 대기하고 있었다. 앞에 앉은 사람은 브리저 선생님과…… 테오 씨였다. 테오 씨를 본 순간 나도 모르게 멈칫했다. 테오 씨한테 운전대를 맡기는 게 정말 좋은 생각일까? 지난번에 테오 씨는 양심의 가책을 느끼고 있었다. 하지만 마지막으로 앤드루 밀링에게 내 위치를 알려 준다면? 정말로 테오 씨를 믿어도 되는 걸까?

당연히 테오 씨도 내 망설임을 눈치챘고, 알 수 없는 눈빛으로 나를 힐끗 쳐다보았다.

'선택의 여지가 없어.'

나는 트럭 뒷문을 열면서 생각했다. 내가 랄스턴 가족의 집으로 갈 거라고 짐작하는 건 밀링에게 그다지 어려운 일이 아니었다. 이건 스파이가 필요할 만한 일도 아니다.

260

우리는 우울한 침묵 속에서 어두운 밤길을 한참 동안 달려갔다. 이따금 누군가가 하품을 했다. 지금은 거의 자정에 가까운 시간이었다. 하지만 나는 하품도 나지 않았다. 걱정은 정신을 바짝 차리게 하는 데에는 바늘방석만큼이나 효과가 있었다.

"선생님 생각엔 그 사람이 멜로디를 다치게 할 것 같나요?"

시간이 조금 지난 후에 브리저 선생님에게 물었다.

"도대체 제 수양 동생을 납치한 이유가 뭘까요? 저에게 복수하려고? 아니면 다른 인간들에게 자신에 대해 말하지 말라는 협박일까요? 그것도 아니면 인간들을 해칠 계획을 미리 연습해 보려는 걸까요?"

브리저 선생님은 생각에 잠긴 얼굴로 차창 밖을 바라보았다.

"그것들 모두 가능성이 있어. 네가 말해 준 사실에 비추어 보면, 그 사람은 살인도 마다하지 않으니까……. 주된 목적이 복수라면 상황이 지저분해질 수도 있어. 하지만 네 수양 동생은 아직 많이 어리니까, 너무 과격하게 나오진 않을 거야. 그걸 바랄 수밖에."

나도 그저 그러기를 바랄 수밖에 없었다. 멜로디는 종종 나를 괴롭혔지만, 지난가을 옐로스톤으로 캠핑을 다녀온 후로 우린 꽤 사이좋게 지냈다. 만약 멜로디에게 무슨 일이 생긴다면 그건 정말로 끔찍할 것이다.

"방금 말한 '그 사람'이 누구야?"

261

티카니가 물었다.

"그러니까, 네 수양 동생을 납치했다는 사람이 대체 누군데?"

티카니에게 우리가 말하는 사람이 앤드루 밀링이라는 것과, 그 사람과 나 사이에 있었던 일들을 모두 설명했다. 티카니는 눈이 휘둥그레졌다.

"뭐라고? 그 사람은 널 후원하는 거 아니었어? 둘 다 퓨마잖아, 맞지?"

"우리는 무리 지어 사는 동물이 아니라 혼자 사는 동물이라는 거 몰랐어?"

내 말이 조금 까칠하게 들렸을지도 모르지만, 이때의 나는 내 동족을 옹호해 줄 만한 기운이 전혀 없었다.

랄스턴 가족의 집 앞에는 경찰차 한 대가 세워져 있었다. 범죄가 일어난 장소였기 때문이다. 나는 '범죄'라는 단어조차 낯설었다. 예전에 산에 살던 시절에는 그런 말 자체가 없었으니까. 죽고 죽이는 일이 숨 쉬는 것처럼 자연스러웠고, 그 때문에 죄책감을 느낄 이유도 없었다. 하지만 인간들 사이에서는 모든 게 달랐고, 우리 우드워커들도 인간들의 법규를 따라서 살아야만 했다.

차에서 내리는 내 무릎이 덜덜 떨렸다.

"나는 차에 있을게."

테오 씨가 말했다. 여기까지 차를 타고 오는 동안 테오 씨가 입을 뗀 것은 이번이 처음이었다.

"그렇게 해요. 난 주변을 좀 살펴보도록 하죠."

브리저 선생님이 말했다. 선생님은 내 어깨에 잠시 손을 얹었다가 어디론가 걸어가기 시작했다. 선생님의 날카로운 눈길을 벗어날 수 있는 존재는 없으리란 걸 알고 있었다.

"내가 같이 들어가도 될까?"

티카니가 어쩐지 좀 불편한 것처럼 살짝 수줍은 표정으로 물었다.

"네 동생 방의 냄새를 확인해 볼 수 있을 것 같아서."

티카니의 후각은 나보다 수백 배는 뛰어났기 때문에, 나는 당연히 고개를 끄덕였다.

잠시 뒤, 안나 아줌마와 나는 소파에 앉아서 우릴 지켜보는 경찰관 두 명은 무시한 채 서로를 꼭 안아 주고 있었다. 지난 반년 동안 나는 전나무처럼 쑥쑥 자라서, 이제 내 키는 수양어머니와 비슷했다. 조금 어색하게 안나 아줌마의 등을 쓰다듬으며 뺨에 입을 맞췄다.

"우린 멜로디를 꼭 찾을 수 있을 거예요."

멜로디가 사라졌다는 사실에 여전히 정신을 차릴 수 없었지만, 안나 아줌마를 안심시키기 위한 말을 했다. 당장이라도 어린 여동생이 장난감 말을 안고 계단을 쿵쾅거리며 뛰어 내려올 것 같았다.

"15분 전쯤에 요구 사항을 알리는 전화가 왔었어."

안나 아줌마의 얼굴은 발갛게 상기된 채 눈물로 얼룩져 있었지만, 침착해 보였다.

"몸값을 달라고 하던가요?"

어리둥절해하며 물었다. 앤드루 밀링이 돈 때문에 이런 짓을 저질렀다고는 상상할 수 없었다. 그는 이미 부자였다. 누군가가 몸값을 요구하고 있다면, 내 전 후원자는 절대로 이 사건의 범인이 아닐 것이다.

"아니, 이상하게도 그게 아니야. 전화를 건 사람은 로키산맥 전역에서의 사냥 금지를 요구해 왔어. 그렇게 하면 멜로디를 풀어 주겠다고."

안나 아줌마는 쓴웃음을 지었다.

"정말 미친놈들이야! 과격한 채식주의자? 아니면 극단적인 동물 권익 운동가인가?"

'아니면…… 우드워커일 수도 있고요…….'

나는 입술을 깨물었다. 최악이었던 건, 내가 밀링의 요구를 어느 정도 이해할 수 있다는 것이다. 안나 아줌마의 말소리가 점점 날카로워졌다.

"하지만…… 멜로디는 동물을 사랑한단 말이야! 사람을 잘못 납치했다고! 총을 들고 다니는 얼간이나, 게을러 빠진 나머지 차에서 내리지도 않고 사슴을 쏴 대는 놈들이나……."

264

"안나!"

도널드 아저씨가 거실로 나와 안나 아줌마의 팔을 붙잡았다.

"우린 침착해야 해! 화를 내는 건 누구에게도 도움이 되지 않아. 특히 멜로디에게는 말이야. 우리는 냉정을 유지해야만 해."

도널드 아저씨를 향해 이를 드러내지 않으려고 내가 가진 자제력을 모두 동원해야만 했다. 난 도널드 아저씨가 그냥 안나 아줌마를 안아 주고 위로해 주기를 바랐다.

"저희는 따님을 찾기 위해 할 수 있는 모든 노력을 다하고 있습니다."

경찰 한 명이 안나 아줌마에게 말했다.

"따님이 금방 돌아올 수 있게 최선을 다하겠습니다."

"정말로 그렇게 생각하나요?"

"그럼요. 납치 사건의 경우 대부분 무사히 돌아옵니다. 잠시만 실례해도 될까요?"

경찰들은 복도로 걸어갔고, 그들이 동료와 통화하는 소리를 들을 수 있었다. 그리고 나서 둘은 아주 작은 목소리로 서로에게 속삭였다. 인간에게는 들리지 않을 만큼 작은 목소리였지만, 나는 인간이 아니었다.

"차라리 몸값을 달라고 했으면 다행이게. 그런데 이건 애당초 불가능한 요구 사항이잖아! 서장님 말이 맞아, 우린 지금 쓸데없는 짓을 하고 있는 거라고. 그저 시간을 끄는 것 말고는 할

265

수 있는 게 없잖아. 로키산맥 전역에서의 사냥 금지는 불가능해. 우리가 할 수 있는 거라곤…….”

심장이 깊은 눈 속으로 가라앉는 것 같았다. 경찰은 아무 도움이 되지 못한다. 그때 내 휴대폰에 문자 메시지가 왔다. 내용을 확인한 나는 뛸 듯이 놀랐다.

인간들에게 나에 대해 경고하기 전에

한 번 더 고민해라.

두 번 이상 생각해 봐라.

이름도 없었고 모르는 번호였지만, 누가 보냈는지는 의심할 여지가 없었다. 머리가 어지러웠다. 나는 이미 많은 이들에게 앤드루 밀링이 위험하다고 말했고, 이제 와서 그 말을 주워 담을 수도 없었다. 하지만 내가 말한 상대는 모두 우드워커다. 어쩌면 그건 셈에 넣지 않을지도 모른다.

“여기요, 엄마. 차라도 좀 마셔요.”

부엌에서 나온 말론 형이 안나 아줌마의 손에 컵을 쥐여 주었다. 말론 형은 기분이 무척 나빠 보였는데, 그 이유가 동생이 납치당해서인지, 아니면 파티에서 쫓겨나서인지 알 수가 없었다. 내가 있다는 걸 눈치챈 말론 형은 마치 평생 가장 꼴 보기 싫은 인간을 마주한 것처럼 나를 노려봤다.

266

티카니는 놀란 듯 아무 말 없이 모든 대화를 듣고만 있었다. 아마도 티카니는 이 가족 무리가 얼마나 분열되어 있는지 상상도 할 수 없을 것이다.

"제이, 이 애는 누구야? 네 친구니?"

안나 아줌마는 눈물이 글썽거리는 눈으로 티카니를 향해 애써 미소를 지으려 했다.

"네."

티카니를 힐끗 보며 대답했다. 이 '친구'가 나를 보건실에 처넣었던 게 그리 오래되진 않았지만.

다시 거실로 돌아온 두 경찰관이 내 쪽으로 걸어왔다. 그들은 나를 탐색하는 시선으로 바라보았고, 난 긴장하기 시작했다.

"그래, 네가 제이로구나."

경찰관 한 명이 수첩을 꺼내 들었다.

"너는, 어…… 네 형 말로는 파티에 있었다던데. 몇 시에 갔다가 몇 시에 나왔지?"

"제 생각엔 아홉 시쯤에 갔다가 열 시쯤 나온 것 같아요."

나는 곧장 대답했다.

"네 생각엔?"

경찰관을 향해 내 손목을 내보였다. 나는 시계가 없었다.

"그 이후에는 뭘 했지?"

"학교까지 걸어갔어요. 클리어워터 중고등학교요."

267

"걸어서 갔다고?"

경찰관의 눈이 휘둥그레졌다.

지금은 있지도 않은 털가죽 아래에서 열기가 후끈 올라왔다.

"우리는 학교에서 도보 여행을 자주 해요. 그것도 수업의 일부거든요. 그래서 걷는 게 익숙해요."

"밤중에도 말이냐?"

경찰관이 내 말을 믿지 않는다는 걸 느낄 수 있었다.

"왜, 거기…… 좀 이상한 학교잖아. 뜻은 좋긴 한데, 좀 한쪽으로 치우친……. 무슨 말인지 알잖아, 환경 어쩌고 하는 괴짜들 말이야."

동료 경찰관이 속삭였다. 하지만 그 사람 역시 확신 없는 표정을 짓고 있었다.

경찰관들이 내가 걸어간 흔적을 찾아봐야겠다는 생각을 하게 둘 수는 없었다. 그 이후로는 눈이 내리지 않았기 때문에 신발 자국 대신 퓨마 발자국만 가득할 테니까!

"파티에는 왜 그렇게 짧게 머문 거니?"

다른 경찰관이 의심스러운 듯 물었다.

"싸웠어요."

뒤에서 말론 형의 목소리가 들려왔다.

"그리고 빌어먹을 내 여자 친구가 날 차 버렸다고요!"

말론 형이 조용히 흐느끼기 시작했다. 오늘은 말론 형에게 정말 가혹한 하루였다.

"미안해, 그렇게 될 줄은 몰랐어."

당황해서 진심으로 사과했다.

"그건 정말 힘들지."

경찰관은 고등학교 시절 여자 친구가 자기를 문자로 찼던 이야기를 늘어놓기 시작했다.

이번만큼은 말론 형이 정말 고마웠다. 이제 두 경찰관 중 어느 누구도 내가 어떻게 학교로 돌아갔는지에 대해 자세히 묻지 않았다.

"멜로디를 마지막으로 본 건 언제였지?"

대신 다른 질문을 던졌다.

"지난주요."

이번에도 막힘 없이 대답했다. 이쯤 되자 경찰관들은 더 이상 질문할 게 없어 보였다. 그래서 재빨리 도널드 아저씨에게 물었다.

"잠깐 멜로디의 방에 가 봐도 될까요?"

도널드 아저씨는 눈살을 찌푸렸지만 어쨌든 허락했다.

"그러고 싶다면야…… 지문을 채취하던 사람들도 이젠 다 갔으니까 괜찮겠지."

티카니와 나는 어른들이 이유를 묻기 전에 서둘러 계단을 올라갔다.

멜로디의 방은 좀 과한 면이 있었다. 테디베어와 함께 온갖 종류의 봉제 인형이 유리 눈을 반짝이며 우리를 쳐다보고 있었고, 선반 위에는 화학 약품 냄새가 나는 플라스틱 말이 가득했다. 찰랑이는 갈기를 빗질하려면 조수가 세 명은 필요해 보이는 조랑말 포스터도 있었다. 하지만 가장 소름 끼쳤던 건, 멜로디가 없으니 이 방 안의 모든 게 생기 없고 공허해 보인다는 사실이었다.

멜로디의 소프트볼 방망이와 글러브가 방 한가운데 놓여 있었다.

'혹시 저걸로 자기를 지키려고 했었나?'

멜로디가 납치범의 코뼈 정도는 부러뜨렸길 바랐다. 티카니와 나는 냄새를 맡는 일에 집중했다. 하지만 별 소득은 없었다. 법의학자들이 남긴 냄새가 너무 강했기 때문이다. 그중 한 명은 땀 냄새 제거제도 사용하지 않는지, 인간이 낼 수 있는 악취의 한계를 넘어섰다! 나는 그저 반쯤 먹다 만 막대 초콜릿밖에 찾지 못했다. 그건 안나 아줌마가 방에 군것질을 가져오는 것을 금지했기 때문에 멜로디가 책 뒤에 몰래 숨겨 둔 거였다. 침대 밑에도 한 입 베어 먹은 샌드위치가 반쯤 곰팡이에 뒤덮인 채로 놓여 있었고, 색칠 공부용 색연필을 놓아두던 서랍에는 구린 내가 풀풀 나는 양말 한 짝이 들어 있었다.

티카니는 나보다 조금이라도 실력을 발휘하길 바라며 간절한 눈빛으로 쳐다봤다.

"인간이 몇 명 있었어. 남자들이야."

티카니가 중얼거렸다.

"그리고 우드워커도 두 명 있었어. 그런데 나는 모르는 사람들이야."

"무슨 종인데?"

나는 흥분해서 물었다.

"퓨마 하나와 흑곰 하나. 둘 다 인간의 모습이었어."

티카니가 곧바로 대답했다.

"수영장에서 내 뒤를 쫓아왔던 사람들일지도 몰라!"

마치 내 뛰어난 밤눈으로 멜로디를 데려간 그 두 명을 찾아낼 수 있다는 것처럼, 창문을 활짝 열고 창밖으로 머리를 내밀었다. 밀링은 더 많은 포식자들을 고용하는 데 성공한 것 같았다. 어린 소녀를 마을 한가운데에 있는 집에서 납치하는 일에 밀링이 직접 왔을 리는 없었다. 게다가 멜로디는 밀링을 본 적이 있다. 멜로디를 살려 보낼 생각이 없는 게 아니라면, 절대로 멜로디가 자신을 알아보는 위험을 무릅쓸 리 없었다.

나는 절망에 빠진 채로 티카니를 돌아봤다.

"흔적을 쫓아갈 수 있을 것 같아?"

"차로 움직인 게 아니라면……."

티카니는 냄새를 기억하기 위해서 빨래 바구니에 담겨 있던

271

멜로디의 티셔츠를 꺼내 냄새를 맡았다.

우리는 다시 아래층으로 뛰어 내려갔고, 안나 아줌마와 이야기하느라 정신이 팔려 있는 경찰관들을 아무런 문제 없이 지나쳤다.

티카니는 좀 더 많은 단서를 얻기 위해 집 바깥쪽을 아주 꼼꼼히 수색했다.

"아, 여기 그들의 흔적이 있어."

티카니가 중얼거리며 나를 이끌고 뒷마당을 가로질러 교차로로 이동했다. 티카니는 고개를 들고 주변을 둘러보았다.

"여기서 멜로디를 차에 실은 것 같아. 더 이상 아무 냄새도 나지 않아."

"젠장!"

나는 낙담한 채 바닥에 난 타이어 자국을 주의 깊게 살폈다. 그리고 혹시 몰라서 그 무늬를 기억했다.

그때 갑자기 허공에서 날아오기라도 한 것처럼 브리저 선생님이 우리 앞에 나타났다.

"카락, 당장 집 안으로 들어가!"

브리저 선생님이 말했다.

"이런 곳에 서 있는 건 좋은 생각이 아니야."

하지만 이미 늦었다. 세 사람이 나에게 다가오고 있었다. 여자 하나, 어깨에 카메라를 얹은 남자 하나, 그리고 낚싯대에 털 뭉치를 매단 것처럼 생긴 걸 들고 있는 남자였다.

"네가 제이 맞지? 숲에서 온 신비로운 소년."

여자가 새빨갛게 칠한 입술을 비틀어 고불거리는 금발 머리만큼이나 가짜로 보이는 미소를 지으면서 소리쳤다.

"그런데요."

나는 머뭇거리며 대답했다.

"제이, 이번 납치 사건과 관련해서 아는 게 있니? 납치 사건 당시에 넌 어디에 있었니? 혹시 네가 그 애를 숲으로 데려간 거니? 숲에서 온 너처럼……."

단 한마디도 할 수 없었다. 그랬다, 나는 '신비로운 소년'이었다. 나는 다른 사람들과 달랐다. 그리고 그 사실은 나를 용의자로 만들기에 충분했다. 클리어워터 교장 선생님이 이미 경고했던 것처럼…….

"답변은 하지 않겠습니다."

브리저 선생님이 나와 방송국 사람들 사이로 끼어들며 외쳤다. 그리고 우리는 집으로 돌아왔다. 방송국 사람들은 문밖에 진을 치고 서서 창문을 통해 안을 들여다보려고 했다. 그들은 수달들보다 더 호기심이 많았지만, 품행은 그 절반도 못 따라갔다! 그리고 바로 그때, 또 다른 취재 팀이 텔레비전 방송국 이름이 대문짝만하게 찍힌 차를 타고 도착했다.

"누가 정보를 흘린 거지?"

브리저 선생님이 못마땅한 듯 중얼거렸다.

"여기서 나가야겠어요."

옷걸이 옆에 선 채, 브리저 선생님에게 속삭였다.

"그래야겠다."

선생님이 대답했다.

"뒷문은 어느 쪽이야?"

티카니가 물었다.

안나 아줌마에게 간단히 작별 인사를 한 뒤 동료들과 함께 뒷
문으로 빠져나가 숲으로 들어갔다.

20

수색 시작

랄스턴 가족에게는 학교로 돌아가야 한다고 말했다. 학교에서는 내가 수양 가족과 함께 있는 줄 안다. 그러니 이제 납치범들을 쫓을 수 있었다. 하지만 여전히 브리저 선생님이 곁에 남아 있었다. 내 동지이자 친구인⋯⋯. 하지만 무엇보다 내 스승이었다. 만약 브리저 선생님이 클리어워터 교장 선생님의 지시를 어기고 나를 돕는다면? 선생님은 학교에서 해고될 수도 있을 것이다.

"저는 동생을 찾아야 해요. 선생님도 이해하시죠?"

브리저 선생님과 티카니 옆에서 걷는데, 너무 추웠다. 우리는 다른 사람들의 눈에 띄지 않고 변신할 수 있는 조용한 장소를 찾고 있었다.

"멜로디가 납치당한 건 그 누구도 아닌 제 탓이에요. 절 해치고 싶어 하는 거니까요."

"그래, 나도 안다."

브리저 선생님이 생각에 잠긴 얼굴로 말했다.

"내가 할 수 있는 한 도와주마. 그리고 공식적으로는 몰랐던 걸로 하자. 주말 동안 멜로디를 찾을 수 있다면 아무 문제 없을 거야. 하지만 아무리 늦어도 월요일 전에는 찾아내야 해. 수업에 출석하지 못하면 넌 세 번째 경고를 받게 될 거야. 어쩌면 그게 밀링이 노린 것일 수도 있어."

몸이 오들오들 떨려 왔다. 만약 내가 퇴학당하면 늑대 패거리는 축하 파티를 열 게 분명하지만, 어쨌든 지금은 티카니마저 걱정스러운 표정을 짓고 있었다.

어두운 밤이었지만 친구들과 만나기로 한 장소에 가까워지고 있다는 걸 알 수 있었다. 약속 장소에는 모두가 이미 도착해 있었다. 브랜든, 홀리, 섀도와 윙까지, 다들 인간의 모습으로 나를 기다리고 있었다. 친구들은 호기심과 불안이 섞인 표정으로 우리를 바라보았다.

"자, 이제 그 폴짝거리는 도토리한테 무슨 일이 생긴 건지 다 털어놔 봐. 그리고 우리가 뭘 해야 하는지도 말이야."

홀리가 말했다.

친구들에게 지금까지 있었던 일을 설명하자, 곧 소름 끼치는 침묵이 우릴 감쌌다.

"그냥 그렇게 납치했다고?"

충격을 받은 브랜든이 외쳤다.

"침실에서? 정말 끔찍한 일이야!"

"그래."

이곳으로 오는 내내 우리가 할 수 있는 일이 뭐가 있을지 고민했다. 이제 다들 기대에 찬 눈길을 보내고 있었고, 나는 생각한 걸 입 밖으로 꺼냈다.

"섀도와 윙은 하늘을 날아다니면서 수상한 게 있는지 살펴봐 줘. 예를 들면 동물 흔적이나 인간의 흔적 같은 게 외딴 장소에 좀 부자연스럽게 이어져 있다거나……."

"그리고 야생 동물들이 피하는 곳이 있는지 찾아보렴."

브리저 선생님이 덧붙였다.

"그런 곳에 숨어 있을 수도 있어. 진짜 동물들은 우드워커의 활동 영역을 피해 다니니까."

너무나 필요했던 조언이었다. 나는 브리저 선생님에게 고개를 숙여 고마운 마음을 표시했다.

"티카니와 브리저 선생님과 나는 각자 산에서 넓은 지역을 맡아서 수색할 거야. 브리저 선생님, 괜찮으신가요?"

브리저 선생님은 무뚝뚝하게 고개를 끄덕였다. 이번엔 내가 선생님을 이끌고 탐험을 떠난다는 것과 선생님이 그걸 받아들였다는 사실이 믿기지 않았다.

"브랜든이랑 난 뭘 할 수 있을까?"

홀리가 잔뜩 풀이 죽은 목소리로 말했다.

"늙고 배에 기름이 잔뜩 낀 늑대라도 하룻밤에 100킬로미터를 거뜬히 갈 수 있지만, 미안하게도 내 발은 어딘가를 기어오르기 위해 만들어졌는걸. 그리고 만약 브랜든이 들소의 모습으로 수색한다면, 당장 눈에 띌 거야!"

"배에 기름이 잔뜩 낀 늑대라니, 누굴 보고 하는 말이지?"

티카니는 보통의 다람쥐였다면 정신이 혼미해질 만큼 무섭게 이글거리는 눈빛으로 홀리를 노려보았다.

"홀리와 브랜든은 좀 특별한 일을 맡아 줘야 해."

나는 서둘러 말을 꺼냈다.

"너희 둘은 함께 다니면서 골짜기 여기저기에 흩어져 있는 오두막 같은 곳을 확인해 줘. 그런 곳들도 숨기 좋으니까. 그런 곳에서 갑자기 누가 나타난다면 다들 놀라겠지만, 근처에서 들소가 풀을 뜯는 것까지 의심스럽게 보지는 않을 거야. 홀리, 너는 집 전체를 돌아볼 수도 있고, 창문마다 들여다보며 안쪽도 확인할 수 있을 거야. 하지만 굴뚝을 타고 내려가지는 말고!"

홀리는 제자리에서 초조하게 발을 꼼지락거렸다.

"왜 굴뚝으로 들어가면 안 되는데? 집 안에서 무슨 일이 벌어지고 있는지 볼 수 있으면 좋을 텐데."

"그랬다간 네가 불에 노릇하게 구워질 테니까."

섀도가 끼어들었다.

278

"이맘때쯤이면 인간들은 추워서 불을 피운단 말이야, 이 멍청한 다람쥐야!"

"야, 너도 나만큼 멍청하면서 어딜 감히……."

홀리가 인상을 쓰면서 섀도에게 달려들려고 했지만, 내가 재빨리 둘 사이로 끼어들었다.

"얘들아, 제발 싸우지 말아 줄래? 우린 누군가의 생명을 구하려고 애쓰고 있어! 그러니 제발 좀 닥쳐! 아, 브리저 선생님은 빼고요."

"그러니까, 우리 모두 두 번째 모습으로 수색하자는 거지?"

브리저 선생님이 말했다.

"그렇게 하려면 변신할 곳이 필요하겠지? 내가 얼른 차를 가지고 올 테니, 그 안에 옷을 보관하도록 하자. 차 문을 잠그지 않을 테니까 다들 필요할 때 와서 자기 옷을 가져가면 돼. 너희가 변신하는 모습을 들킬 염려도 없고, 곧바로 몸을 숨길 수 있는 곳에다가 주차해 놓으마."

좋은 생각이었다. 브리저 선생님은 은색 SUV를 가지고 있었는데, 그건 꽤 멋지면서도 눈에 잘 띄지 않았다.

"누구든지 뭔가를 발견하면 섀도나 윙에게 알려. 그러면 그 둘이 다른 사람들에게 전해 줄 거야."

나는 계속 말을 이었다.

"난 공식적으로는 수양부모님과 함께 있는 거야. 하지만 너

279

희는 식사 시간에 맞춰 학교로 돌아가는 게 좋을 거야. 그래야 너희 까마귀들 중 하나가 배고파서 날지 못하는 일이 벌어지지 않을 거고……."

까마귀 남매는 낄낄거리며 서로를 쿡쿡 찔러 댔다. 둘이 항상 배고파한다는 것도, 그것 때문에 놀림받아도 전혀 신경 쓰지 않는다는 것도, 모두가 잘 알고 있었다.

"그리고 그렇게 해야 교장 선생님이 의심하지 않을 거야. 우리가 뭘 하고 있는지는 아무도 몰라야 해. 알겠지?"

다들 심각한 표정으로 고개를 끄덕였다. 조금 전까지 여자아이였던 작은 적갈색 다람쥐가 근처 나무 위로 쪼르르 올라갔다. 바닥에는 겨울옷 뭉치가 놓여 있었고, 은회색 패딩이 그 위를 살포시 덮고 있었다.

'내 물건 좀 차에 넣어 줄래? 고마워. 자, 브랜든, 서둘러! 우린 가야 한다고!'

"정신없는 털 뭉치 같으니라고."

브랜든이 투덜거렸다.

드디어 퓨마의 모습으로 수색할 수 있게 되어 너무나 기뻤다.

'다들 행운을 빌어!'

까마귀들이 공중으로 날아올랐다. 브랜든은 홀리를 자기 뿔 사이에 올려놓고 출발했다. 티카니의 하얀 형체는 총총히 멀어지다가 눈 속으로 녹아들었다. 머릿속을 울리던 생각들이 점점 더 멀리 사라져 갔다.

이제 나 혼자 남았다. 잠시 그 자리에 선 채 주위를 둘러보았다. 밤이 찾아온 지금, 잭슨홀은 너무나도 고요했다. 식당은 이미 모두 문을 닫았고, 거리에 지나다니는 사람은 아무도 없었으며, 불이 켜져 있는 집도 많지 않았다. 산에서 불어오는 얼음장처럼 차가운 밤바람만 주둥이를 간질였고, 눈은 달빛에 반짝였다. 먼 곳에서 올빼미 우는 소리와 고속도로를 달리는 자동차 엔진 소리가 들려왔다.

조용히 미끄러지듯 걸음을 옮겼다. 내일이면 사람들은 내 흔적을 발견하고, 밤새 마을 주변을 어슬렁거린 커다란 야생 동물에 대해 뒤늦은 공포를 느낄 것이다.

머릿속 생각들은 마치 눈이 녹은 뒤의 계곡물처럼 빠르고 다급하게 질주하고 있었다. 우드워커가 어린 여자애를 눈에 띄지 않게 숨기려 한다면 어떤 곳을 선택할까? 내 본능은 길에서 멀리 떨어진 황무지 깊숙한 곳을 가리켰다. 이상적인 곳은 오두막 같은 곳이 아니라, 덤불 속 나뭇가지와 눈으로 위장한 천막 같은 곳이었다. 그렇게 하면 인질이 얼어 죽지 않도록 신경 쓰기만 하면 된다. 그렇게 하면, 브리저 선생님이 수업 시간에 들려준 이야기처럼, 인간들이 헬리콥터나 열화상 카메라 같은 것으로 인질을 찾을 가능성은 거의 없었다. 가장 가능성이 높은 것은 텔레비전에서 봤던 잘 훈련된 구조견이었다.

나는 골짜기의 풀밭을 미친 듯이 달려 산꼭대기로 향했다. 바위를 뛰어넘고, 낮은 소나무 가지 밑을 기어가고, 향나무 덤불을 뛰어넘었다. 일부러 등산로에서 멀리 떨어져서 울창한 덤불들을 빙 둘러 가다가, 여름이면 와피티사슴들이 풀을 뜯는 탁 트인 초원을 가로질렀다. 달빛만으로도 쉽게 볼 수 있었다. 계속 코를 킁킁거리며 주변을 탐색하는 한편, 2년 전까지만 해도 내 삶의 터전이었던 이 세상의 감각을 되찾으려 애썼다. 어딘가 불안한 느낌이 드는 곳이 있나? 이맘때쯤 깨어나서 돌아다니는 야행성 동물들이 뭐라고 말하고 있지?

이제 나는 나이 든 암컷 퓨마의 영역으로 들어섰다. 그 퓨마는 나를 피해 다니고 있었다. 아마 내가 덤벼들어 머리를 때리고 발톱을 휘두를 거라고 여겼기 때문일 것이다. 대화를 나눠 볼 수 있었다면 도움이 됐을지도 모르는데, 안타까웠다. 난 그 암컷 퓨마의 말을 완벽히 알아들었을 것이다. 왜냐하면 우리 아빠는 평범한 퓨마의 언어를 이해하는 걸 매우 중요하게 생각했기 때문이다.

대신 코를 킁킁대면서 굴 입구를 넓히고 있던 은색 오소리를 발견했는데, 그건 이 계절에 어울리지 않는 일이었다. 그저 평범한 오소리가 아니었다. 목에 '우드워커'라고 새겨진 푯말을 걸고 있는 것만큼이나 분명히 알아볼 수 있었다. 게다가 한 가지가 더 있었다. 만약 우드워커가 아니었다면, 이 시기에 깨어 있지도 않았을 것이다.

'기초 공사를 하기에 좋은 밤이네, 안 그래?'

내가 얼마나 긴장하고 있는지 들키지 않으려고 애쓰며, 예의
바르게 인사했다.

오소리 변신족은 웅크린 채 고개를 들어 의심스러운 눈초리
로 나를 바라보았다.

'퓨마, 뭘 알고나 하는 소리야?'

'아니, 잘 몰라.'

마지못해 인정했다.

'제대로 못 배웠군!'

머릿속으로 투덜대는 오소리 변신족의 말이 들려왔고, 눈과
흙이 내 얼굴로 날아왔다.

'혹시 퓨마 변신족이나 곰 변신족 못 봤어?'

나는 개의치 않고 물었다.

'어쩌면 행동이 좀 수상했을 수도 있어, 무거운 걸 옮기고 있다
거나…….'

'아니, 그런 놈들 본 적 없어.'

오소리 변신족이 퉁명스레 대답했다.

'이제 저리 꺼져! 내 발톱이 더 길다는 걸 확인시켜 줄까?'

'인간의 모습으로는 아닐걸. 내기해도 좋아.'

나도 모르게 말이 튀어나왔다.

'인간 놈들 얘기는 꺼내지도 마! 난 그딴 놈들이 아니니까. 알아 먹었어?'

아하, 그렇단 말이지. 이 오소리는 살면서 인간으로 몇 번 변신해 본 적 없을 것이다. 어쩌면 한 번도 변신해 본 적 없을지도 모르고. 난 오소리 변신족은 평화롭게 땅이나 파헤치도록 내버려두고 돌아섰다. 학교에 있는 우드워커들은 거의 다 친절하다는 게 새삼 다행스러웠다.

해가 떠오를 무렵, 나는 몹시 지쳐 있었다. 겨우 하룻밤 사이에 나는 춤을 추고, 싸우고, 경찰의 질문 세례를 받고, 온 산을 절반쯤 헤매고 다녔다.

잠시 쉬면서 나무 그루터기에 부딪힌 앞발을 핥고 있는데, 근처에서 섀도의 기척이 느껴졌다. 난 벌떡 일어났다.

'섀도! 무슨 소식 없어? 뭐라도 찾은 게 있대?'

섀도가 대담하게 급강하해서 소나무 가지 위에 내려앉았다.

'어어, 있어! 티카니가 길 잃은 여자를 발견했어.'

까마귀 소년이 거친 나무껍질에 부리를 문지르며 쾌활하게 말했다.

'그 여자를 어떻게 했는데? 설마 잡아먹은 건 아니지?'

난 미심쩍은 말투로 물었다.

'아니, 아니야. 침을 묻히지도 않았어.'

섀도가 안심하라는 듯 말했다.

'티카니는 그저 여자에게 자길 따라오라는 몸짓을 하면서 제대로 된 길로 데려다줬어. 이제 그 여자는 얼어 죽지 않을 만큼 따뜻한 곳으로 돌아갔어.'

섀도는 황홀한 듯 말했다.

'이건 아마도 새로운 전설의 시작이 될 거야. 옛날 옛적에 하얀 늑대가……로 시작되는 전설. 난 전설이 너무 좋아!'

'어쩌면 신문에 기사가 날지도 모르지.'

슬슬 조바심이 나기 시작했다.

'멋진 일이긴 한데…… 다른 소식은 없어?'

섀도는 신이 나서 날개를 퍼덕였다.

'내 사랑스러운 쌍둥이 여동생이 뭘 찾았게?'

'뭘 찾았는데?'

귀를 완전히 뒤로 젖히고 섀도를 바라보았다.

'새집! 호두랑 최고급 수제 햄이 가득 든 새집을 발견했어! 잭슨 마을 사람들은 돈이 썩어 나는 게 틀림없어…….'

하마터면 섀도의 털을 몽땅 뽑아 버릴 뻔했다.

'야, 이 얼빠진 자식아! 우린 지금 위험에 빠진 애를 찾고 있는데, 네 머릿속엔 그 더러운 햄 생각밖에 없지?'

'아니, 더럽지 않아. 개별 진공 포장 상태라 완전 깨끗해. 신선하니까 맛있는 거라고.'

섀도가 용감하게 대답했다.

난 새도를 향해 한바탕 쏘아붙였고, 새도는 죄책감에 날개를 축 늘어뜨렸다.

'그래, 알았어. 미안. 우리 모두 최선을 다해 찾고 있으니까 너무 흥분하지 마, 카락. 난 그저 우리가 학교로 가서 아침을 먹고 수색을 계속할 거란 말을 하러 온 거였어.'

나는 천천히 심호흡을 한 뒤에 소나무 껍질에 발톱을 갈면서 흥분을 가라앉혔다. 친구들에게 화내는 것은 아무런 도움이 되지 않는다. 다들 자기가 할 수 있는 최선을 다하고 있었다.

'브랜든과 홀리는 어때?'

새도는 날개를 퍼덕이며 날아올랐다. 이미 아침 식사에 온 신경이 쏠린 듯했다.

'아, 맞다! 깜빡할 뻔했네. 브랜든이랑 홀리가 수상해 보이는 집을 발견해서 자세히 살펴보고 싶다고 했어.'

'뭐라고? 그게 어딘데!'

내가 너무 크게 소리를 지르는 바람에 새도는 화들짝 놀랐다.

'그렇게 소리 지를 필요는 없잖아.'

새도가 짜증을 내며 말했다.

'따라와! 산 너머에 있는 마을 근처야. 그리고 네가 왔으면 좋겠다고 했어.'

21

수상한 오두막

브랜든과 홀리가 발견한 집은 현대식으로 지은 통나무 오두막이었고, 그 근처에는 비슷한 오두막이 여러 채 있었다. 얼핏 보기에는 전혀 이상한 점을 발견하지 못했다. 굴뚝에서는 연기가 올라오지 않았고, 지붕이 있는 간이 차고에는 진흙탕에서 구르다 온 것 같은 SUV가 세워져 있었다. 그리고 우리 학교 차량도 보통 저런 상태였다.

'드디어 왔구나, 카락! 숨은그림찾기도 아닌데 왜 이렇게 오래 걸린 거야?'

홀리가 나뭇가지 위에서 폴짝폴짝 뛰며 맞이했다. 홀리와 브랜든은 집 근처 덤불 뒤에 숨어서 나를 기다리고 있었다.

'다시 봐서 반가워.'

마음이 급해서 짧게 대답했다.

'근데 이 집이 뭐가 수상하다는 거야? 내가 보기엔 그냥 평범해

보이는데…….'

'평범해 보인다고?'

홀리가 바닥으로 뛰어내리더니 내 앞으로 쪼르르 달려와 뒷발로 앉았다.

'뭐가 다른지 눈 크게 뜨고 보라고! 창문을 딱 보면 몰라? 너도 창문이 뭔지는 알지? 커다랗고 투명하고 밖을 내다보는 그거.'

이건 너무 심했다. 눈 깜짝할 사이에 홀리는 바닥에 네 다리를 쭉 뻗은 채 엎드려 있었다. 물론 내 앞발에 밟힌 채로.

'한 번만 더 그런 식으로 말해 봐, 말릴라 선생님한테 다람쥐 파이를 주문할 테니까.'

홀리에게 친절하게 안내해 주었다.

'너야말로 한 번만 더 나를 그런 식으로 밟으면, 널 문제 동물로 신고할 거야!'

홀리가 쏘아붙였다.

하지만 우린 다투고 있을 시간이 없었다. 멜로디를 찾아야 했고, 그것 말고는 아무것도 중요하지 않았다.

홀리를 풀어 주고 집을 더 자세히 살펴보았다. 홀리의 말이 맞았다.

창문은 투명하지 않았고, 까마귀 날개처럼 검었다. 조심스레 다가가 살펴보았다. 흥미롭게도 창문에는 안을 들여다볼 수 없도록 무언가가 붙어 있었다.

'안에서 뭘 하는지 볼 수 없게 하려는 것 같아.'

브랜든이 초조한 듯 커다랗고 무거운 머리를 계속 돌리며 콧김을 흥흥 내뿜었다.

'그리고 저 차 번호판 말이야, 번호를 알아보지 못할 정도로 진흙이 묻어 있는 게 수상하지 않아? 저건 일부러 그런 거야.'

고속도로에서 차를 들이받은 뒤로 브랜든은 차량 전문가 행세를 했다.

'흠, 난 잘 모르겠는데.'

나는 머뭇거리며 말했다. 이 동네에서 깨끗한 차를 운전하는 건 관광객들 말고는 없었다.

'카락, 이리 와서 여기 좀 봐 봐!'

집 옆 배수로를 따라 뛰어가던 홀리가 소리를 질렀다.

오두막 뒤쪽의 창문들도 검게 칠해져 있었다. 하지만 그곳에는 실수로 생긴 듯한 작은 틈이 벌어져 있었다. 나는 뒷발로 일어서서 앞발을 창틀에 올리고 균형을 잡았다. 유리창에 코를 바짝 들이대자 안쪽을 볼 수 있었다. 놀랍게도 펼쳐 놓은 거대한 우산처럼 생긴 물건과, 수직으로 세워진 검은 막대기들이 보였다. 다른 것들 역시 한 번도 본 적이 없는 물건들이었다.

'네 말이 맞아. 이건 정말 수상해.'

홀리의 말을 인정할 수밖에 없었다. 심장이 빠르게 뛰기 시작했다.

'우리가 멜로디를 찾은 걸까?'

'저런 막대기에는 인질을 묶어 놓을 수도 있을 거야.'

브랜든이 침울한 목소리로 말했다.

'하지만 저 거대한 은색 우산은 뭐에다 쓰는 거지?'

'내 생각에 저건 그냥 눈속임이야.'

섀도가 그렇게 말했지만 별로 자신감 있는 말투는 아니었다.

집 안에서 남자의 거친 목소리가 들려왔을 때, 우리는 모두 화들짝 놀랐다. 나는 사슴이 방귀 뀌는 것보다 더 빠르게 창문에서 앞발을 뗐다. 브랜든은 공포에 질려서 어디로든 돌진할 것처럼 제자리를 뱅글뱅글 맴돌기 시작했다. 홀리는 스라소니에게 쫓기는 것처럼 허둥지둥 지붕에서 내려오다가 얼어붙은 빗물 통 안에서 미끄러지는 바람에 데굴데굴 굴러 바닥까지 내려왔다.

'당황하지 마, 애들아. 문이 닫혀 있어서 너희를 못 봤을 거야.'

섀도가 근처에 있는 나무 꼭대기에서 우리를 안심시켰고, 우리는 조금은 무안해하며 멈춰 섰다.

'확실해?'

브랜든이 물었다.

'우리가 아침 식사를 놓치고 있는 것만큼이나 확실해!'

섀도의 목소리에는 스스로를 불쌍히 여기는 마음이 가득했다. 온몸에 긴장을 늦추지 않은 채 다시 오두막 쪽으로 살금살금

다가갔다. 섀도의 말이 옳았다. 안에서 누군가가 이야기하고 있었지만, 우리를 향해서는 아니었다. 정체를 알 수 없는 남자가 내가 있는 곳에서는 알아들을 수 없는 명령을 내리고 있었다.

'안에 갇혀 있는 사람에게 하는 말일 거야!'

얼마 전 수영장에서 나를 잡으러 왔던 남자의 목소리를 기억하려고 애쓰는 동시에, 멜로디의 목소리나 울음소리가 들리지 않는지 귀를 기울였다.

공기 속을 떠도는 수천 가지 냄새들을 조용히 들이마셨다. 나무 연기, 감자튀김, 종이, 쓰레기통 안에 든 생선 찌꺼기, 다양한 인간들 냄새……. 우드워커가 있는지는 확실하지 않았다.

'앤드루 밀링이 있을까?'

아니, 그 사람 냄새는 나지 않았다. 아마 밀링은 이쪽으로 오지 않았을 거다. 하지만 근처에 있을지도 모른다는 생각에 목덜미 털이 곤두섰다.

'내가 들어가서 확인하고 올게. 밖에선 잘 안 보이잖아.'

갑자기 머릿속을 뚫고 들어온 목소리에 우리 모두 화들짝 놀랐다.

'홀리, 그러지 마!'

돌로 만들어진 굴뚝을 기어 올라가는 다람쥐를 공포에 질린 눈으로 바라보며 소리쳤다.

'걱정하지 마, 벽난로를 피워 놓진 않았어.'

홀리의 자신만만한 목소리가 머릿속을 울렸다. 나는 그저 가장 친한 친구가 굴뚝 안으로 우아하게 뛰어들어 사라지는 모습을 멍하니 보고 있을 수밖에 없었다. 두려움에 꼼짝도 할 수 없었다. 마음을 진정시키기 위해 애써 호흡에만 집중했다. 아무 일도 일어나지 않았고 1초, 1초 견디기 힘든 시간이 흘렀다.

마침내 굴뚝 가장자리에서 무언가가 움직였다. 얼핏 보이는 검은색 형체는 마치 타다 남은 변기 청소용 솔처럼 보였다. 잠시 후에야 그게 홀리라는 것을 알아보았다.

'저 사람들한테 제발 굴뚝 청소 좀 하라고 해야겠어!'

홀리는 한바탕 재채기를 하고 몸을 부르르 떨면서 투덜댔다. 그을음이 구름처럼 피어올랐다.

'굴뚝 덮개가 닫혀 있어서 이쪽으로는 들어갈 수 없어.'

홀리는 지붕에서 브랜든의 등 위로 뛰어내리더니 몸을 마구 문질러서 브랜든의 갈색 등판에 검은 줄무늬를 만들어 주었다.

'야, 그만 좀 해!'

브랜든이 투덜거렸다.

'방금 누가 반대편 창문을 열었어.'

새도가 끼어들었다. 우리는 서둘러 그곳으로 갔다.

'완벽해!'

홀리가 열려 있는 창문을 흘끗 쳐다보며 말했다.

그리고 우리가 뭐라 말할 새도 없이 그 틈으로 미끄러지듯 뛰어들었다.

이보다 더 불안했던 적은 한 번도 없었다.

저 안에서 홀리를 기다리고 있는 게 뭘까? 앤드루 밀링의 포식자 졸개들이 홀리를 잡아서 한입에 먹어 치워 버리는 건 아닐까?

22

눈 위의 흑곰

브랜든과 섀도, 그리고 나는 한동안 오두막 앞에서 숨소리조차 죽인 채 서 있었다.

그때, 오두막 안에서 요란한 소리가 터져 나왔다. 마치 눈사태 같은 소리였다. 남자는 욕을 했고, 여자는 비명을 질렀고, 다람쥐도 뭐라고 재잘거렸는데, 그게 모두 동시에 이뤄졌다.

'무슨 일이야, 홀리? 놈들이 널 공격한 거야?'

나는 가슴이 철렁해서 소리쳤다. 하지만 돌아온 대답은 그저 뜻 모를 소리뿐이었다.

'아아! 도와줘! 빛은 안 돼, 제발! 앞이 안 보여!'

'놈들이 홀리를 죽이려나 봐!'

나는 귀를 젖히고 꼬리를 휘두르며, 오두막 안으로 들어갈 길을 찾았다.

'창문을 부수고 들어갈 수 있을까?'

브랜든이 쿵쿵거리며 오두막 입구 쪽으로 걸음을 옮겼다.

'얼른! 저 문을 부숴야 해, 카락!'

바로 그때, 무언가가 닫혀 있는 창문을 두드렸다. 공포에 질린 다람쥐가 있는 힘을 다해 도망치려는 것 같았다. 네발로 벅벅 긁자 한쪽 창문에 붙어 있던 검은색 코팅이 갈기갈기 찢어졌다. 브랜든과 나는 잠시 넋을 잃고 그 안을 들여다보았다.

그곳은 오두막의 가장 큰 방이었고, 아주아주 커다란 하얀 종이가 반은 벽에 걸려 있고 반은 바닥에 깔려 있었다. 그 종이 위에는 검댕 묻은 다람쥐 발자국이 여기저기 어지럽게 찍혀 있었다. 맵시 좋은 여우 털 코트를 입은 아름다운 빨간 머리 여성이 근처에 서 있다가 또다시 비명을 질렀다. 아마도 홀리가 다른 출구를 찾으려고 그 여자를 타 넘어서 그런 것 같았다.

욕설을 퍼붓고 있는 남자는 다행스럽게도 앤드루 밀링이 아니었다. 하지만 그 남자는 손에 든 검은색 상자를 홀리를 향해 휘두르고 있었다.

'이런.'

브랜든의 목소리가 머릿속을 맴돌았다.

'이건 촬영이야. 저건 카메라잖아, 총이 아니라고!'

'뭐?'

브랜든의 말대로 총은 보이지 않았고, 그저 위에서 빛을 반사하는 은색 우산이 달린 검은 기둥들만 보였다. 그리고 전등이

295

달린 기둥들도 있었다.

남자가 다시 홀리를 향해 상자를 들이댔다. 그러자 밝은 빛이 창밖으로 터져 나왔고, 브랜든과 나는 눈이 멀 것 같아서 비틀거리며 물러섰다.

창문이 가지고 있는 단점은 양쪽에서 각각 반대편을 볼 수 있다는 것이다. 우리가 그 두 사람을 볼 수 있는 것처럼, 방 안에 있던 남자도 고개를 들자마자 우리를 볼 수 있었다. 이번엔 남자도 비명을 질렀다. 코앞에서 퓨마와 들소가 자신을 지켜보고 있다면, 누구라도 마음이 편치 않을 것이다. 특히 그 퓨마가 이빨을 드러내고 있고, 들소는 유리창에 뿔을 들이밀고 있다면 말이다.

다행스럽게도 그 순간 홀리가 비스듬히 열려 있는 창문을 발견하고, 기록적인 속도로 그 틈을 빠져나왔다. 우리 셋은 젖 먹던 힘을 다해 도망쳤다. 브랜든이 전력으로 질주하자 발굽 주위로 눈송이가 날아올랐고, 서두르는 통에 말뚝으로 박아 놓은 울타리마저 쓰러뜨렸다. 섀도는 날개를 퍼덕이며 우리 뒤를 따라왔다. 우리는 안전한 거리에 있는 작은 숲에 도착할 때까지 걸음을 멈출 수 없었다.

'우리 방금 사진 촬영 현장에 난입한 거 같은데.'

당황한 브랜든이 설명했다.

'거긴 전문 사진작가가 촬영하는 장소였어. 아마 거기 있는 여

자가 입고 있던 옷을 촬영하고 있었을 거야.'

'왜? 그딴 걸 뭐 하러 찍는데?'

나는 깜짝 놀라 물었다. 이런 건 들어 본 적도 없었다.

'글쎄, 어떤 인간들은 그런 사진을 보는 걸 좋아하거든.'

지금 브랜든에게 인간의 어깨가 있었다면, 분명히 한 번 으쓱였을 것이다.

'흥! 그 사람들은 나한테 친절하게 대하지 않았어.'

홀리가 불평했다.

'이 사실을 알게 되면 너한테 친절하게 대하지 않을 사람이 벌써 세 명쯤 떠오르는데……'

클리어워터 교장 선생님의 엄격한 노란 눈동자를 떠올리며 난 몸서리를 쳤다.

'자, 우린 수색을 계속해야 해. 너무 늦기 전에 멜로디를 찾아야 한다고!'

오후가 되자, 나는 기운이 다 빠져 버렸고 배도 고팠다. 윙의 말에 따르면, 하우스탑산 근처를 수색한 브리저 선생님은 아무 것도 발견하지 못했고, 쇼쇼니 국유림을 수색한 티카니도 마찬가지였다고 했다. 지치고 낙담한 나는 향나무 덤불 아래에서 잠시 쉬고 있었다. 갈까귀 한 마리가 내가 있는 건 전혀 아랑곳하지 않고 눈 속을 이리저리 쑤석이며 먹이를 숨겨 놓은 곳을

297

찾고 있었다. 미아 누나와 나는 이 건방진 새를 사냥하는 걸 좋아했다. 이 녀석은 특히 더 뻔뻔해서, 나를 겁줘서 쫓아내려고 두 번이나 급강하를 시도했다.

다시 눈이 내리고 있었다. 하늘에서 떨어진 하얀 눈송이들이 실마리가 되어 줄지도 모를 모든 흔적을 덮고 있었다. 헬리콥터가 천둥처럼 커다란 소리를 울리며 몇 번이고 머리 위를 지나다녔지만, 마찬가지로 아무것도 찾아내지 못한 것 같았다.

멜로디를 찾을 확률이 점점 줄어들고 있었다. 불행히도 수색하는 동안은 생각할 시간이 너무 많았다. 앤드루 밀링의 요구가 받아들여지지 않으면 어떤 일이 벌어질까? 자신의 요구 사항을 들어줄 때까지 얼마나 기다려 줄까? 혹시 처음부터 멜로디를 죽이려는 계획이었을까? 생각이 길어지면 길어질수록 앤드루 밀링이 멜로디를 살려 보내지 않을 거라는 확신이 들었다. 앤드루 밀링의 어린 딸이 인간들에게 죽임당했으니, 그 대가로 이 인간 아이를 죽일 셈이다. 왜 나는 내 수양 가족에게 경고하지 않았을까? 왜 나는 앤드루 밀링에게 말했던 것처럼 모두에게 경고하지 않았을까?

퓨마는 울 수 없다. 어쩌면 그게 다행일 수도 있다.

비참한 생각 속에 깊이 잠겨 있을 때, 다시 날갯짓 소리가 들려왔다. 그리고 날카로운 새의 발톱이 내 등을 파고들었다. 이 빌어먹을 갈까마귀 녀석을 내 저녁거리로 삼겠노라 다짐하고는 번개처럼 몸을 돌려 날카로운 발톱을 녀석의 날개에 박아 넣으려고 했다.

'아, 너였구나.'

윙을 발견하고 퉁명스럽게 말했다. 내가 생각하기에도 내 목소리는 성격 나쁜 놈처럼 들렸을 것 같았다.

'다음에 다가올 땐 미리 좀 알려 줄래?'

'어, 그래야겠어. 알다시피 내가 네 간식거리는 아니니까!'

공격에 대한 벌로, 윙은 내 등짝의 털 몇 개를 뽑아 버렸다.

'아! 그건 그렇고, 좋은 소식이 있어!'

나는 벌떡 일어났다.

'멜로디를 찾은 거야?'

'아니, 그건 아니야. 하지만 티카니가 그로스벤터산맥 근처 황무지에서 자꾸 자기를 따돌리려고 하는 수상한 곰 변신족을 발견했대. 어쩌면 앤드루 밀링의 부하일 수도 있어!'

'어서 가 보자.'

나는 서둘러 몸을 움직였다.

'브리저 선생님한테도 말했어?'

'응, 벌써 말했어. 선생님도 최대한 빨리 온다고 했어.'

우리는 서둘러 달려갔지만, 티카니의 흔적을 발견했을 때는 이미 주위가 어두워져 있었다. 티카니는 나를 발견하고는 반갑게 꼬리를 흔들었다.

'곰 변신족은 저쪽에 있어. 별로 멀지 않아!'

티카니가 소리쳤다. 내 눈은 바위투성이 지형 속에서 퉁퉁한 검은 형체를 알아볼 수 있었다. 이 거리에서 곰 변신족의 생각을 읽을 수는 없었지만, 적개심은 충분히 느낄 수 있었다.

'저 사람이 수영장에서 널 공격했던 남자가 맞니?'

브리저 선생님이 걱정스럽게 물었다.

좀 더 확실하게 알아보기 위해 우리는 가까이 다가갔다. 바람 방향 때문에 반 바퀴쯤 빙 돌아서 다가가야 했다. 비록 수영장의 지독한 소독약 냄새와 섞여 있던 냄새지만, 단번에 그 곰 변신족의 냄새를 알아차렸다.

'맞아요, 그 남자예요. 밀링의 부하.'

재빨리 내 동료들을 둘러보았다. 우리는 넷이었다. 퓨마, 늑대, 코요테, 그리고 전투 인원으로 보기 어려운 까마귀까지……. 어쨌든 저 곰 변신족을 처리하는 데는 아무 문제가 없었다. 중요한 건, 저 우드워커에게서 멜로디가 어디에 갇혀 있는지를 알아내는 것이었다.

궁지에 몰려 있는 것은 흑곰 변신족이었다. 다 자란 전성기의 수컷으로, 인간으로 치자면 젊은 남자였다. 다른 흑곰들처럼 털이 검은색이 아니라 옅은 갈색이었다. 주둥이를 움찔거리며 우리 냄새를 맡은 곰 변신족 남자는 기분이 언짢은 듯 이를 드러내며 으르렁거렸다.

300

'이름이 뭐지? 우린 당신이 앤드루 밀링과 함께 일하는 걸 알아.'

브리저 선생님이 전하는 텔레파시 음성에서 단호함이 느껴졌다. 곰 변신족이 반응하지 않을 거라고 생각했지만, 예상 외로 대답이 돌아왔다.

'데릭이라고 부르면 돼.'

곰 변신족이 퉁명스럽게 대답했다.

'대화할 수 있어서 반가웠어. 하지만 난 이제 여길 떠날 거야.'

곰 변신족은 우리 주위로 커다랗게 원을 그리며 움직이기 시작했다.

티카니가 재빨리 앞을 막아섰다. 목덜미 털을 빳빳하게 곤두세우고 잇몸을 드러낸 티카니의 모습은 북극에서 온 하얀 악마처럼 무시무시하게 보였다. 그 순간, 나는 티카니가 우리 편이라는 게 너무나도 감사했다.

'그 여자애를 어디에 숨겼는지 말해, 이 더러운 자식아!'

티카니가 으르렁거렸다.

'여자애라니?'

데릭이 아무것도 모르는 것처럼 되물었다.

'지금쯤 집에 보내 달라고 울고 있을 여자애 말이야!'

나는 분노에 차서 울부짖었다.

'어디 있는지 말하라니까! 이 근처에 있는 거야?'

'태양이 지구 주위를 돌고, 들쥐가 탱고를 출 때쯤이면 찾을 수

있을 거다.'

데릭이 나를 향해 으르렁거렸다. 그러니까, 이 남자는 우리가 누구 이야기를 하는지 정확히 알고 있었다! 개인적으로는 들쥐가 정말로 탱고를 출 수 있을지 궁금증이 일었지만, 그럴 가능성은 거의 없어 보였다.

'홀리와 브랜든에게도 알려야 할 것 같아.'

윙이 하늘로 날아올랐다.

데릭이 걸음을 빨리했다. 곰의 몸은 보기와는 달리 민첩하게 움직였다. 이 남자는 우리를 따돌리고 도망가려고 하고 있었다! 브리저 선생님과 나는 비스듬히 달려 나가 길을 막았다. 데릭은 재빨리 옆으로 방향을 틀어 달리기 시작했지만 우리를 따돌릴 수 있을 만큼 빠르지 않았다. 티카니가 달려들어 데릭의 옆구리를 사납게 긁자, 곰도 발을 들어 반격했다.

'저리 꺼져! 이게 마지막 기회다, 머저리들아!'

데릭은 제정신이 아닌 게 분명했다. 3대 1의 상황인데도 이게 마지막 기회라고?

'아, 그러셔? 어디 동네에서 거칠게 노는 힘센 형님이라도 부르려고?'

티카니가 조롱했다.

곰 변신족은 대답 대신 코웃음을 쳤다. 그리고 우리를 밀어내기 위해 고개를 숙이고 사납게 돌진했다. 브리저 선생님은 코요테의 몸으로 그 공격에 맞설 수 없다고 판단하고 옆으로 피했고, 티카니마저 옆으로 펄쩍 뛰어서 공격을 피했다. 하지만 나는 이 남자를 겁낼 생각이 전혀 없었다. 나는 제자리에 버티고 서서 적이 충분히 가까이 오기를 기다렸다. 그리고 앞발을 휘둘러 곰의 예민한 코를 발톱으로 할퀴어 버렸다. 데릭은 꽥꽥 비명을 지르며 네발로 땅을 딛고 내 앞에 멈춰 섰다.

'그 여자애를 어디로 데려갔지?'

나는 다시 한 번 물었다.

'우리를 그곳으로 데려다줘. 그러고 나면 어디든 원하는 대로 갈 수 있게 해 주지.'

데릭은 조금 뒤로 물러서서 의심스러운 눈길을 던졌다.

'넌 앤드루 밀링이 배신자들을 어떻게 처리하는지 모르잖아.'

약간 징징대는 것처럼 들렸다.

내 단순한 거절이 어떤 결과로 돌아오는지 이미 봤기 때문에 충분히 상상할 수 있었다.

'우린 누구에게도 당신이 말했다고 하지 않을 거야, 데릭.'

브리저 선생님이 말했다.

데릭은 혀를 길게 뻗어 코에 난 상처를 핥으려고 했다. 하지만 헛수고였다.

'만약 그쪽을 돕는다면, 나한테 돌아오는 건 뭐지? 보상이라도 해 주나?'

'우리가 당신을 경찰에 넘기지 않는 게 보상이겠지.'

티카니가 경멸하듯 대꾸했다.

'이렇게 사람을 납치하면 감옥에서 얼마나 썩어야 하는지 몰라? 앞으로 몇 년 동안은 숲으로 돌아오지 못할걸!'

이 우드워커는 걱정하는 기색이 전혀 없었다.

'글쎄, 어쩌면 내가 말해 줄 수도 있지……. 그럴 수도 있고, 아닐 수도 있고…….'

'저 녀석, 시간을 끌고 있어.'

브리저 선생님이 갑자기 소리쳤다.

'뭔가 꿍꿍이가 있어!'

우리는 곧 그 이유를 알 수 있었다.

그 이유가 우리를 향해 직접 다가오고 있었다.

23

곰들과의 한판 승부

갈색 흑곰 한 마리와 검은색 흑곰 한 마리가 눈밭을 헤치며 우리를 향해 달려오고 있었다. 그 흑곰들은 한판 붙어 보자는 표정으로 눈에 불을 켜고 달려드는 중이었다. 의심할 여지 없이 이 흑곰들은 데릭의 지원군이었다! 윙이 있었다면 진작 알아차릴 수 있었을 텐데!

'하하! 이분이 바로 우리 큰형님이시다.'

데릭이 의기양양하게 외쳤다.

'토르, 너무 늦었잖아! 이놈들이 내 코에다가 무슨 짓을 했는지 보라고.'

'입 닥치고 싸움에나 집중해, 이 머저리 같은 놈아!'

토르의 대답은 별로 친절하지 않았다.

'저놈들 중 하나라도 도망가게 두면 안 돼. 그랬다가는 우리 위치를 다 까발릴 테니까.'

맙소사, 이럴 수는 없었다! 놈들은 우리 모두를 죽일 작정인 걸까? 우드워커들은 모두 하나라고? 천만에! 이들은 동료가 아니라 살인자였다!

티카니와 브리저 선생님과 나는 아무 말 없이 서로를 바라보았다.

도망가야 하나? 이제 상황은 바뀌었다. 우리가 과연 저 흑곰 셋을 물리칠 수 있을까?

우리가 어떤 결정을 내린다 해도, 이미 너무 늦어 버렸다. 곰 변신족들은 순식간에 우리를 둘러싸더니, 묻지도 따지지도 않고 일제히 공격했다.

티카니도 망설이지 않았다. 갈색 털의 암곰을 목표로 삼아, 목덜미를 향해 곧장 달려들었다. 그 암곰은 분노에 휩싸여 티카니를 떨쳐 내려고 애썼다.

'미나, 도와줄까?'

머릿속에서 울리는 거대한 흑곰의 목소리는 크고 위협적이었다. 하지만 암곰은 으르렁대며 대답했다.

'아니, 이 녀석은 내가 맡을게.'

토르는 놈들의 우두머리였고, 한눈에 알아볼 수 있을 정도로 가장 강한 적수였다. 하지만 어떻게든 이 곰 변신족이 동료들에게 도움을 요청하게 만들어야 했다. 토르는 사납게 울부짖으며 주둥이를 크게 벌리고 나를 향해 달려들었다. 토르가 나를 붙잡기만 한다면, 그 무시무시한 이빨이든 아니면 힘센 앞발이든, 걸리는 순간 날 찢어발기기에 충분했다! 나는 잠시 눈 속에 몸을 웅크렸다가 곧장 뛰어올랐다. 돌진해 오는 곰을 뛰어넘어 옆에 튀어나와 있는 바위 위로, 그리고 다시 곰의 등 위로. 토르가 무슨 일이 벌어졌는지 알아차렸을 땐, 이미 베이고 긁힌 상처를 몇 군데 입은 뒤였다.

하지만 토르는 데릭보다 훨씬 더 힘든 상대였다. 움츠러들기는커녕 더 화가 나서 거칠게 포효했다. 토르는 바위를 향해 몸을 던졌고, 나는 그 사이에 깔리지 않기 위해 허둥지둥 등에서 뛰어내려야 했다. 토르는 나를 뒤쫓아 와서 미처 피하기도 전에 손바닥으로 강력한 일격을 날렸다. 갑자기 주위의 세상이 빙글빙글 돌기 시작했다. 나는 눈밭을 정신없이 데굴데굴 굴렀다.

승리를 확신한 토르는 육중한 몸을 날려 날 덮치려고 했지만…… 지금 토르의 뒷다리에는 코요테 한 마리가 매달려 있었다. 브리저 선생님의 이빨은 지독히 날카로웠다.

나는 으르렁거리며 몸을 일으켜 잠시 뒤로 물러섰다. 아직도 머리가 어질어질했다.

'고맙습니다, 브리저 선생님.'

'많이 다쳤니?'

브리저 선생님이 걱정스레 물었다. 선생님은 토르의 다리를 꽉 물고 있었지만, 우드워커로서 대화하는 데는 아무 문제 없었다.

'조심하세요! 뒤에 데릭이……!'

나는 다급히 외쳤고, 브리저 선생님은 즉시 반응했다. 선생님
이 재빨리 몸을 피하자, 덤벼들던 데릭은 대신 토르를 들이받을
수밖에 없었다. 그 둘은 한데 뭉쳐서 으르렁대고 털을 휘날리며
머릿속으로 거친 대화를 주고받았다. 하지만 그건 그리 오래가
지는 않았다. 밀링의 부하들은 금방 정신을 차리고 다시 우리와
싸우기 시작했다.

브리저 선생님은 번개처럼 빠르게 위장 공격을 하며, 데릭
을 나와 토르에게서 멀리 떨어뜨렸다. 나는 혼자서 데릭의 '큰
형님'을 상대해야만 했다. 토르는 다리를 절뚝거리고 있었지만,
작고 교활한 눈은 나를 유심히 관찰하며 기회를 노리고 있었다.
내가 단 한 번이라도 실수를 저지른다면, 토르는 단숨에 그 틈
을 파고들어 나를 죽일 것이다.

어느새 토르가 내게 덤벼들었다. 분노에 찬 흑곰은 나만큼이
나 길고 날카로운 송곳니를 가지고 있었다. 본능적으로, 제자
리에 서서 토르의 콧잔등을 날카로운 발톱으로 몇 번이고 계속
할퀴었다. 토르도 반격했지만, 나를 붙잡기엔 너무 느렸다. 핏
방울이 하얀 눈 위로 뚝뚝 떨어졌고, 그건 내 피가 아니었다.

하지만 싸움이 길어지면 길어질수록 나는 점점 뒤로 밀리기
시작했다. 하루 종일 먹지도 못하고, 밤새 한숨도 자지 못하고

쉬지 않고 걸은 터라 힘이 점점 사그라들고 있었다. 반면에 밀링의 부하들은 잘 먹고 잘 쉰 것 같았다.

죽을힘을 다해, 마지막 남은 힘을 다 쏟아부어 앞발을 휘둘렀다. 절대 질 수 없었다. 이건 내 마지막 싸움이고, 멜로디에게 남은 마지막 기회였다!

다른 사람들은 나를 도와줄 수 없었다. 바로 옆에서는 티카니와 암곰이 싸우고 있었는데, 흩날리는 눈 때문에 누가 우위에 있는지 알아보기 힘들었다. 하지만 티카니의 흰 털은 군데군데 붉게 물들어 있었다. 힘든 상황임이 분명했다. 지금 암곰은 티카니를 거의 껴안고 있었는데, 그건 따뜻한 애정 표현이 아니라 티카니를 짓누르려는 시도였다.

'네 엄마가 서커스단에서 묘기를 부리던 그 곰 맞지? 다들 봤다던데!'

서둘러 미나를 향해 소리쳤다. 때마침 유일하게 떠오른 모욕적인 말이 바로 그거였다. 다행스럽게도 미나는 그 말을 듣고 화가 나서 곧장 나를 향해 돌아섰다. 티카니는 그 틈을 타 몸을 꿈틀대며 미나의 품에서 빠져나왔다.

브리저 선생님 역시 자신보다 훨씬 강한 적수를 상대하느라 정신이 없었다. 인간의 도움을 받을 수 있으리라는 희망은 전혀 없었다. 인간들은 어둠 속에서 벌어지고 있는 이 싸움을 제대로 볼 수도 없을 것이다. 멀리서 헬리콥터 소리가 들렸지만, 기지로 돌아가는 중인 것 같았다. 브랜든은 어떻게 됐을까? 브랜든이라면 곰을 쉽게 상대할 수 있을 테지만, 브랜든이 제때에 우리를 구하러 올 수 있을까? 자신할 수 없었다. 브랜든은 이곳에서 몇 킬로미터나 떨어진 곳을 수색하고 있을 것이다.

불행히도 토르는 나보다 배가 든든했을 뿐만 아니라, 털가죽도 더 두꺼웠다. 다시 한 번 토르의 뒤로 돌아가 옆구리에 이빨을 박아 넣으려고 했지만, 내 입에는 곰 털만 잔뜩 물려 있었다. 덥수룩한 털 아래 어딘가에 살이 있을 테지만, 이빨이 닿지 않았다.

토르는 전혀 다치지 않은 몸을 홱 돌려, 첫 번째 공격만큼이나 강한 일격을 날렸다. 나는 또다시 눈 속으로 던져졌고, 적어도 갈비뼈 하나는 부러진 것 같았다.

'너 같은 새끼 고양이 녀석은 하루에 세 마리도 문제없어!'

토르가 큰소리를 쳤다.

나는 서둘러 몸을 일으켰다.

'아, 그러셔? 앤드루 밀링한테 꼭 전해 줄게. 그 사람도 나와 같은 고양이라는 건 알고 있지?'

토르는 거기까진 생각 못 했는지 충격을 받아 잠시 움직임을 멈췄고, 그건 충분히 긴 시간이었다. 나는 재빨리 뛰어올라 토르의 목덜미에 매달려, 뒷발로 얼굴을 마구 할퀴었다. 이건 언젠가 브라이트아이 선생님이 수업 시간에 가르쳐 준 정말로 비열한 속임수였다. 그리고 지금 그게 내 목숨을 구했다. 토르는 길게 울부짖으며 애원했다.

'안 돼! 멈춰, 멈춰, 살려 줘!'

나는 절대로 멈출 생각이 없었고, 결국 토르는 공황 상태에 빠졌다. 나를 간신히 떨쳐 내는 데 성공한 토르는 퓨마 열 마리에게 쫓기고 있는 것처럼 냅다 숲속으로 도망쳤다.

'가자! 우린 이곳을 빠져나간다!'

토르가 다른 두 곰을 불렀다. 우리는 달아나는 곰 세 마리의 뒷모습을 지켜보았다.

티카니와 브리저 선생님, 그리고 나는 눈밭에 몸을 웅크린 채 숨을 헐떡였다. 털 뭉치와 핏자국으로 얼룩진 눈은 더 이상 흰색이 아니었다. 티카니가 내 어깨를 잠깐 핥아 주었다.

'너 진짜 많이 다친 것 같은데, 괜찮아?'

'아침을 거르지 말 걸 그랬어.'

지친 목소리로 대답했다.

'아니면 점심…… 아니면 저녁이라도…….'

'정말 바보 같은 짓을 했구나. 아직 살아 있는 것만으로도 네 행운의 별에게 감사해야 할 거야.'

브리저 선생님이 부드러운 말투로 꾸짖었다.

'근처에 사냥할 거리가 있나 찾아보고 오마.'

브리저 선생님은 놀랄 만큼 빨리 돌아왔다. 선생님의 입에는

311

축 늘어진 들꿩이 물려 있었다. 나는 감사 인사를 한 뒤, 엄마가 가르쳐 준 대로 앞니를 사용해서 회색 깃털을 뽑아 낸 다음 아직 온기가 남아 있는 살코기를 한 입 베어 물었다. 아직도 갈비뼈의 통증은 그대로였지만, 무언가를 먹고 나니 기분이 조금 나아졌다.

'그들 중 한 명은 내가 아는 사람이야.'

내가 식사하는 동안 브리저 선생님이 말했다.

'냄새를 알겠더구나. 토르 헬버트. 시애틀 출신의 소프트웨어 엔지니어야. 전에 한 번 만난 적이 있어.'

티카니가 놀란 눈으로 브리저 선생님을 바라보았다.

'시애틀은 여기서 꽤 멀잖아요! 그 사람이 여기서 뭘 하고 있는 거죠?'

나는 그다지 놀라지 않았다.

'앤드루 밀링은 분명 미국 전역에 흩어져 있는 우드워커 포식자들을 설득해서 자신을 돕게 했을 거야.'

혀로 입가를 깨끗이 핥으며 브리저 선생님에게 물었다.

'이 토르라는 남자는 어떤 사람이에요?'

'난 그 사람을 좋아하지 않았어. 엄청난 야심가라서, 밀링처럼 힘센 사람 편에 서는 걸 좋아할 거야.'

브리저 선생님이 대답했다.

'아마 그 사람에게도 무언가 짭짤한 조건을 내걸었을 거다.'

312

하지만 지금 내 머릿속에는 다른 생각이 파고들 여지가 없었다. 나는 온통 멜로디 생각뿐이었다. 내 진짜 형제인 미아 누나와는 너무나도 다르지만, 여전히 내 마음 한 부분을 차지하고 있었다.

'멜로디가 가까운 곳에 있지 않을까요?'

나는 두 사람에게 물었다.

'데릭이 이곳으로 온 이유가 분명 있을 거예요. 그리고 그렇게 빨리 동료들을 부른 걸 보면, 다른 사람들 역시 멀리 있는 건 아닐 거예요.'

'맞는 말이구나.'

브리저 선생님이 생각에 잠긴 채 대답했다.

'운이 좋다면, 그들 중 누군가는 바로 밀링에게 보고하러 가거나, 아니면 멜로디를 확인하러 갈 거야.'

'어서 가요!'

나는 힘겹게 몸을 일으켰다.

'아니.'

브리저 선생님이 나를 말렸다.

'혹시라도 우리가 따라오는 걸 눈치채면, 놈들은 우리를 엉뚱한 곳으로 유인할 거야.'

'하지만……'

티카니가 숨을 헐떡이며 입을 열었다. 티카니도 나와 마찬가지로 지쳐 있었고, 고통스러워 보였다.

'데릭은 우리에게 까마귀가 둘이나 있다는 걸 기억하지 못할 수도 있어요. 아니면 처음부터 까마귀들을 아예 보지 못했을 수도 있고요. 가장 좋은 방법은 새도와 윙이 몰래 미행하는 거예요.'

'혹시라도 그 얼간이들이 새도와 윙이 변신족인 걸 알아차리면?'

난 걱정스럽게 물었다.

'까마귀들에게 높은 곳에만 머물러 있으라고 하면 돼.'

브리저 선생님이 대답했다.

'이 우드워커들이 비정상적으로 강한 능력을 가진 게 아니라면, 그것만으로도 충분히 속일 수 있을 거야.'

'전 클리어워터 교장 선생님이 이 일을 알아차리지 못했으면 좋겠어요.'

이건 어쩌면 우리 앞에 놓인 문제 중에서 가장 작은 문제일 수도 있었지만, 나는 걱정하지 않을 수가 없었다.

'교장 선생님은 학교 안팎에서 일어나는 일을 전부 다 알고 있잖아요.'

'오늘 밤은 아닐 거다.'

브리저 선생님이 뾰족한 주둥이를 슬쩍 비틀며 미소 지었다.

'교장 선생님은 매일 밤 학교 주변을 순찰하는데, 오직 토요일만 순찰을 안 해. 그리고 오늘이 바로 토요일이지.'

'토요일은 왜 순찰을 빼먹는데요?'

티카니가 궁금하다는 듯 물었다. 나도 그 이유가 궁금했다.

'교장 선생님이 가장 좋아하는 TV 퀴즈 쇼를 하는 날이거든. 교장 선생님은 그걸 한 주도 빼먹지 않고 챙겨 본단다. 게다가 이번 주 일요일에는 항상 그렇듯 플로리다에서 또 다른 학교를 운영하는 아들과 두어 시간쯤 전화 통화를 하는 것 말고도, 양궁을 하러 가기로 되어 있어. 우리가 말실수만 하지 않는다면 교장 선생님이 눈치채지 못할 가능성이 크지.'

퀴즈 쇼를 좋아하는 독수리라니……. 나는 쓸쓸한 미소를 지었다. 우리 우드워커들은 정말 재미있는 사람들이었다. 하지만 곧 내 입가에선 미소가 사라졌다.

'우리가 너무 늦기 전에 멜로디를 찾을 수 있을까?'

24

마비된 코

홀리와 브랜든에게 소식을 알리고 돌아온 까마귀들은 도착하자마자 그동안 있었던 일을 전해 듣고서 곧바로 곰들을 뒤쫓기 시작했다. 물론 까마귀들은 어둠 속에서 곰들이 남긴 흔적을 따라가는 데 아무 문제 없었다.

다시 보고하러 돌아왔을 때, 섀도의 기분은 최상이었다.

'내 생각엔 이제 그 애를 금방 찾을 수 있을 것 같아.'

섀도가 말했다.

'그 곰들은 둘로 나뉘었어. 덩치 큰 곰과 동생은 골짜기를 따라 내려가더니 차를 탔고, 암곰은 산속으로 들어갔어. 내 생각엔 암곰이 여자애를 숨겨 둔 곳으로 간 것 같아.'

심장이 금방이라도 터질 것처럼 두근거렸다.

'그래, 우리가 운이 좋다면 말이야. 그런데 혹시 놈들이 널 알아차린 건 아니지?'

'전혀.'

새도는 키득거리며 티카니의 등에 내려앉아 털을 슬쩍 잡아 당겼다.

'곰들은 늑대와는 달라. 그놈들은 날개 달린 건 전혀 신경 쓰지 않는다고. 멍청한 비곗덩어리들!'

'어쩌면 그놈들이 멜로디를 숨겨 놓은 곳을 오늘 밤 우리가 찾아낼 수 있을지도 몰라.'

흥분한 목소리로 말하던 티카니의 눈이 휘둥그레졌다.

'야, 카락! 갑자기 이빨은 왜 드러내는데? 우리가 뭐 잘못한 거라도 있어?'

'그냥 하품이었어.'

도저히 입을 다문 채로 있을 수가 없었다. 흥분이 가시자 선 채로 잠이 들 만큼 피곤이 몰려왔다.

'미안한데 얘들아, 난 잠깐이라도 눈을 붙여야 할 것 같아.'

'우리 모두 좀 쉬어야 할 것 같다. 정말 치열한 싸움이었어.'

마찬가지로 몹시 지쳐 보이는 브리저 선생님이 말했다.

'자고 일어나면 좀 개운해지겠지. 우리가 정말로 놈들의 은신처를 찾게 된다면, 분명 힘든 하루가 될 거야. 새도, 넌 윙이랑 함께 밀링의 부하들을 계속 감시해 주겠니?'

'문제없어요.'

새도가 흔쾌히 대답했다.

나는 툭 튀어나온 바위 아래에서 편안해 보이는 자리를 찾아
냈고, 브리저 선생님은 소나무 밑동에 자리를 잡았다. 티카니는
여전히 눈이 내리는데도 개의치 않고 그냥 공터에 몸을 둥글게
말고 누웠다.

이른 아침, 한쪽 눈만 슬쩍 뜨고 주위를 살피던 나는 지난밤
티카니가 코를 골던 곳에 있는 하얀 언덕을 발견했다. 얼마 지
나지 않아 언덕이 마구 흔들리더니 다시 늑대로 변했다.

'와, 진짜 잘 잤다. 정말 오랜만에 밖에서 잔 것 같아.'

티카니가 기지개를 켜며 말했다.

'왜 그렇게 멍하니 있어? 동생을 구하러 가야 하는 거 잊었어?'

솔직히, 티카니가 이토록 좋은 녀석이라는 사실을 아직도 믿
기 힘들었다. 티카니가 다시 제프, 클리프, 보와 어울리게 되면
예전처럼 돌아가리라는 건 정말 안타까운 일이었다.

'좋아, 이제 출발하자!'

나는 단호하게 말했다.

출발한 지 얼마 지나지 않아 새도가 숲에서 암곰을 놓쳤다는
소식을 전해 주었다.

'뭐라고? 어떻게? 어쩌다가 그런 바보짓을 한 거야?'

티카니가 소리를 빽 지르자, 새도가 티카니를 부리로 쪼아 버
렸다.

'네가 직접 한번 해 봐!'

새도가 기분 나쁘다는 듯 중얼거렸다.

'어쩌면 그 곰은 자기가 원할 때마다 투명해지는 유령이나 악마일지도 몰라.'

새도와 윙은 영혼의 존재를 믿었고, 티카니 역시 마찬가지였다. 티카니가 살던 곳에서는 영혼의 존재를 믿는 게 당연한 일이었기 때문이다. 하지만 나는 그렇지 않다.

'그 암곰이 정말로 그럴 수 있다면, 우리에겐 아주 큰 문제겠군.'

브리저 선생님의 대답은 이게 전부였다.

우리는 지친 몸을 이끌고 암곰이 남긴 흔적과 새도의 단서를 쫓아 서둘러 추격을 이어 갔다. 그리고 정말 숲에 들어서면서부터 문제가 생겼다. 그동안 내린 눈에 흔적이 일부 덮였을 뿐만 아니라, 도대체 어떻게 된 건지 모를 정도로 중간중간 끊겨 있었다. 또 커다랗게 빙 돌아서 다시 제자리로 돌아오기까지 했다.

'그 암곰이 우리가 미행하는 걸 눈치챈 것 같니?'

곰곰이 생각에 잠겨 있던 브리저 선생님이 조심스럽게 물었다. 브리저 선생님은 티카니의 바로 뒤에서 흔적을 쫓고 있었다.

'그냥 특별히 조심성이 많은 걸 수도 있어요.'

하얀 북극늑대가 대답하고는 코를 킁킁거렸다.

'흠, 이곳에서 재미있는 냄새가 나는데요…….'

'내가 한번 맡아 보마.'

319

브리저 선생님이 앞으로 나서는 순간, 티카니가 고통에 찬 비명을 질렀다. 잠시 후 선생님 역시 티카니와 똑같은 행동을 했다. 낑낑거리며 제자리에서 빙글빙글 돌다가, 결국 옆에 쌓여 있는 눈 더미에 코를 박고 주둥이를 발로 마구 문지르려 한 것이다. 머릿속으로 브리저 선생님의 신음 소리가 들려왔다.

'젠장! 자기 냄새 위에다 고춧가루를 뿌려 놨어!'

'코가 너무 아파!'

티카니가 인간의 모습을 하고 있었다면, 분명히 눈물이 그렁그렁 맺혀 있었을 거다.

어떻게 도와줄 방법이 없었기 때문에, 난 그저 걱정스레 지켜볼 수밖에 없었다. 내가 고춧가루를 피했다는 사실은 전혀 기쁘지 않았다.

'혹시 변신을 해 보면 어떨까? 그럼 좀 나아지지 않을까?'

난 조심스레 제안했다.

'아니, 사양할게. 그랬다간 벌거벗은 원숭이처럼 엉덩이나 꽁꽁 얼겠지.'

티카니가 코를 다시 눈에 문지르며 대답했다.

벌거벗은 원숭이! 그렇다, 늑대의 눈에는 인간이 꼭 그렇게 보일 것이다.

섀도가 가까운 나뭇가지 위에 앉아서 고개를 갸웃거렸다.

'아직도 그 암곰의 냄새를 맡을 수 있어?'

섀도가 물었다.

'*아니.*'

티카니가 단호하게 대답했다.

'*다시 냄새를 맡으려면 몇 시간은 걸릴 것 같아. 미안해, 얘들아.*'

갑자기 티카니는 엄청 풀이 죽은 것처럼 보였다.

'*브리저 선생님은 어때요?*'

나는 반쯤 포기한 채로 물었다.

'*보다시피 그다지 좋지 않아.*'

브리저 선생님이 미안해하며 말했다.

우리는 이미 지친 데다가 다치기까지 했고, 이제는 밀링의 부하들이 우리의 가장 뛰어난 코 두 개를 제거하는 데 성공했다. 아직 우리에게 멜로디를 찾을 기회가 남아 있을까? 납치범의 손에 잡힌 뒤로 벌써 두 번의 밤과 한 번의 낮이 지나갔다. 멜로디가 지금 어떤 심정일지 상상조차 할 수 없었고, 그저 안아 주고 위로해 주고 싶었다. 하지만 다시는 그럴 수 없을지도 모른다. 어쩌면 멜로디는 이미…….

브리저 선생님이 내 기분을 짐작한 듯 옆으로 다가와 바짝 붙어 섰다.

'*우리는 포기하지 않을 거야.*'

브리저 선생님이 약속했다.

'*우린 반드시 해낼 거야, 알았지?*'

'그 사람이 멜로디를 죽이면, 저도 그 사람을 죽여 버릴 거예요.'

이런 말을 할 생각이 전혀 없었던 터라 갑자기 두려움이 엄습했다.

'내가…… 다른 우드워커를 죽인다고?'

'감옥살이하는 모습을 보는 걸로 만족하자.'

브리저 선생님이 침착하게 말했다.

'난 네가 살인자가 되는 건 바라지 않아.'

지금 내가 인간의 몸이었다면 추워서 바들바들 떨었겠지만, 퓨마의 모습을 한 지금은 두꺼운 털가죽 덕분에 추위는 끄떡없었다. 난 잠시 눈을 감은 채 엎드려 있었다. 우리는 앤드루 밀링을 죽이거나 감옥에 집어넣기에 앞서, 반드시 멜로디를 찾아내야만 했다. 그리고 그건 우리 우드워커들에게도 쉬운 일이 아니었다.

홀리와 브랜든이 어디에 있는지 궁금했다. 아마 그 애들은 우리만큼 빠르게 이동하지 못할 것이다. 들소는 보통 침착하게 땅위를 터벅터벅 걸어 다닌다. 물론 전력 질주할 때면 특급 열차만큼이나 빠르지만, 먼 거리를 갈 수는 없다. 게다가 들소가 사는 곳은 평원이지 산지가 아니다. 내 친구는 분명 울퉁불퉁한 지형을 별로 좋아하지 않을 것이다.

마치 신호라도 받은 것처럼 윙이 새로운 소식을 가지고 날아왔다. 브랜든과 홀리는 클리어워터 교장 선생님의 의심을 피하려고 저녁을 먹으러 학교로 돌아갔지만 이제 다시 출발했고, 또 누군가를 데려온다고 했다.

'뭐라고?'

나는 혼란스러워하며 물었다.

'누굴 데려오는데?'

'안 알려 줄 거야.'

윙이 까악까악 웃었고, 티카니와 나는 그런 윙을 언짢은 눈빛으로 바라보았다. 까마귀들은 이게 삶과 죽음의 문제라는 걸 알기나 하는 걸까? 왜 아직도 시답잖은 농담이나 하고 있는 걸까?

새로운 동료가 합류한다는 소식에 우리 중 누구도 흥분하지 않았다. 수가 많아지면 밀링의 부하들의 주의를 끌 수도 있었다. 물론 냄새를 못 맡는 티카니 대신 다른 늑대의 도움을 받을 수도 있겠지만, 브랜든과 홀리가 제프를 끌고 올 리는 없었다. 그건 생각만으로도 몸서리가 쳐지는 일이었다.

하지만 브랜든과 홀리가 데려온 사람이 누구인지 마침내 알게 되었을 때, 나는 침을 꼴깍 삼킬 수밖에 없었다. 그건 바로 루였다!

'안녕, 얘들아! 어떻게 돼 가고 있어?'

홀리가 근처 나뭇가지를 휙휙 오르내리며 소리쳤다.

'이제 멜로디를 집에 데려다줄 수 있는 거야? 혹시 그놈들이 꼬맹이의 발톱이라도 상하게 한 거야? 아니면 쌩쌩하게 잘 있는 거

323

야? 꼬맹이가 고급 견과류를 먹을 수 있을까? 내가 좀 찾아다 줄
수 있는데!'

'눈 속에서는 찾기 힘들걸.'

브랜든이 투덜거리며 신경질적으로 주위를 둘러보다가, 심하
게 다친 티카니를 걱정스러운 눈으로 바라보았다.

'우린 멜로디가 어디 있는지 아직 몰라. 그리고 멜로디는 견과
류보다는 엄마의 품에 있기를 더 바랄 거야.'

나는 홀리에게 짜증스레 대답했다. 그리고 루를 향해 몸을 돌
렸을 때, 심장이 덜컹 내려앉는 것 같았다. 루는 너무나도 예뻤
다. 기다란 사슴의 다리와 감정이 풍부한 갈색 눈이 마음을 사
로잡았다. 우리는 잠시 서로에게서 시선을 뗄 수가 없었다. 루
는 팽팽하게 긴장한 채, 도망칠 준비를 마치고 있었다. 퓨마의
모습으로 자신을 바라보고 있는 나와 함께 있는 건 루에게는
결코 쉬운 일이 아니었다. 아마 루의 본능은 어서 달리라고 외
치고 있을 것이다.

'여긴 왜 온 거야?'

루에게 물었다.

아마도 루는 내 목소리에서 열의가 느껴지지 않는다는 것을
알아차렸을 거다.

'아, 이건 홀리 생각이 아니야. 그러니까 홀리한테 뭐라 하지 마.'

루가 황급히 말했다.

324

'또다시 너와 관련해서 이상한 느낌을 받았어. 그래서 네가 진짜로 어디 있는지를 알려 줄 때까지 홀리를 괴롭혔어. 내가 도움이 될 것 같았거든.'

내가 그 곰들과 싸우는 동안, 루는 내가 위험에 빠졌다고 느낀 것 같았다.

'걱정해 줘서 정말 고마워……..'

내 말을 듣고 루의 긴장이 서서히 풀리는 게 느껴졌다.

'하지만 돌아가 줬으면 좋겠어. 넌 여기 있으면 너무 위험해.'

마음이 너무 힘들었지만 말을 해야만 했다.

티카니는 말없이 내 의견에 동의했다.

'카락 말이 맞아.'

브리저 선생님이 말했다.

'우리는 지금 적어도 세 마리의 곰과 커다란 퓨마 한 마리를 상대하고 있어.'

'그래서요?'

루가 반항적으로 되물었다.

'걱정 마세요. 전 누구의 도움도 필요 없어요. 만약 누군가가 공격해 온다면, 전 충분히 달아날 수 있어요. 만약 제가 다른 사람에게 방해가 된다면 그땐 즉시 학교로 돌아갈게요. 그러면 되겠죠?'

'아니, 루. 지금 당장 돌아가.'

브리저 선생님은 단호했다.

'*전 돌아가지 않을 거예요!*'

루 엘우드는 반항적으로 고개를 쳐들었다.

'*학교 밖에서까지 저한테 이래라저래라 명령할 수는 없는 거잖아요, 브리저 선생님.*'

보통 우리 우드워커들은 다른 사람들이 자기 생각을 남에게 전달하려고 하는 경우에만 그것을 읽을 수 있다. 하지만 때때로 혼자만의 생각을 읽을 때도 있다. 브리저 선생님은 자기 생각을 감추는 데 있어서 학생인 우리보다 훨씬 뛰어나지만, 그래도 난 선생님이 이 고집불통인 와피티사슴 소녀에 대해 품고 있는 불쾌한 생각 몇 가지를 읽을 수 있었다. 내 의지와는 상관없이 웃음이 나왔다.

하지만 티카니의 반응은 좀 달랐다. 티카니는 고개를 갸웃하며, 마치 루를 처음 보는 것처럼 물끄러미 바라보았다.

'*초식 동물치고는 상당히 용감하네.*'

티카니가 말했다.

그 말을 듣는 순간, 루가 이곳에 필요하다는 걸 깨달았다. 루는 우리 포식자들과는 다른 시각으로 생각할 것이다. 그리고…… 우리와는 다른 냄새를 풍겼다. 내 머릿속에서 계획이 세워지고 있었다.

'*루, 넌 여기 있어도 돼.*'

난 단호하게 말했다. 인간의 모습이었다면, 브리저 선생님은 아마 입술을 꾹 다물고 있었을 것이다. 선생님은 화가 난 듯 입을 닫아 버렸고, 우리는 다시 곰 변신족의 흔적을 쫓기 시작했다. 내가 처음으로 선생님의 의견을 거스르는 행동을 해서 선생님이 화가 난 걸까? 그래, 그런 것처럼 보였다. 하지만 그건 내가 이 무리에서 가장 강한 동물이기 때문은 아니었다. 내가 이 수색을 시작했고, 또 끝날 때까지는 모든 게 다 내 책임이기 때문이었다.

'너희만 괜찮다면, 나는 골짜기로 돌아가는 게 나을 것 같아.'

브랜든이 말했다. 커다란 들소의 모습으로는 산속에서 제대로 움직일 수 없었다.

'멜로디와 함께 돌아가는 길에 만나자, 괜찮지? 행운을 빌어!'

우리 모두 말문이 막힌 채, 멀어져 가는 브랜든의 뒷모습을 바라보았다.

'저런 게 바로 인간들이 낙관주의자라고 부르는 거구나.'

루가 감정이 실리지 않은 말투로 말했다.

마침내 결정적인 단서를 찾아낸 건 바로 루였다.

'저기 봐, 털 뭉치가 걸려 있어.'

루가 불쑥 말했다. 루의 코는 자기 머리보다 조금 높은 곳의 나뭇가지 끝에 걸려 있는 갈색 털 뭉치를 가리키고 있었다.

'지금 곰을 찾고 있는 거잖아, 맞지? 그 곰이 이쪽으로 기어 올라간 것 같아.'

'그게 정말 우리가 쫓던 곰이 남긴 털이라면, 내가 손에 밥을 짓겠어.'

홀리가 선언했다. 내가 인간의 모습을 하고 있었다면, 분명 배꼽 빠지게 웃어 댔을 것이다.

'손에 밥을 짓는다고? 요새 인간 연구 수업 시간마다 잠이라도 잔 거야?'

냄새를 맡아 보니, 그 털은 우리의 적이 남긴 것이 분명했다. 그 곰 변신족은 이곳저곳을 수없이 오르내린 게 분명했다. 이 나무에서 저 바위 위로, 그리고 다시 다른 나무 위로……. 그리고 어쩌면 곰의 모습으로만 있었던 게 아니라 인간의 모습으로도 변신한 것 같았다. 그 여자를 추적하기가 힘들었던 이유가 바로 그 때문이었다.

우리는 다시 힘을 내서 단서를 쫓기 시작했다. 시간이 흐를수록 흔적은 점점 더 선명해졌고, 더 쉽게 알아볼 수 있었다.

'하, 거의 다 따라잡은 것 같아.'

홀리가 감시하고 있던 나무 꼭대기에서 환호성을 질렀다.

'애들아, 잠깐만.'

브리저 선생님이 침묵을 깼다.

'이 흔적 말이야, 내가 보기엔 너무 뚜렷한 것 같아. 그 여자는 우리가 자기를 쫓고 있는 걸 알고 있어. 우리를 따돌릴 수 없다는 걸 깨닫고, 우리를 은신처에서 먼 곳으로 유인하려는 게 틀림없어.'

'그럼 이제 어떡하죠?'

티카니가 물었다.

'다른 방향으로 가야지.'

난 퉁명스럽게 말하며 몸을 돌렸다.

그리고 마침내 우리는 그곳을 찾아냈다. 거친 암벽으로 둘러싸인 숲에 도착했을 때, 근처에 우드워커가 여럿 있다는 것을 느낄 수 있었다. 게다가 눈에 덮여 있는 수많은 흔적도 냄새로 확인할 수 있었다. 인간들이 다니는 길에서 멀리 떨어진 그로스 벤터산맥 황무지의 외딴 모퉁이에는 최근에 지나다닌 흔적이 무수히 많이 남아 있었다.

목덜미 털이 빳빳하게 곤두섰다.

우린 마침내 도착했다.

25

자비는 없다

'이제 천천히…….'

나는 일행에게 주의를 주었다.

'쉿!'

이미 풍경에 완벽하게 녹아든 티카니나, 그림자처럼 조용히 움직이는 브리저 선생님은 아무 문제가 없었다. 하지만 홀리는 흥분해서 재잘거리지 않게 하기 위해 정말 애를 많이 써야만 했다. 다람쥐는 천성적으로 시끄러울 수밖에 없기 때문이다. 루는 맨 뒤에서 우릴 따라오고 있었고, 그건 다행이었다. 와피티 사슴이 곰 변신족이 우글거리는 곳으로 불쑥 뛰어든다는 건 상상조차 하기 싫었으니까.

앤드루 밀링이 근처에 있을까? 생각만으로도 초조해졌다. 아마 인간의 모습이었다면 다리에 힘이 풀려 주저앉았을 것이다.

'저 앞 바위에 동굴이 있는 것 같아. 보여?'

티카니가 속삭였다.

'나 저 동굴 알아.'

문득 깨달았다. 내가 어렸을 때, 부모님이 더 나은 영역을 차지하기 위해 싸우는 동안, 우리 가족은 몇 주 동안 이 근처에서 지냈다. 미아 누나와 나는 몰래 숨어 있다가 서로를 공격하는 놀이를 즐겨 했고, 그때 이 동굴에 숨은 적이 있다.

'동굴이 얼마나 크지? 한꺼번에 여러 명이 숨을 수 있을까?'

브리저 선생님이 물었다.

'인간 다섯 명 정도가 나란히 누울 수 있을 거예요. 하지만 일어서지는 못해요.'

기억 속에 남아 있는 동굴의 모습을 설명했다. 동굴 입구는 바위가 갈라진 작은 틈에 지나지 않았다. 인간이라면 기어서 들어가야 할 높이였다. 게다가 무성한 덤불에 가려져 눈에 띄지 않았다. 인간이라면 절대 발견하지 못했을 것이다.

우리는 동굴에서 나무 열 그루쯤 떨어진 곳에 몸을 숨기고, 밀링의 부하들이 우리 냄새를 맡지 못하도록 바람의 방향을 확인했다. 티카니와 브리저 선생님과 나는 바닥으로 납작 몸을 낮췄다. 루는 몸을 눕히고 있었고, 홀리는 가까운 나뭇가지 위에 앉아 있었다. 하지만 홀리는 가만히 있지를 못했다.

'어때, 놈들이 안에 있는 것 같아?'

내 곁에 있던 하얀 늑대가 동굴 입구에서 눈을 떼지 않고 물었다.

'좀 더 지켜봐야 할 것 같아.'

마음 같아서는 당장 동굴을 기습해서 안에 누가 있는지, 아니면 뭐가 있는지 확인하고 싶었지만, 본능이 나를 막았다. 누군가가 모습을 드러낼 때까지 우린 기다려야만 했다.

'하지만 우리가 기다리는 동안 네 동생이 저 안에서 얼어 죽으면 어떡해?'

티카니가 반대 의견을 냈다.

'인간들은 너무 약하잖아.'

그건 사실이었다. 멜로디가 얼마나 힘들게 버티고 있을지 생각만 해도 견딜 수 없었다. 겨울옷은 잘 챙겨 입었을까? 밀링의 부하들이 최소한 담요라도 주지 않았을까? 티카니에게 막 대답하려는데, 브리저 선생님이 입을 열었다.

'카락 말이 맞아. 저 동굴 안에 밀링의 부하가 몇 명 있는지 모른다면, 무턱대고 공격할 수 없어.'

브리저 선생님의 표정을 보고, 더 이상 나에게 화가 나 있지 않다는 걸 알 수 있었다.

'근데 얼마나 더 기다려야 하는 거야?'

홀리가 조용한 목소리로 물었다.

'벌써 일요일 저녁이야.'

'나도 알아.'

나는 씁쓸하게 대답했다. 냉혹한 밤이 우리 머리 위로 무겁게 내려앉고 있었다. 이곳을 밝히는 건 오직 별빛뿐이었고, 이곳은 인간들을 위한 곳이 아니었다. 지난 2년 동안은 퓨마의 모습으로 이렇게 긴 시간을 보낸 적이 없었기 때문에, 꼭 다시 예전의 삶으로 돌아간 느낌이 들었다. 갑자기 나도 인간이라는 사실이 아주 이상하고 낯설게 느껴졌다.

우리는 기다리고, 귀를 기울이고, 관찰했다. 놀랍게도 티카니는 고개를 숙여 눈을 먹기 시작했다. 그 모습을 보고 나서야 그게 왜 좋은 생각인지 깨달았다. 혹시라도 밀링의 부하들이 입김을 보고 우리가 숨어 있다는 걸 알아차릴 수도 있었지만, 이제 티카니의 입에서는 더 이상 입김이 나오지 않았다. 다들 서둘러 티카니를 따라 했다. 혀에 닿은 눈이 차갑고 신선했다.

적은 아직도 우리를 발견하지 못했다. 어디선가 올빼미 우는 소리가 들렸다. 눈토끼 한 마리가 숲을 뛰어다니는 소리를 듣자 뱃속이 요동쳤다. 하지만 우리는 이따금 주둥이를 눈에 파묻는 것을 제외하고는 조금도 움직이지 않았다. 여전히 우리의 시야에서 움직이는 것은 없었다. 만약 이곳이 놈들의 은신처가 아니라면 어쩌지? 우리가 그저 빈 동굴을 지키고 있는 거라면? 그럼 귀중한 시간을 낭비하는 것이었다.

우리는 번갈아 잠을 자고 일어났다. 동이 터 올 무렵, 홀리의 차례가 되었다. 불안해서 선잠을 자고 있던 내 머릿속에 홀리가 숨죽여 외치는 소리가 들렸다.

'누가 나오고 있어!'

그 즉시 우리 모두 정신이 번쩍 들었다. 수염이 긴장으로 팽팽해졌다. 우리가 오랜 시간 쫓아다녔던 곰 변신족이 동굴 입구에 서 있었다. 그리고 곧 동료가 나타났다. 계피색의 유연한 형체가 동굴 밖으로 미끄러져 나온 것이다.

'저놈이 맞니?'

브리저 선생님이 조용히 물었다.

'네, 맞아요.'

비록 한 번도 그의 두 번째 모습을 본 적이 없지만, 단번에 알아볼 수 있었다. 앤드루 밀링이었다. 내가 본 퓨마 중에서 가장 몸집이 컸고, 강한 힘과 자신감을 뿜어내고 있었다. 당연했다. 이건 그의 게임이었고, 이기고 또 이기는 중이었으니까.

하지만 이제 나와 내 친구들이 여기 있었고, 저 비열한 악당에게 달려들어 눈을 할퀴고 싶은 마음을 도저히 참을 수가 없었다. 팽팽하게 당겨진 온몸의 근육이 부들부들 떨리기 시작했다. 아직은 조심해야 했다. 저 둘뿐일까? 아니면 누군가가 멜로디와 함께 동굴에 남아 있을까?

'그 뱀 변신족도 안에 있을까?'

티카니가 속삭이듯 물었다.

'아니, 그러지 않을 거다.'

브리저 선생님이 곧바로 대답했다. 브리저 선생님은 한 번 더 동굴을 살펴본 뒤 덧붙였다.

'뱀 변신족이 있기엔 너무 추워. 이런 온도라면 그 여자는 뱀의 모습으로 움직이지 못할 거야. 기껏해야 인간의 모습으로 멜로디를 지키고 있겠지.'

바로 그때, 또 다른 곰이 밀링의 옆으로 다가왔다. 이번엔 회색곰이었다. 역시 변신족임이 틀림없었다. 진짜 곰이었다면 아직 겨울잠에 깊이 빠져 있을 시기였다. 올빼미 똥! 저렇게 경호원이 많아서야 도저히 상대할 수가 없었다. 하지만 그 순간 좋은 계획이 떠올랐다. 그건 루가 포함된 계획이었고, 안타깝지만 엄청나게 위험한 계획이기도 했다.

'루?'

내가 속삭이자, 루는 곧바로 나를 향해 고개를 돌렸다.

'저 셋 중 하나라도 유인할 수 있겠어?'

나는 루에게 물었다.

'동굴 주위에 두 명만 남는다면, 우리가 상대할 수 있을 거야.'

'내가 어떻게 해야 하는데?'

루는 주저하는 것 같았다.

나는 정말로 힘겹게 말을 꺼냈다.

'혼자인 척 행동해야 해. 그러니까, 무리에서 혼자 떨어져 나온 것처럼 말이야. 그래서 저들이 너를…… 그러니까…….'

더 이상 말을 이을 수 없었다.

'나를 사냥하게 만들라는 거지?'

루가 태연하게 물었다.

나는 말없이 고개를 끄덕였다.

'좋은 생각이야.'

티카니가 말했다.

'저들은 분명 배가 고플 거야. 루, 혹시 놈들이 너무 가까이 다가오면 뒤도 돌아보지 말고 뛰어. 도망치라고.'

루가 일어섰다. 공포의 냄새를 풍기고 있었지만, 루는 아주 침착하게 말했다.

'알았어. 이따 보자.'

'루! 조심해야 한다!'

브리저 선생님의 목소리에는 괴로움이 느껴졌다.

'걱정하지 마세요.'

루는 자신이 인간의 모습으로 웃고 있는 이미지를 우리에게 보냈다.

'퓨마는 주로 기습에 의존한다는 거 아시잖아요. 그리고 절 잡을 수 있을 만큼 빠른 곰은 없어요.'

나는 땅속에 발톱을 깊숙이 박아 넣으며, 당장이라도 루를 붙잡으러 뛰쳐나가고 싶은 마음을 애써 억눌렀다. 루 엘우드, 세상에서 가장 놀라운 소녀는 백조 깃털 같은 하얗고 깨끗한 눈을 밟으며 걸어갔고, 잠시 후 그 모습은 멀리 사라져 버렸다. 제발! 나는 모든 게 계획대로 흘러가기만을 바랐다. 혹시라도 루가 다치기라도 한다면, 내 자신을 결코 용서하지 않을 것이다.

이제 홀리와 함께 내 계획의 두 번째 단계를 논의했다.

'당연히 해야지!'

홀리가 자랑스레 대답했다. 나는 이 부분은 홀리에게 의지할 수 있기를 바랐다. 홀리도 곧 떠났고, 남아 있는 우리는 때가 되기만을 기다렸다.

'기분이 좀 이상하지 않아?'

티카니가 숨소리처럼 속삭였다.

'지금 다른 애들은 영어 수업 중일 텐데. 그리고 나면 독립적인 동물 되기 수업을 들을 테고…….'

'그런데 우리는 숲속에 배를 깔고 엎드려 미 서부에서 가장 강력한 우드워커과 싸울 준비를 하고 있지.'

나도 믿기지 않았다. 나는 동굴을 감시하고 루를 찾는 일을 번갈아 하고 있었기 때문에, 하마터면 세 포식자가 귀를 쫑긋 세우면서 고개를 돌리는 순간을 놓칠 뻔했다. 루를 발견한 게 틀림없었다. 그들은 내가 이해할 수 없는 눈빛을 주고받았다. 이 부주의한 와피티사슴을 사냥할지 말지를 조용히 의논하는 걸까? 아니면 의심을 품은 걸까? 이게 함정이라고 생각하는 걸까?

인간의 손가락만큼이나 기다란 발톱을 가진 거대한 회색곰이 움직이기 시작했다. 루에게 무슨 일이 생길까 너무나 두려웠다.

모두 내 지시를 기다리며 나를 바라보았다. 나는 억지로 참고 또 참았다. 마침내 회색곰이 충분히 멀어졌을 때, 나는 고함을 질렀다.

'지금이야! 공격!'

티카니와 브리저 선생님, 그리고 나는 우리의 모든 힘과 분노를 담아서 앤드루 밀링과 암곰을 향해 달려갔다. 멜로디를 여기서 빼내기 위해서는 이 둘을 철저히 물리쳐야만 했다.

온 힘을 다해 몸을 날려 밀링을 쓰러뜨리려고 했지만, 밀링은 굳건하게 버티고 서서 도리어 거센 반격을 해 왔다. 당연히 밀링은 한눈에 나를 알아보았고, 노란 눈이 불타올랐다.

'오, 이런! 우리 애송이 배신자가 오셨군! 널 다시 보게 될 줄 알았다. 내 계획에 동참하기를 바랐지만, 넌 나와 싸우러 온 것 같구나.'

밀링의 생각이 나를 짓누르더니, 놀라운 속도로 공격해 왔다. 그 공격을 피한다는 생각은 꿈에도 할 수 없었다. 우리는 뒷발로 벌떡 일어나 서로를 향해 으르렁거리며 앞발을 휘둘러 댔다.

그러다 머리를 한 대 얻어맞고서 비틀거리며 뒤로 물러났다. 우리는 귀를 납작하게 눕히고 송곳니를 드러낸 채 조심스레 서로의 주위를 맴돌았다.

나는 젊고 민첩했으며, 전투 수업에서 정기적으로 싸우는 훈련을 했다. 하지만 밀링은 나보다 덩치가 크고, 경험도 많으며, 배고픔도 덜했다. 밀링을 상대로 내가 승산이 있을까? 갑자기 확신이 들지 않았다.

'멜로디를 납치하다니, 부끄러운 줄 알아! 그 애는 당신한테 아무 짓도 하지 않았잖아!'

밀링을 향해 으르렁거리며 동굴 입구를 힐끗 쳐다보았다. 멜로디가 안에 있을까? 우리가 싸우는 소리가 들릴까? 아프거나 겁에 질려 있는 건 아닐까?

그때 다람쥐 한 마리가 시야에 들어왔다. 홀리는 주위를 두리번두리번 살피더니 복슬복슬한 꼬리를 신경질적으로 씰룩거리며 쏜살같이 달려 나갔다. 우리가 밀링 일당의 주의를 끄는 동안 홀리가 멜로디를 찾아보는 게 우리의 약속이었다. 어쩌면 멜로디를 풀어 줄 수 있을지도 몰랐다. 그러니 난 밀링이 뒤를 돌아볼 생각조차 할 수 없도록 계속해서 주의를 끌어야만 했다.

'넌 인간들이 나한테 무슨 짓을 했는지 알고 있잖아.'

밀링의 차가운 목소리가 머릿속을 조용히 파고들었다.

'인간들에게 동물은 그저 물건과도 같아. 만약 그들이 우드워커의 존재를 알게 된다면······.'

밀링이 미처 말을 마치기도 전에 난 다시 달려들어 귀를 물어뜯었다. 하지만 안타깝게도 그저 잠시뿐이었다. 재빨리 몸을 빼낸 밀링은 악마처럼 쉭쉭거리며 발톱으로 내 앞다리를 할퀴었다. 타는 듯한 고통이 온몸을 훑고 지나갔다.

'*우리 존재를 알게 된다면 인간들은 우릴 쫓아와서 사냥하고, 죽이고 또 죽일 거야.*'

밀링은 마치 아무 일도 없었다는 듯이 침착하게 말을 이었다.

홀리는 동굴 속으로 사라졌다. 동굴 입구에 빽빽하게 자라난 식물들 사이로 어떤 소리도 새어 나오지 않았다.

동굴 바깥쪽은 이제 더 소란스러워졌다. 회색곰 변신족이 돌아와서, 눈앞에 펼쳐진 광경을 보며 무시무시하게 울부짖었다.

'아, 안 돼!'

저 거대한 덩치가 싸움에 합류한다면, 상황은 우리에게 훨씬 불리하게 돌아갈 것이다. 하지만 회색곰이 싸움에 뛰어들기도 전에 두 개의 뿔이 그의 엉덩이를 찔렀다. 회색곰 변신족은 놀라서 비명을 지르며 펄쩍 뛰어올랐다.

브랜든이 싸움에 끼어든 것이다! 브랜든은 이곳 상황이 심각해지는 것을 눈치채고 서둘러 산으로 달려온 게 분명했다. 회색곰 변신족은 자신에게 무슨 일이 벌어진 건지 미처 알아차리기도 전에, 엉덩이에 뚫린 구멍 두 개보다 더 심각한 무언가를 마주했다. 그건 바로 눈앞으로 날아오는 들소의 뒷발굽이었다. 회색곰 변신족은 몸을 가누지 못하고 비틀거렸다.

'*그래, 한 방 먹여 버려!*'

나는 응원을 보냈다. 하지만 미처 기뻐할 새도 없이 밀링의 다음 공격이 나를 스치고 지나갔다. 밀링을 향해 뛰어올라 등에 올라타려고 했지만 실패했다. 나는 끈질기게 공격했다. 앞발을 들어 왼쪽, 오른쪽 그리고 다시 왼쪽으로 뻗었지만, 아무런 타격을 입힐 수가 없었다. 밀링은 단 한 발자국도 물러서지 않았다. 밀링은 정말 무섭도록 강했다! 밀링이 다시 발톱을 휘둘렀고, 이번엔 내 등에 상처를 내는 데 성공했다. 이 상처들이 나를 점점 더 약하게 만들고 있다는 걸 깨달았다. 나는 점점 느려지고 있었다. 앤드루 밀링 같은 적을 상대하면서, 그건 아주 치명적인 약점이었다! 눈보다 더 차가운 두려움이 밀려왔다.

'감히 내 앞길을 가로막는 건 허락할 수 없다, 카락.'

밀링은 말을 끝마치기도 전에 나를 향해 몸을 던졌다. 나는 강한 충격과 함께 쓰러졌고, 어느새 밀링의 송곳니가 목덜미를 파고들었다. 밀링이 내 목뼈를 물어뜯으려 하고 있었다! 날카로운 통증이 목을 타고 내려갔고, 피가 털가죽을 타고 흐르는 게 느껴졌다.

'안 돼, 안 돼, 안 돼!'

치명상을 입기 직전에 젖 먹던 힘까지 끌어모아 옆으로 몸을 굴렸다.

만신창이가 되어 숨이 턱까지 차오른 채로, 잠시 숨을 돌리기 위해 옆에 있던 바위 위로 뛰어 올라갔다.

'당신이 허락하든 말든, 난 상관없어.'

거칠게 숨을 몰아쉬며 으르렁거렸다.

적어도 브리저 선생님은 싸움을 잘 풀어 나가고 있었다. 다치지도 않았을 뿐만 아니라, 암곰을 두 개의 바위 사이로 유인해 그 틈에 가둬 버리는 데 성공했다. 암곰이 벗어나려고 몸부림치는 동안 티카니가 계속 뒷다리를 물었다. 꽤 비열한 방법이었지만, 이들은 우리를 죽이려고 덤벼들었기 때문에 우리 역시 자비를 베풀지 않았다.

그 장면을 구경할 시간은 그리 많지 않았다. 앤드루 밀링이 나를 따라 곧장 바위 위로 올라왔기 때문이다. 좁은 바위 위에서 몸싸움하는 두 마리의 퓨마 주위로 눈이 흩날렸다. 밀링은 나를 바위 끝으로 밀어붙였고, 나는 떨어지기 직전이었다.

'네가 다시는 부모님을 볼 수 없게 돼서 정말 안타깝구나. 어쩌면 너희 부모님이 널 다시 만나면 좋아했을지도 모르는데 말이야.'

밀링이 머릿속으로 집어넣는 목소리에는 거짓 동정이 넘쳐흐르고 있었다.

바로 그 순간, 밀링이 갑자기 달려와 바위 가장자리로 밀었고, 나는 발 디딜 곳을 잃어버렸다.

'으아아아악!'

나무 절반쯤 되는 높이에서 추락하면서 나는 소리 없는 비명을 질렀고, 그걸 들은 친구들은 깜짝 놀랐다.

'카락!'

공중에서 빙글빙글 돌며 떨어져 내리는 나를 보고 티카니가 놀라서 울부짖었다. 아마도 내가 그대로 떨어지면 온몸의 뼈가 부서지리라 예상했을 것이다.

하지만 나는 고양이였고, 고양이의 몸은 나를 실망시키지 않았다. 공중에서 몸을 비튼 나는 좀 비틀거리긴 했지만 조금도 다치지 않고 무사히 네발로 착지했다. 그들이 인질을 숨겨 놓은 동굴에서 얼마 떨어지지 않은 곳이었다. 밀링도 엄청난 점프로 뛰어내렸다. 그리고 하마터면 내 등 위로 떨어질 뻔했지만, 가까스로 몸을 피할 수 있었다. 싸움이 막바지에 접어들었다는 것을 알 수 있었다. 높은 곳에서 추락한 덕분에 머리가 어지럽고 발이 아팠다. 가쁜 숨을 몰아쉬며 폐 속으로 계속 공기를 집어넣으려고 애썼다. 밀링은 단숨에 그걸 파악하고 내 목덜미를 노렸다. 밀링의 눈에 승리의 확신이 번뜩였다.

'도와줘, 섀도!'

혼자서는 어쩔 수 없다는 걸 인정하고 큰 소리로 도움을 청했다. 내 까마귀 친구는 곧바로 싸움에 뛰어들었다. 내가 어떻게든 몸을 추스르려고 애쓰는 동안, 섀도는 밀링의 머리를 쪼아 대기 시작했다. 짜증 난 밀링이 섀도를 향해 발을 휘둘렀지만, 검은 깃털 두세 개만 땅바닥에 떨어져 내렸다. 화가 머리끝까지 난 밀링은 으르렁거리며 나를 향해 몸을 돌렸다. 시간이 좀 더 필요했다. 난 아직 밀링을 상대할 만큼 회복하지 못했다.

하지만 우리 둘 다 깜빡 잊은 게 있었다. 바로 브랜든의 존재였다. 내 들소 친구는 콧김을 내뿜으며 눈밭을 전속력으로 달려와, 뿔이 달린 머리를 숙여 밀링의 옆구리를 들이받았다. 퓨마는 쉭쉭거리며 들소의 돌격을 피한 뒤, 나에게 다시 달려들어 날 끝장내려 했다. 하지만 브랜든은 계속 밀링과 나 사이를 가로막고 서서, 밀링을 뿔로 찔러 댔다.

날카로운 비명 소리가 들려오면서 모든 상황이 바뀌었다. 그건 어린 소녀의 목소리였다.

'멜로디!'

분홍색 오리털 패딩과 스키 바지를 입은 멜로디가 동굴 밖에 서 있었다. 금발 머리는 잔뜩 헝클어져 있었고, 얼굴은 흙 범벅이었다. 멜로디의 어깨 위엔 다람쥐 한 마리가 앉아 있었다. 둘 다 우리를 빤히 쳐다보고 있었다.

밀링은 동굴을 향해 고개를 돌리는 실수를 저지르진 않았지만, 비명이 울려 퍼지자 잠시 멈칫했다.

'기회다!'

나는 브랜든의 머리 위로 펄쩍 뛰어올랐다. 그리고 마지막 남은 힘을 끌어모아 밀링에게 몸을 던졌다. 마침내 밀링을 쓰러뜨리는 데 성공했다! 밀링은 바닥에 벌러덩 누워 나를 향해 발을 휘두르고 또 휘둘렀다. 내 가슴을 때리고, 발톱으로 내 털가죽을 찢었다. 하지만 나는 밀링의 몸부림을 무시하고, 눈 하나 깜짝하지 않은 채 곧장 목덜미로 달려들었다. 밀링의 목덜미는 너무나 부드러웠다! 죽이는 법을 배운 적은 없지만, 어쩌면 이건 퓨마가 가진 본성일지도 모른다. 난 무엇을 해야 하는지 이미 알고 있었다. 하지만…… 그렇게 할 수가 없었다.

내가 머뭇거리는 걸 느낀 밀링은 온 힘을 다해 꿈틀거리며 내 밑에서 빠져나왔다. 하지만 밀링의 눈 속에서 이글대던 불길은 어느새 사라져서 보이지 않았다. 난 밀링을 불안하게 만드는 데 성공했다. 심지어 발톱을 세워 몇 방 먹이기까지 했다.

밀링이 여기서 굴복할까? 아니, 그럴 리가 없었다. 밀링은 갑자기 몸을 돌려 멜로디를 향해 총알처럼 달려갔다. 너무 빨라서 발이 땅에 닿지도 않는 것 같았다. 내 수양 여동생은 홀리를 어깨에 얹은 채 도망쳤지만, 무릎까지 쌓인 눈을 뚫고 빨리 달릴 수는 없었다. 멜로디는 필사적으로 골짜기를 따라 내려가려 했다. 브리저 선생님과 티카니와 브랜든은 암곰을 상대하느라 정신이 없었다.

얼음으로 만들어진 번개가 심장에 내리꽂힌 것 같았다. 밀링이 무슨 짓을 하려는지 즉시 알 수 있었다. 멜로디를 죽일 수만 있다면, 밀링은 자신의 목표를 달성하는 것이다! 앞으로 두어 번만 크게 점프하면 밀링은 멜로디를 덮쳐 마치 토끼를 사냥하듯 쉽게 목을 부러뜨릴 수 있었다.

그리고 나는 밀링을 막을 자신이 없었다.

26

날카로운 발톱으로

필사적으로 밀링을 쫓아 달리기 시작했다. 이제 한 번만 더 크게 뛰면 밀링은 멜로디를 붙잡을 수 있었다. 단 한 번만…….

그런데 바로 그때, 거대한 갈색 날개가 내 머리 위를 스쳐 갔다. 또 한 번의 날갯짓과 짧은 활공으로 흰머리수리는 내 앞을 달리던 퓨마에게 도착했다. 밀링이 마지막 도약을 하기 직전, 클리어워터 교장 선생님의 날카로운 발톱이 퓨마의 웅크린 어깨를 파고들어 땅에서 살짝 들어 올렸다. 퓨마는 달리던 속도 그대로 땅바닥을 구르며 피가 얼어붙을 정도로 무시무시한 비명을 질러 댔다.

클리어워터 교장 선생님은 바닥에 쓰러져 있는 밀링의 몸 위로 날개를 활짝 펼쳤다. 한동안 내가 볼 수 있었던 건, 버둥거리는 퓨마의 뒷다리와 이리저리 휘두르는 계피색 꼬리뿐이었다. 어쩌면 그들은 뭔가 대화를 나누었을지도 모르지만, 그랬더라도 난 아무런 소리도 듣지 못했다. 그때 클리어워터 교장 선생님이 공중으로 날아올랐고, 앤드루 밀링이라는 이름의 퓨마는 피를 뚝뚝 흘리며 달아나 버렸다.

고통에 찬 밀링의 비명을 듣고 몸을 돌린 멜로디의 눈이 충격으로 커다래졌다. 멜로디는 퓨마가 도망치고 흰머리수리가 날아오르는 것을 보았다. 그리고…… 나를 보았다. 어른 키로 네키 정도 떨어진 거리에서 퓨마인 나를 정면으로 바라보았다. 우리의 눈이 마주쳤을 때, 멜로디의 눈이 나를 알아보는 듯한 느낌이 들었다.

멜로디가 정말 나라는 걸 알아차린 걸까? 눈앞의 퓨마가 사실은 자신의 착하고 순한 수양 오빠 제이라는 걸?

어쩔 수 없이 본능적으로 몸을 돌려 숲을 향해 달려갔다. 밀링의 부하들과 내 우드워커 친구들은 이미 사라지고 없었다.

골짜기로 내려오는 길에, 멜로디를 태우고 가족에게 데려다주기 위해 가는 경찰 헬리콥터 소리를 들을 수 있었다. 멜로디는 무사했다. 그 생각만으로도 몸에 따뜻한 기운이 감돌았다.

상처를 입은 티카니, 브리저 선생님, 브랜든, 그리고 나는 모두 기진맥진한 채로 테오 씨가 데리러 올 수 있는 가까운 도로까지 절뚝거리며 걸어갔다. 긁힌 자국 하나 없이 무사한 루가 내 곁에 꼭 붙어 있었다.

'카락, 너 괜찮아?'

루가 물었고, 나는 살짝 고개를 끄덕였다.

'괜찮아.'

간신히 대답하긴 했지만, 그저 아무도 없는 곳으로 가서 쓰러져 버릴 기회만 노리고 있었다. 티카니는 들쥐 한 마리조차 잡을 수 없는 이빨 빠진 고대의 생물처럼 비틀거리며 눈 속을 걸었다. 상처를 입지 않은 브리저 선생님은 금방이라도 쓰러져 버릴 것 같은 티카니가 계속 걸음을 옮길 수 있도록 이따금 주둥이로 슬쩍 찔러 주었다. 우리가 남긴 핏자국을 따라가는 일은 누구든 어렵지 않을 것이다.

홀리는 루의 등 위에 앉아 우리를 응원했다.

'기운 내, 이 허약한 육식 동물들아! 발 높이 들고! 다시 내려놓고! 알겠지? 너희가 지금 이 깨끗하고 예쁜 눈밭을 다 망치고 있다는 거 알고 있어?'

티카니가 홀리를 향해 기분 나쁘다는 듯 으르렁거렸다.

'알려 줘서 고맙다, 이 간식거리야.'

우리가 남긴 흔적이 새로 내리는 눈에 곧 덮일 거라는 사실은 다행이었다. 특히 도로에서 보이지 않는 곳에 세워져 있던 브리저 선생님의 차에서 인간의 모습으로 변신해 5백 미터 정도를 더 걸어가야 했기 때문에 더더욱 그랬다. 테오 씨는 이미 커다란 옷더미와 구급상자를 가지고 기다리고 있었다.

"앤드루가 그런 짓을 할 줄은 꿈에도 몰랐어."

테오 씨가 내 상처를 살피며 중얼거렸다.

"어린애를 납치하다니! 네 여동생을 무사히 구출할 수 있어서 정말 다행…… 앗! 카락, 가만히 있어. 그렇게 움직이면 붕대를 감을 수 없다고."

나는 학교 트럭 앞자리에 앉아 있었고, 테오 씨는 내 상처 중 가장 심한 상처를 붕대로 감싸고 있었다. 차 안에 온통 피를 묻히지 않게 하려는 것 같았다.

"고맙습니다…… 우리를 배신하지 않아서요. 밀링은 우리가 올 줄 몰랐을 거예요. 안 그랬으면 일이 이렇게 잘 풀리지도 않았을 거예요."

"걱정하지 마라."

테오 씨의 목소리는 침울했다.

"이제 앤드루와는 끝이야. 이제부터 그 자식이 너한테 접근하려면, 먼저 나부터 처리해야 할 거야."

미소를 짓고 싶었지만 불가능했다. 테오 씨가 내 목에 난 물린 상처에 무슨 짓을 하고 있는지는 몰라도, 너무 아팠기 때문이다.

브리저 선생님이 준 강한 진통제를 물 한 모금과 함께 삼켰다. 인간의 모습을 한 브리저 선생님의 얼굴은 몹시 창백해 보였다.

"난 살면서 숱한 싸움을 봤지만, 이렇게 엄청난 싸움은 처음 봤다. 맙소사! 넌 하마터면 밀링의 손에 죽을 뻔했어, 카락."

"저도 그런 줄 알았어요."

내 목소리는 피곤에 쩔어 있었다.

"하지만 넌 상황을 바꿨어, 그것도 아주 영리하게."

"그랬죠."

이렇게밖에 대답할 수 없었고, 브리저 선생님은 한동안 내 어깨에 손을 얹은 채로 가만히 있었다. 그게 감사의 표시라는 걸 알 수 있었다. 앤드루 밀링을 죽이지 않은 것에 대한……

오직 홀리만 여전히 자신의 두 번째 모습으로 남아 있었다. 홀리는 테오 씨의 피칸 통을 앞발로 움켜쥐고 백미러 주위를 기어다니며 끊임없이 수다를 떨었다.

'내가 몸 위로 기어 올라가서 풀어 줬더니 그 꼬맹이가 얼마나 놀라던지……. 너희도 알다시피 걔는 꽁꽁 묶여 있었거든. 그런데 밧줄을 푸는 게 완전 식은 죽 먹기더라고. 이빨로 샤샤샥 갉아 버리고…….'

홀리가 갑자기 방귀를 뀌었다. 소리는 별로 크지 않았지만, 냄새는 엄청나게 지독했다.

"야, 꼭 그래야만 했어?"

브랜든이 신음했다.

'미안, 얘들아. 피칸만 먹으면 속에 가스가 차네.'

350

홀리가 쾌활한 목소리로 대답했다.

"그러면 이제 헤이즐넛만 먹어."

나는 중얼거리며 창가에 머리를 기대고 잠에 빠져들었다. 아니면 기절했을지도 모른다. 어쨌든 지금은 그게 그거였다.

다시 깨어났을 땐 학교 보건실에 누워 있었다. 클리어워터 교장 선생님이 단순한 무늬가 들어간 겨울 드레스를 입고, 타이츠에 롱부츠를 신은 채로 내 침대 옆에 앉아 있었다.

"네 병실 침대맡을 지키고 있는 전통을 새로 만들고 싶진 않구나."

교장 선생님의 목소리는 평소에 비해 그다지 엄격하게 들리지 않았고, 선생님의 노란 눈도 그동안 보던 것보다 더 따뜻하게 느껴졌다.

"그렇게 자신을 위험에 빠뜨리는 건 무책임한 행동이야. 하지만 너한테 사과해야겠구나. 네가 앤드루 밀링이 얼마나 인간을 증오하는지 말해 줬을 때, 난 믿지 않았어."

"근데 언제 알게 되셨어요?"

"윙이 와서 경보를 울렸을 때 알게 되었다."

교장 선생님이 대답했다.

"윙은 산에서 네가 싸우는 모습을 보고 놀라서, 전력을 다해 학교로 날아와서 나에게 모든 걸 말해 주었어. 난 무슨 일이 벌어졌다는 건 이미 눈치챘지만, 그게 정확히 무슨 일인지는 몰랐어. 그러다 그로스벤터산맥에서 내 눈으로 직접 보게 됐지."

"그때 와 주셔서 정말 다행이었어요."

교장 선생님이 나타나지 않았다면 멜로디는 죽었을 것이다. 내 힘으로는 그 죽음을 막을 수 없었다.

"그리고 경찰에 알리신 거죠?"

"그래, 맞아."

교장 선생님이 손가락으로 휴대폰을 톡톡 두드렸다.

"하지만 안타깝게도 범인이 누구인지는 말할 수가 없었어. 밀링은 동굴 안에 인간 형태로는 증거를 단 한 가지도 남겨 놓지 않았거든. 그리고 분명히 네 여동생에게도 퓨마의 모습으로만 보이도록 조심했을 거야. 그래서 난 경찰에게, 우리 학생들과 선생님 한 명이 산으로 주말 체험 학습을 나갔다가 야생 동물들에게 습격받아 도망치던 중에 우연히 그 동굴을 발견했다고만 했어. 너도 나중에 그렇게 진술해야 할 거야. 브리저 선생님이 깔끔하게 정리된 이야기를 만들어 왔으니까, 네가 완전히 외울 때까지 도와줄 거야."

"밀링의 선거 운동은 어떻게 되고 있어요?"

불안한 마음으로 침대에서 몸을 일으켰다.

"상원 의원으로 당선되겠죠?"

"그건 걱정하지 않아도 돼."

교장 선생님이 말했다.

"앤드루 밀링한테 그 생각은 머릿속에서 깨끗이 지워 버리라고 확실하게 경고할 거야. 만약 그러지 않으면, 나머지 우드워커들이 모든 수단과 방법을 동원해서 그 사람의 남은 삶을 불행하게 만들어 줘야겠지. 이제 우리가 앤드루 밀링의 계획을 알게 됐으니까."

"알겠어요."

한숨을 내쉬며 다시 몸을 침대에 눕혔다.

"그러니까 이제 다른 우드워커들도 그 사람이 얼마나 위험한 계획을 가지고 있는지 다 알게 됐다는 거죠?"

클리어워터 교장 선생님의 얼굴이 어둡고 심각해졌다.

"그래, 물론이야. 난 곧바로 평의회에 그 사실을 알렸어. 혹시라도 밀링이 인간들을 해치기 위해 또 다른 계획을 세우더라도, 우리가 그걸 막기 위해 최선을 다할 거야."

나는 숨을 깊이 들이마셨다. 각 대륙마다 우드워커 평의회가 있다고 수업 시간에 배웠다. 평의회는 서로 다른 동물 종족에서 뽑힌 열 명의 현명하고 경험 많은 우드워커들로 구성되어 있고, 정해진 규칙에 따라 우드워커뿐만이 아니라 인간과도 조화롭게 지낼 수 있도록 서로 긴밀하게 협력하는 조직이었다. 선출된 의원마다 수십 명에서 수백 명에 이르는 자원봉사자들을 거느리고 있어서, 전국에 걸쳐서 평의회의 활동을 지원하는 대표들이 있었다.

"어쩌면 멜로디를 납치한 건 더 큰 계획을 위한 최종 리허설이었을 수도 있어요."

나는 조심스럽게 말했다.

"그런데 리허설이 잘못됐으니…… 이제 계획을 바꿀지도 몰라요."

"그래, 그럴 수도 있지."

교장 선생님이 사려 깊은 표정으로 말했다.

"그들의 요구 사항은 받아들여지지 않았고, 로키산맥에서의 사냥은 계속될 거야. 어쩌면 이제 밀링은 다른 방법을 써서 자신의 목적을 이뤄야겠다고 결심했을지도 몰라."

나는 고개를 끄덕였다. 밀링은 여전히 위험한 상대였다. 그걸 확신할 수 있었다. 하지만 이제 더 이상 나 혼자 상대하지 않아도 된다는 사실에 기분이 훨씬 나아졌다.

그렇지만 최근에 교칙을 너무 많이 어겼다는 사실이 계속 마음에 걸렸다. 아무리 그 대답을 듣기 꺼려진다고 해도, 물어볼 수밖에 없었다.

"저, 클리어워터 교장 선생님?"

"그래."

쾅당 소리를 내며 문이 부서질 듯 열리고, 문밖에서 안을 들여다보고 있는 도리안과 넬이 보였다. 아마도 내 이야기를 들으러 찾아왔을 것이다. 하지만 교장 선생님이 함께 있는 걸 보더니 미처 내가 인사할 겨를도 없이 재빨리 사라져 버렸다.

나는 다시 한 번 용기를 끌어모아 질문했다.

"이번이 세 번째 경고인가요?"

"그래."

대답을 들은 나는 충격에 휩싸인 얼굴로 교장 선생님을 바라보았다. 교장 선생님은 눈 하나 깜짝하지 않고 말을 이었다.

"넌 내 지시를 따르지 않았어. 그건 분명하지? 하지만 난 네가 우리 학교에 계속 남았으면 좋겠구나, 카락. 만약에 우드워커를 위한 훈장이 있다면, 너는 분명 그걸 받았을 거야."

교장 선생님은 나를 보며 활짝 웃었다.

나도 마주 보며 미소를 지었다.

27

진실을 알 자격

다음 날 아침, 잠에서 깨자마자 브리저 선생님이 직접 나를 멜로디가 입원한 가까운 대도시의 병원까지 데려다주었다. 멜로니의 병실 앞에는 경찰관 두 명이 서서 사람들의 출입을 막고 있었는데, 아마도 기자들의 출입을 막으려는 것 같았다. 처음엔 나도 들여보내 주지 않으려 했지만, 브리저 선생님이 내가 가족이라고 말하니 옆으로 물러났다.

"난 여기서 기다리마."

브리저 선생님이 작은 목소리로 말했다. 나는 병실 안으로 들어갔다. 벽은 밝은색 페인트로 깔끔하게 칠해져 있었지만, 소독약 냄새와 다른 약품들 냄새, 그리고 시든 꽃에서 견디기 힘든 냄새가 났다. 얼른 회복하라는 카드와 함께 반쯤 시든 꽃이 담긴 화병이 이곳저곳에 놓여 있었다. 창턱에서는 장난감 말 한 부대가 통째로 행진하고 있었다. 나는 하마터면 다시 방 밖으로 뛰쳐나갈 뻔했다.

그 정도면 충분히 나를 물리칠 수 있었다.

안나 아줌마와 도널드 아저씨는 침대 가장자리에 걸터앉아 있었지만, 말론 형은 보이지 않았다. 아마 학교에 갔을 것이다. 안나 아줌마는 멜로디의 손을 꼭 잡고 있었고, 도널드 아저씨는 아주 어린 아기를 대하듯이 딸에게 말을 하고 있었다.

"사람이 전혀 없었을 리가 없어. 우리가 아주 심한 공포에 맞닥뜨렸을 때 온갖 종류의 상상을 할 수 있다는 건, 이미 훌륭한 심리학자들의 연구를 통해 밝혀진……."

멜로디는 고집스럽게 팔짱을 꼈다.

"아니야, 아빠! 정말 동물만 있었다니까! 퓨마 두 마리랑 곰 두 마리였는데…… 서로 싸웠어. 나중에 흰머리수리도 한 마리 왔고……."

"멜로디, 그건 불가능해. 왜냐하면……."

그제야 랄스턴 가족은 누군가가 병실에 들어왔다는 걸 알아차렸다. 나는 인간의 모습이었지만 소리 없이 움직일 수 있었다.

"제이!"

안나 아줌마가 기뻐서 소리치더니, 벌떡 일어나 나를 꽉 껴안았다.

두 볼에 눈물이 흘러내렸다.

"고마워, 정말 고마워, 제이! 무슨 말을 해야 할지 모르겠구

나. 네가 그 산에서 멜로디를 찾아 준 건 내 생애 가장 큰 선물이야. 넌 괜찮니? 많이 다쳤어?"

무슨 말을 어떻게 해야 할지 몰라서, 나도 그저 안나 아줌마를 꼭 안아 주었다. 애당초 멜로디가 납치된 건 나 때문이었다. 내가 한 일은 그저 모든 걸 바로잡은 것뿐이다. 내 상태에 대해 말하자면, 아직도 여기저기가 쑤셨고, 말릴라 선생님이 내 몸의 절반 정도를 붕대로 장식해 놓았다. 하지만 왜 이렇게 다쳤는지는 말하고 싶지 않았다. 더 이상 거짓말을 늘리고 싶지 않았기 때문이다.

그래서 몇 마디 대충 중얼거리다가 겨우 멜로디에게 다가가 안부를 물었다. 내 팔에 안긴 멜로디는 삭고 가냘파 보였다. 마치 나중에 하늘을 날 수 있도록 속이 빈 뼈를 가지고 태어난 작고 어린 새 같았다. 하지만 멜로디가 입을 열었을 땐, 전혀 수줍은 어린 새 같지 않았다.

"엄마, 아빠, 나 제이 오빠랑 둘이서만 이야기해도 돼? 제발!"

안나 아줌마와 도널드 아저씨는 멍한 표정으로 멜로디를 바라보았다.

"하지만……."

도널드 아저씨가 머뭇거렸다.

"제발!"

멜로디가 간청했다.

시간이 좀 걸리긴 했지만 결국 멜로디는 안나 아줌마와 도널드 아저씨를 설득했고, 그 둘은 병실 밖으로 나가 문을 닫았다. 이젠 비어 있는 침대 가장자리에 슬쩍 걸터앉아 멜로디가 무슨 말을 할지 기다렸다. 멜로디는 나를 뚫어지게 바라보다가 까치처럼 고개를 살짝 갸웃했다.

"오빠 맞지? 산 위에 있던 퓨마 말이야."

내 입에서 나올 수 있는 말은 여러 가지가 있었다.

"말도 안 돼." 아니면 "머리를 다친 거야?" 아니면 "무슨 말인지 모르겠는데." 같은……. 하지만 그때 산에서 몇 초 동안 마주쳤던 멜로디의 눈빛이 기억나서, 그렇게 말할 수가 없었다. 게다가 멜로디가 살아 있다는 게 너무나도 기뻤다. 얼마나 위험한 순간을 겪었는지 아무도 짐작할 수 없을 것이다. 모든 걸 떠나서, 멜로디는 진실을 알 자격이 있었다.

"그래, 그건 나였어."

나는 조용히 대답했다.

"눈을 보니 알겠더라. 그리고 사람일 때랑 움직이는 게 똑같았어."

"오히려 그 반대지."

나는 중얼거렸다.

"말해 줘!"

멜로디가 졸랐다.

359

정말 말해도 되는 걸까? 멜로디에게 내 가장 깊은 비밀을 말한다고? 이건 그저 나 혼자만의 비밀이 아니라, 우드워커 전체의 비밀이었다. 내가 알고 지낸 대부분의 시간 동안 멜로디는 그저 변덕 심한 여덟 살짜리 여자애일 뿐이었다. 멜로디가 여기저기 떠들고 다니지 않을 거라고 어떻게 장담할 수 있을까! 어쩌면 나한테 화가 날 때마다 나팔을 불고 다닐지도 모른다.

"이건 아주 엄청난 비밀이야. 그런데 네가 이 비밀을 지킬 수 있을지 모르겠어."

나는 솔직하게 말했다.

"내 목숨을 걸고 맹세할게."

멜로디가 전에 들어 본 적 없는 진지한 목소리로 대답했다.

그 목소리를 듣자, 이제 멜로디와 나 사이에 유대감이 생겼다는 걸 깨달았다. 누군가의 생명을 구한다면 모든 게 달라진다. 나는 멜로디가 더 이상 안나 아줌마와 내가 시간을 보내는 것에 대해 질투하지 않으리란 걸 알 수 있었다. 왜냐하면 멜로디는 그 덕분에 자신이 뭔가를 얻었다는 걸 알게 되었기 때문이다. 새로운 오빠. 자신이 의지할 수 있는 사람.

그래서 나는 멜로디에게 내가 우드워커이며, 인간 세상에 오기를 결심하기 전까지 대부분의 삶을 퓨마로 지냈다고 이야기해 주었다. 멜로디는 너무 놀라서 눈이 파란 연못처럼 커다래졌다.

"그러면 언제든 변신할 수 있는 거야?"

"글쎄, 대부분은 그렇지."

나는 고백했다.

"언제든 자유롭게 변신할 수 있는 건 아니지만, 점점 더 나아지는 중이야."

"보여 줘."

나는 털북숭이 귀를 튀어나오게 했다.

"어때, 재밌지?"

"진짜 재미있어."

멜로디가 나를 보며 활짝 웃었다.

"그럼 예전 일은 아무것도 기억 안 난다고 한 건 거짓말이야? 사실은 진짜 가족을 떠나온 거고? 정말 힘들었겠다."

"그래, 맞아."

차오르는 눈물을 들키고 싶지 않아서 두 손으로 얼굴을 감싸며 말했지만, 당연히 멜로디는 그걸 눈치챘다.

"진짜 가족을 보러 갈 수는 없는 거야?"

멜로디가 동정심 가득한 목소리로 물었다.

나는 조용히 고개를 저었다. 앤드루 밀링은 내 진짜 가족이 어디에 있는지 알고 있지만, 절대로 말해 주지 않을 것이다. 피비린내 나는 우리의 마지막 만남 이후로는 더더욱. 내 진짜 가족이 어디로 갔는지 알 수 있을 거라는 희망은 전혀 없었다. 그리고 그들이 다시는 나를 보고 싶지 않다고 했다던 밀링의 말

361

이 거짓인지 아닌지도 알 수 없었다.

누군가가 문을 두드리는 소리가 들렸고, 곧이어 안나 아줌마가 다시 들어가도 되는지 물었다.

"아니, 아직 안 돼!"

멜로디가 크게 소리를 지르고 나서 나에게 물었다.

"다른 퓨마랑 싸운 건 날 지켜 주려고 그런 거지?"

"그래, 맞아."

"고마워, 정말 멋졌어. 근데 그 퓨마가 오빠를 다치게 했잖아, 안 그래?"

멜로디가 걱정스러운 눈으로 내 붕대를 바라보았다.

"그렇게 심하게 다친 건 아니야."

나는 재빨리 대답했다.

"근데 그 퓨마는 누구야?"

앤드루 밀링이 품은 인간을 향한 분노에 대해 멜로디에게 간단히 설명해 주었다.

"하지만 오빠는 우릴 미워하지 않는 거지?"

멜로디가 물었다. 그때 처음으로 멜로디의 눈에 어른거리는 두려움을 보았다. 어쩌면 한 팔 길이도 안 되는 곳에 커다란 퓨마가 앉아 있다는 걸 새삼 깨달았기 때문일 수도 있다.

"그럼, 당연하지. 그랬다면 내가 왜 지금 너랑 함께 있겠어?"

재빨리 멜로디를 안심시켰다.

한 번 더 병실 문을 두드리는 소리가 들렸다. 이번에는 훨씬 더 세게 두드리는 것 같았다.

서둘러 귀를 다시 원래대로 돌려놓았다. 때마침 안나 아줌마와 도널드 아저씨가 묻지도 않고 병실로 들어왔다.

"그래, 너희 둘이 무슨 재미있는 이야기를 나눴니?"

안나 아줌마가 밝은 목소리로 물었고, 멜로디와 나는 동시에 대답했다.

"아무것도요!"

"비밀이야!"

우리의 모험담은 학교 안에 빛의 속도로 퍼져 나갔다. 홀리가 그 자리에 있었으니 당연한 결과였다. 처음엔 그저 웃기고 재미있었는데, 학교에서 만나는 사람마다 나를 쳐다보고, 어깨를 철썩철썩 때리고, 멜로디를 구해 낸 것에 대해 한마디씩 건네자, 점점 짜증이 나기 시작했다.

"어이, 카락 요원!"

넬이 예쁘게 땋아 내려 알록달록한 구슬 장식을 달아 놓은 머리카락을 신나게 흔들며 소리쳤다.

"작전은 잘 수행했나? 다음엔 누구를 구할 건가?"

"바로 너. 여우한테 잡아먹히기 직전에 출동할게."

생쥐 소녀에게 대답하며 말릴라 선생님한테서 두 번째 푸딩을 받았다.

"앤드루 밀링을 어떻게 때려눕혔는지 한 번만 더 말해 줘."

수달 소년 프랭키가 애원했다.

"벌써 세 번이나 말해 줬잖아."

"그게 뭐? 좋은 이야기는 열 번 넘게 들을 만한 가치가 있는 거라고."

신음이 절로 나왔다. 다행히 브랜든과 홀리는 우리의 모험담을 처음부터 끝까지 몇 번 더 반복할 열정을 가지고 있었다. 브랜든은 회색곰 변신족과 싸운 이야기를 할 때마다 얼굴 가득 떠오르는 태양처럼 환한 미소를 지었다. 전투 수업 담당인 브라이트아이 선생님은 브랜든이 정말로 곰에게 달려들었다는 걸 처음에는 믿지 못했지만, 모든 목격자가 그게 사실이란 걸 확인해 주었다.

하지만 나에게 중요한 것은 단 하나뿐이었다. 바로 멜로디가 무사히 돌아왔다는 사실이었다.

우리는 해냈다. 결국 모든 게 다 잘 풀렸다.

내 기쁨 위에 드리운 유일한 먹구름은 티카니가 더 이상 내게 말을 걸지 않는다는 것이었다. 물론 예상했던 일이었다. 티카니는 이제 다시 무리로 돌아갔고, 원래부터 티카니의 동료는 다른 늑대들이었다. 그들은 가장 친한 친구이자 형제자매 같은 관계였다. 그래도 티카니가 적어도 나에게 눈길이라도 한번 주리라고 생각했다. 우리는 함께 그 모든 역경을 헤쳐 나왔으니까. 하지만 티카니는 나를 무시했다. 늑대 무리의 우두머리인 제프는 다음 주에 있을 자신의 생일 파티를 준비하느라 바빴지만, 비열한 소리를 지껄이고 다닐 시간은 넘쳐 났다.

"어이, 새끼 고양이! 그 힘만 센 무식한 네 들소 친구가 지켜 주지 않았더라면 넌 가루가 됐을 거라며?"

학생 식당에서 줄을 서고 있는데, 내 앞에 서 있던 제프가 입을 놀렸다.

"아무것도 모르면서 무식한 소리 그만해라, 제프."

난 침착하게 대꾸했다.

"앤드루 밀링이 아마 저 녀석을 고양이 수프로 만들어 버렸을걸."

보가 조롱했다.

"그리고 회색곰이 깔고 앉았다면 나뭇잎처럼 납작해졌겠지."

클리프가 덧붙인 말은 그다지 창의적이지는 않았다.

"대꾸할 가치도 없어. 냄새나고 털에 기름 낀 패배자들이 하는 말이니까."

홀리가 나를 달랬다.

티카니는 아무 말도 하지 않았다.

다음 날 아침, 화이트보드에는 또다시 루의 아름다운 손 글씨가 적혀 있었다.

> 결국 우리는
> 적의 말보다 친구의 침묵을 기억할 것이다
> -마틴 루터 킹

다음 주말에 랄스턴 가족의 집으로 돌아갔을 땐 광기 어린 언론 보도가 마침내 거의 사그라들었다. 기자들은 멜로디가 지나치게 풍부한 상상력을 가지고 있는 걸로 결론지었다. 하지만 곰과 퓨마가 인질을 감시하기 위해 훈련받았을 가능성 역시 빼놓지 않고 언급했다. 나는 홀리와 브랜든, 그리고 티카니와 브리저 선생님과 함께 딱 한 번 텔레비전 인터뷰를 했다. 혹시라도 말실수를 할까 봐 다른 인터뷰는 모두 거절했다.

랄스턴 가족은 나를 유난히 친절하게 대해 줬다. 이제 멜로디의 방에는 조랑말 포스터와 함께 사진 밖으로 튀어나올 듯한 생생한 퓨마의 사진이 한 장 걸려 있었다. 심지어 말론 형조차 자신이 내 적이라는 사실을 잠시 잊은 것 같았다. 안나 아줌마의 말에 따르면, 여자 친구 데비가 화해해 준 덕분에, 쉴 틈 없이 '청춘사업'에 몰두하고 있다고 한다.

말론 형이 무언가를 열심히 한다니, 도저히 믿을 수가 없었다. 게다가 이렇게 일찍부터 자기 사업을 시작해서 돈을 벌 생각을 했다니…….

어쨌든, 어느 날 잭슨홀 주변을 잠시 산책하고 돌아오다가, 계단에 앉아 나를 기다리는 말론 형을 보고 깜짝 놀랐다.

"야, 너 무슨 같잖은 아이돌 그룹 멤버처럼 사생팬이라도 있는 거야?"

말론 형이 물었다.

"어떤 여자애가 집으로 네 번이나 전화를 걸어서 널 찾더라."

"아, 미안."

사생팬이 무슨 뜻인지 전혀 몰랐기 때문에 그냥 사과했다. 내 생각엔 유명한 사람을 좋아하는 사람들이란 뜻 같았다.

"미안할 건 없고."

말론 형이 투덜거렸다.

"다음부턴 휴대폰을 들고 다녀, 알겠어?"

"그럴게."

난 항상 휴대폰이 있다는 걸 잊어버리거나, 배터리가 방전되도록 내버려두거나, 받은 메시지를 통째로 지워 버리곤 했다. 그 대가로 난 이제 타오르는 호기심에 시달려야 했다. 누가 나한테 연락하려고 했던 걸까? 홀리? 아니면…… 설마 앤드루 밀링이 파 놓은 함정일까?

다행히 말론 형은 전화 건 사람의 번호를 받아 놓았다. 지역 번호가 딸린 집 전화였지만 모르는 번호였다. 난 녹색 담요와

베개가 안락하게 놓인 내 방으로 가서 그 수수께끼의 번호로 전화를 걸었다.

"여보세요?"

차갑고 익숙한 목소리가 들려왔다. 오, 맙소사! 그건 우리 변신 수업 선생님이었다! 난 지금 주말에 선생님 댁으로 전화를 건 거다! 너무 당혹스러운 나머지 정신을 차리는 데 평소보다 더 많은 시간이 필요했다.

어쨌든, 간신히 목소리를 낼 수 있었다.

"어, 저는…… 카락인데요, 제 생각엔 루가 저에게 할 얘기가 있는 것 같은데……."

"흐음, 물론 그럴 수 있지."

선생님의 목소리는 얼음 한 바가지만큼이나 따뜻했다. 나는 이마에 맺힌 땀방울을 닦으며, 루를 기다리는 동안 바깥을 구경하려고 창가로 다가갔다. 랄스턴 가족이 새로 들인 새장 안에서는 아주 많은 일이 일어나고 있었다. 머리가 회색인 장밋빛 되새 두 마리와 하늘색 어치 한 마리가 열심히 배를 채우는 중이었다. 내 이름인 '제이'는 '어치'라는 뜻을 가지고 있다. 나와 같은 이름을 가진 새를 보며 빙긋 미소를 지었다. 왜 안나 아줌마는 나한테 그런 이름을 지어 준 걸까?

"카락! 드디어 전화가 되는구나! 정말 다행이야!"

마침내 루의 목소리가 들렸다. 상당히 숨이 찬 목소리였다.

368

평소 루와 대화하거나 아니면 그저 보기만 해도 떨렸던 것처럼,
떨림이 온몸을 타고 전해졌다.

"무슨 일 있어?"

나는 깜짝 놀라서 물었다.

"혹시 지금 앉아 있니?"

"아니."

"그럼 얼른 앉아 봐."

나는 순순히 침대에 앉았다.

"그래, 이제 앉았어."

"좋아."

루의 목소리에는 기쁨이 서려 있었다.

"너희 미아 누나를 찾은 것 같아."

28

미아 누나

루는 중요한 사실들을 재빨리 설명해 주었다. 루에게는 형제 자매 외에도 수많은 삼촌과 이모 그리고 사촌들이 있었다. 그들은 모두 와이오밍에 살고 있는데, 다들 이곳저곳 안 끼는 데 없는 마당발에 오지랖 넓기로 유명했다. 특히 자신들이 알고 지내는 우드워커에 대해서는 더더욱 유별났다. 내가 가족을 찾고 있다는 이야기를 친척들에게 전하자, 루의 먼 친척의 친구 하나가 몇 달 전에 우드워커인 게 거의 확실한 퓨마 셋이 함께 다니는 것을 본 적이 있다고 했다. 나중에 그 친척은 퓨마 가족 중 어린 암컷이 다른 우드워커들에게 무언가를 묻는 모습을 보았는데, 그랜드티턴산맥 근처에서 누군가를 찾는 것 같았다고 했다.

그 친구가 루의 먼 친척에게 그렇게 말했고, 그 먼 친척은 이 사실을 루의 외사촌 형제에게 말했고, 루의 외사촌 형제는 이걸 루의 오빠 중 한 명에게 말해서 결국 루의 귀에까지 들어오게 되었다.

나는 흥분에 사로잡혔다.

"하지만 그 퓨마가 미아 누나라는 걸 어떻게 알 수 있어?"

"미아 누나가 맞아."

루가 말했다.

"내 동생 켄이 용기를 내서 말을 걸어 봤어. 물론 당연히 뭔가를 배불리 먹고 난 뒤를 노렸지."

"와우!"

루만 용감한 게 아니었다. 와피티사슴들은 정말 대단한 배짱을 가지고 있었다!

"켄이 그 여자한테 카락이라는 이름을 가진 퓨마가 가족을 찾고 있다고 말했나 봐. 그 여자는 네 이름을 듣더니 엄청 흥분했대."

내 전화기에서 뭔가가 부서지는 소리가 들렸다. 아마 내 손가락이 전화기를 너무 세게 쥐어서 그런 것 같았다. 전화기를 부수고 싶지 않아서 얼른 손가락에 힘을 풀었다.

"어디로 가면 찾을 수 있는 거야?"

"켄이 만날 장소를 정해 놓았어. 네가 마지막으로 미아 누나를 보았던 곳에서, 내일, 해 뜰 무렵."

내가 등산을 하다가 해 뜨는 걸 보고 싶다고 하자 수양 부모님은 즉시 허락해 주었다. 지금 그들이 나에게 느끼는 고마움을 생각해 보면, 아마 마당에서 들소를 키우고 싶다고 해도 들어주었을 것 같다.

등산화를 신는데 손가락이 덜덜 떨렸다. 신발 끈을 묶느라 한참을 더듬어야 했다. 그러고 나서 평소처럼 벽과 울타리를 넘고 정원을 가로지르는 최단 거리의 지름길을 이용해서 잭슨 마을을 벗어나 탁 트인 초원에 다다랐다. 하얀 눈이 소복이 쌓인 평원에는 사슴과 토끼 발자국 몇 개만 어지러이 흩어져 있었다.

해가 뜰 무렵, 높은 산 속의 빽빽한 솔숲에 있는 우리 가족의 옛 영역에 도착했다. 나는 흥분해서 땀을 흘리고 있었지만, 발은 얼음장처럼 차가웠다. 때때로 인간의 몸은 끔찍할 정도로 실용적이지 않았다.

바로 이곳에서 미아 누나가 마지막으로 나를 안아 주었고, 엄마가 나를 슬픈 눈으로 바라보았고, 아빠가 화를 내며 말했다.

'그렇게까지 가고 싶다면 어디 한번 가서 살아 봐. 분명히 말하는데, 우린 인간들과 엮이고 싶지 않다. 그것만 알아 둬라!'

그리고 나는 이곳을 떠났다.

너무 추워서 때때로 발을 이리저리 옮겨 딛으며 기다렸다. 초조하게 주위를 둘러보면서, 나를 둘러싼 숲에서 일어나는 모든 일에 주의를 기울이며, 변신하는 편이 나을지 고민했다. 어쩌면 미아 누나는 내가 인간의 모습이라서 다가오지 못하는 게 아닐까? 그래도 난 내 모습 그대로 있었다.

그때 시야 한구석에서 움직임이 느껴졌다. 조심스럽게 몸을 돌리자, 덤불 속에 무언가가 서 있는 게 보였다. 두꺼운 적갈색 겨울 털가죽을 두른, 내가 기억하는 것보다 더 크고 거대한 고양이였다.

"미아 누나."

목 놓아 외치고 싶었지만, 누나를 놀라게 할까 봐 걱정되어 그저 작게 속삭였다. 그래도 누나가 내 목소리를 들을 수 있다는 걸 알고 있었다.

'드디어 왔구나.'

미아 누나의 대답이 머릿속으로 들려왔다.

'내가 널 얼마나 찾아다녔는지 모를 거야!'

한 걸음, 또 한 걸음 누나가 내게로 다가왔다. 미아 누나는 내가 있는 곳에서도 들릴 정도로 커다랗게 가르랑거리고 있었고, 녹색 눈은 기쁨으로 반짝이고 있었다. 하지만 동시에 누나가 두려워하고 있다는 것도 알 수 있었다.

이제 그 순간이 되었다. 나는 내 마법의 단어를 속삭였다.

'팀북투!'

그리고 그 어느 때보다 쉽게 변신할 수 있었다. 옷가지가 떨어져 나갔고, 뒷발에 걸려 있던 부츠는 사정없이 걷어찼다.

미아 누나와 나는 서로를 향해 달려가, 가르랑거리는 소리를 내며 머리를 비비고, 쌓인 눈을 헤집으며 함께 뒹굴었다.

'오, 카락!'

미아 누나가 발톱을 숨긴 발로 나를 툭 건드렸다.

'벌써 나보다 더 커졌잖아!'

'학교에서 급식이 잘 나오거든.'

미아 누나의 어깨를 부드럽게 핥으며 대꾸했다. 누나를 다시 만나서 너무 기뻤다!

'왜 한 번도 날 찾아오지 않았어? 내가 어디 사는지 몰랐어?'

'엄마가 마을에 한 번 갔었는데, 널 찾지 못했어. 그리고 인간들이 보기에 이상하게 행동한다고 해서, 그 뭐냐…… 아, 경찰! 경찰이라고 불리는 인간들에게 끌려갈 뻔했어. 그 이후로는 엄마도 다시 갈 엄두를 못 냈어.'

'아, 안 돼!'

머릿속으로 비명을 질렀다. 경찰이 엄마를 체포하려고 했다니! 그건 정말 끔찍한 일이었다.

'걱정하지 마, 엄마는 아무 일도 없었으니까. 하지만 얼마 지나지 않아 늑대 무리가 이쪽으로 이사 오는 바람에 아빠가 다쳤어. 그 녀석들이 계속 우리 먹이를 훔쳐 갔기 때문에 아빠가 그놈들과 싸웠고, 그 이후로 다리를 절뚝거려.'

뜨거운 분노가 치밀어 올랐다.

'늑대 무리라고?'

미아 누나는 쓰러진 나무둥치 위로 올라가 능숙하게 균형을 잡았다.

'응, 늑대가 열 마리쯤 됐어. 그놈들 모두를 상대하기엔 숫자가 너무 많았고, 또 그놈들은 우리를 잠시도 가만히 놔두지 않았어. 그래서 우린 새로운 영역을 찾아 떠날 수밖에 없었어.'

그리고 그곳에서 앤드루 밀링의 사람들이 우리 가족을 발견했을 것이다…….

'거기가 어디야? 여기서 멀어?'

'꽤 멀어.'

미아 누나가 대답했다.

'북쪽으로 사흘 정도 가야 해. 그렇게 나쁜 곳은 아니지만, 여기보단 먹잇감이 부족해.'

미아 누나는 또다시 가르랑거리며 나에게 머리를 문질렀다. 새끼 시절 그랬던 것처럼 우린 나무등치 뒤에 누워 서로를 꼭 껴안았다. 잠시 동안은 마치 내가 여전히 국립 공원 안에 있는 산에서 퓨마로 살고 있는 것 같았고, 시간이 전혀 흐르지 않은 것 같았다.

사흘을 가야 한다는 건, 옐로스톤을 한참 벗어난다는 뜻이었다. 어쩌면 몬태나주까지 가야 할지도 모른다. 그곳에 인간들이 갤러틴산맥이라고 부르는 곳이 있었다.

'아빠는 다리를 다친 뒤로는 예전만큼 사냥하긴 힘들어졌어. 그래서 내가 할 수 있는 한 돕고 있어.'

375

미아 누나가 말했다.

'그렇지만 지난겨울엔 우리 모두 굶주렸어.'

뱃속에 커다란 돌이라도 들어앉은 것 같았다. 지난 몇 년 동안 우리 부모님은 내 도움을 받을 수도 있었다.

'아빠는…… 아직도 나한테 화가 나 있어?'

숨죽이며 누나의 대답을 기다렸다. 앤드루 밀링은 분명 거짓말을 했을 거다. 당연히 거짓말이어야 했다.

'그래, 안타깝지만 맞아…….'

미아 누나가 한숨을 내쉬며 말했다.

'아빠는 인간으로 살고 싶어 한 너를 진심으로 용서하지는 않을 거야. 하지만 당연히 엄마와 나는 그렇지 않아. 조금 전에 네 모습을 봤을 땐 좀 이상한 기분이 들긴 했지만 말이야.'

누가 내 머리 위로 커다란 바위를 떨어뜨린 것 같았다. 밀링의 말은 거짓이 아니었다. 아니, 적어도 완전한 거짓말은 아니었다! 그리고 그건 정말 끔찍했다. 아빠는 어쩌면 그토록 고집불통일까? 지금 내가 살아가는 모습이 뭐가 그리 나쁜 걸까? 게다가 나는 인간의 모습으로 살아가면서 우리 우드워커들을 위해 많은 일을 할 수 있다는 걸 깨달았다. 클리어워터 교장 선생님이 학교를 운영하는 것처럼 말이다. 아빠는 그걸 전혀 이해하지 못하는 걸까? 마치 총에 맞은 것처럼 힘이 빠진 나는 숲 바닥에 드러누웠다. 미아 누나가 걱정스러운 듯 나를 툭툭 건드렸다.

'난 괜찮아.'

거짓말을 했지만 미아 누나는 내 말을 믿지 않았다.

'내가 다시 말해 볼게, 알았지? 아빠한테 네가 얼마나 잘 지내고 있는지 이야기할게. 네 소식을 들으면 엄마도 엄청 기뻐할 거야.'

'그래, 그렇게 해 줘. 부탁할게.'

마음이 조금은 가벼워졌다.

'그나저나 인간으로 지내는 건 어때?'

미아 누나가 호기심으로 눈을 빛내며 물었다.

이제 내가 말할 차례가 되었고, 기분이 조금씩 더 좋아졌다.

내가 지금 우드워커들을 위한 학교에 다니고 있다고 하자, 미아 누나는 깜짝 놀랐다. 누나는 우드워커들을 위한 기숙 학교가 있다는 것은 물론이고, 우리와 같은 사람들을 우드워커라고 부른다는 사실조차 모르고 있었다.

'멋지네.'

누나가 조금은 부러워하는 목소리로 대답했다. 그리고 인간 마을은 어떤지, 인간들은 무슨 일을 하는지 등을 끊임없이 질문했다.

'누나는 어때? 가끔 변신하기도 해? 아니면 그 이후로는 한 번도 변신하지 않은 거야?'

내가 물었다.

'여름에 가끔 변신해.'

미아 누나가 대답했다.

'털가죽을 벗어 버리고 물에 들어가는 건 정말 재밌거든. 진짜 신나!'

나는 장난으로 질겁하는 척했다.

'뭐? 말도 안 돼! 퓨마 맞아? 진짜 퓨마라면 절대 그런 말은 안 한다고!'

미아 누나는 나를 한 대 탁 때리더니, 내 한쪽 귀를 자기 이빨 사이에 끼웠다. 그러더니 갑자기 한숨을 쉬었다.

'기억나? 슈퍼마켓에 있던 그 맛있는 음식들 말이야!'

'당연하지.'

나는 정색하고 대답했다. 우리가 처음으로 마을을 방문했을 때, 미아 누나는 정육 코너에서 온갖 종류의 고기를 발톱에 꿰어 훔쳐 먹었다.

갑자기 좋은 생각이 떠올랐다.

'나랑 같이 마을에 가자! 난 길을 잘 알거든. 나와 함께 다닌다면 누나도 아무 일 없을 거야. 베이컨 팬케이크 같은 걸 먹으러 갈 수도 있어!'

미아 누나는 어리둥절하면서도 넋을 잃은 얼굴로 나를 바라보았다.

'팬케이크가 뭔데?'

'반죽으로 만든 동그랗고 맛있는 거야.'

378

어떻게든 설명을 해 보려 했지만, 미아 누나는 반죽이 뭔지도 몰랐기 때문에 결국 포기할 수밖에 없었다.

'제발, 그냥 나랑 같이 가서 먹어 봐!'

미아 누나가 그러자고 대답할 줄은 예상 못 했지만, 누나는 호기심으로 눈을 반짝이며 승낙했다. 누나와 나는 이틀 뒤에 숲에서 다시 만나기로 했다. 내가 옷을 가지고 와서 함께 팬케이크를 먹으러 갈 계획이었다.

29

베이컨 팬케이크

내가 미아 누나를 만났고, 곧 다시 만나기로 했다는 소식에 클리어워터 교장 선생님과 내 친구들은 모두 떨 듯이 기뻐했다. 그리고 저마다 쓸모 있는 조언도 해 주었다.

"무슨 문제가 생기면, 곧장 경찰서로 가서 누나도 기억을 잃어버렸다고 해. 그러면 너희는 신비로운 소년과 신비로운 소녀가 되는 거야."

도리안이 고양이답게 나른한 미소를 지으며 말했다.

홀리는 무려 5초 동안이나 진지한 표정을 유지한 채 조언했다.

"미아 누나에게 내가 보고 싶어 한다고 전해 줘. 또 너를 잘 돌봐 줘야 한다고도……. 안 그럼 너는 다른 포식자 무리와 대판 싸우거나, 널 둘러싸고 침을 질질 흘리는 사냥개들 사이에서 생을 마감하게 될 거라고 말이야."

브랜든은 입에다 옥수수 알갱이를 던져 넣고 열심히 씹었다.

"그래, 맞아. 그리고 언제든 이곳에 오는 걸 환영한다고 전해 줘. 넬이나 님블 같은 먹잇감들을 보고 군침을 흘리지 않는다면 말이야."

"그래, 그럴게."

또 다른 수십 개의 조언을 물리치고 모두에게 손을 흔들어 주었다.

"잘 다녀올 테니까 너무 걱정하지 말고, 다들 주둥이 좀 펴고 다녀!"

"얼굴! 얼굴이라고!"

브랜든이 외쳤다.

"내 얼굴이 어때서? 아, 아니다, 다음에 얘기하자."

불룩해진 배낭을 어깨에 걸치고, 자전거를 타고 미아 누나와 만나기로 한 장소로 갔다. 아직 상처가 다 아물지 않아서 조금 아팠다.

미아 누나와 함께 저녁을 먹으러 가다니! 이게 꿈이 아니라는 걸 몇 번이고 나 자신에게 상기시켜야 했다. 마치 그동안 돌로 만든 외투를 입고 다니다가 이제 막 벗어 던진 기분이었다. 몸이 새처럼 가벼워서, 클리어워터 교장 선생님처럼 날개를 펴고 하늘을 날아다닐 수도 있을 것 같았다. 미아 누나가 좋은 소식만 전해 준 건 아니었지만, 이제 적어도 내 가족이 살아 있는지를 궁금해하지 않아도 되고, 그 누구도 답을 해 줄 수 없는 문

381

제를 가지고 나 자신을 괴롭히지 않아도 된다. 내가 두 세계에 발을 걸치고 살아가는 걸 미아 누나가 나쁘다고 생각하지 않아서 기뻤다. 물론 누나는 언제나 내 편이었지만, 지금은 그 어느 때보다 더 큰 의미로 다가왔다.

약속 장소에 도착했을 때, 미아 누나는 이미 퓨마의 모습으로 나를 기다리고 있었다.

'자, 내가 뭘 좀 가져왔어.'

미아 누나와 몸집이 비슷한 넬에게서 빌려 온 옷들을 나뭇가지에 하나씩 걸쳤다. 빨간 스웨터, 청바지, 화려한 줄무늬 양말, 부츠, 그리고 빨간색과 파란색이 섞여 있는 겨울 외투까지. 미아 누나는 그것들을 빤히 바라보다가, 마치 내가 온몸을 포장지로 감싸서 리본을 묶자고 한 것처럼 나를 멀뚱멀뚱 보았다.

'이거 진심이야? 전부 다 무슨 꽃잎을 따다가 꿰맨 거야, 뭐야? 이건 너무 눈에 띄잖아. 다들 나만 처다볼 거라고.'

나는 웃지 않을 수가 없었다. 나도 처음엔 눈에 띄는 색이라면 질색했었다.

'누나가 이걸 입으면, 사람들은 엄청 멋지다고 생각할걸.'

나는 미아 누나를 안심시켰다.

'진심이야?'

미아 누나는 미심쩍은 듯 물었고, 나는 고개를 끄덕였다. 그러고 나서 누나가 인간으로 변신할 수 있도록 예의 바르게 뒤

돌아섰다. 이건 수양부모님이 알려 준 것들 중 하나였다. 처음에 나는 인간의 모습으로 옷을 입지 않은 채 돌아다니는 걸 전혀 신경 쓰지 않았다.

미아 누나는 변신하는 데 시간이 꽤 걸렸고, 옷을 입는 데에는 더 긴 시간이 필요했다.

"준비됐어."

마침내 누나가 말했고, 나는 돌아섰다. 선이 굵은 얼굴에 숱 많고 부스스한 갈색 머리를 한 비쩍 마른 여자애가 나를 보며 환하게 웃고 있었다. 미아 누나는 스웨터를 뒤집어 입고, 신발도 신지 않았다.

"저것들은 몸에 걸칠 때마다 꼭 다치더라고."

미아 누나가 신발과 양말을 가리키며 힐난조로 말했다. 누나의 목소리는 오랫동안 사용하지 않아 약간 쉰 것처럼 들렸다.

그러고 나서 누나는 오랜만에 생긴 팔로 나를 끌어안았다.

"누나를 다시 만나서 너무 좋아."

미아 누나에게 말하는 동안 내 눈엔 눈물이 그렁그렁했다. 누나는 다시 한 번 나를 꼭 끌어안았다.

우리는 마침내 출발했다. 미아 누나는 맨발로 눈밭을 터벅터벅 걸었고, 걸을 때마다 발을 점점 더 높이 쳐들었다.

"어우, 어우, 이건 진짜 끔찍해!"

다섯 걸음쯤 더 걸은 뒤에, 미아 누나는 부츠를 신고 부끄러운 듯 "고마워."라고 중얼거렸다.

잭슨 마을 골목 안에 있는 카페를 나는 오래전부터 알고 있었다. 전에 랄스턴 가족과 함께 가 본 적이 있었다. 벽에는 화려한 커튼이 드리워져 있고, 작고 둥근 탁자에 다람쥐 모양의 소금통과 후추통이 놓여 있는 아늑한 곳이었다. 다른 탁자에 몇몇 가족과 연인들이 앉아 있었는데, 그 누구도 우리를 신경 쓰지 않았다. 그런데도 미아 누나는 내 옆에서 나무토막처럼 뻣뻣하게 앉아 있었다. 미아 누나가 지금 얼마나 두려워하고 있는지 냄새로 알 수 있었다.

"걱정하지 마, 여기 있는 인간들은 누나를 물어뜯지 않아. 자기들 음식이나 물어뜯는다고."

미아 누나에게 조용히 속삭였다.

"제발 그랬음 좋겠다."

누나도 나에게 속삭였다. 내가 치즈와 베이컨 팬케이크, 그리고 핫초코를 주문하는 걸 누나는 불안한 표정으로 듣고 있었다.

다행히도 우리는 판매대 너머로 젊은 여성이 음식을 준비하는 모습을 볼 수 있었다. 미아 누나는 음식에서 눈을 떼지 못했고, 종업원이 음식을 우리 탁자로 가져올 때까지 눈도 깜빡이지 않고 뚫어져라 바라보았다.

미아 누나가 팬케이크의 냄새를 감상하듯 들이마셨다.

"흐음, 지난번에 먹었던 노새사슴보다 냄새가 훨씬 좋다. 솔

384

직히 그건 별로 신선하지 않았거든."

"그렇게 말해 줘서 기뻐."

나는 나이프와 포크를 집어 들며 말했다.

"맛있게 먹어."

"어?"

미아 누나는 두 손으로 허겁지겁 팬케이크를 집어 입으로 가져갔다가, 혀를 데고 팬케이크를 툭 떨어뜨렸다. 나는 열한 살에 잭슨홀에 나타나 '제이'라는 이름을 받게 된 소년을 떠올리며 미소 지었다. 그 소년도 처음에는 완전히 똑같은 방식으로 팬케이크를 먹었다.

두 번째 시도는 처음보다 훨씬 나아졌다. 미아 누나는 식기를 사용했고, 나는 그걸 어떻게 잡아야 하는지를 알려 줬다. 하지만 누나는 포크로 입술을 거의 찌를 뻔했다.

"놀라운 맛이야."

미아 누나는 황홀한 듯 눈을 감은 채 팬케이크를 씹으며 감탄했다.

"인간 세상은 정말 재미있어. 하지만 다음번엔 네가 나를 찾아와, 카락. 같이 사냥하러 가자."

"좋은 생각이야. 하지만 와피티슴은 절대로 안 돼, 알았지?"

나는 강조했다. 너무나 행복했다.

30

개구리와 파티

학교로 돌아왔을 때, 깜짝 놀랄 일이 기다리고 있었다. 새로운 학생이 도착한 것이다! 신입생은 남학생 기숙사 방 앞에서 잔뜩 주눅 든 채 클리어워터 교장 선생님 곁에 서서, 낡은 여행 가방을 붙잡고 교장 선생님의 설명을 듣고 있었다. 체격은 그리 크지 않았지만, 튼튼한 다리와 금빛 눈을 가지고 있었다. 이 학생에 대해 그동안 까맣게 잊고 있었지만, 누군지 알아본 순간 기쁨이 밀려왔다. 바로 우리가 수영장에서 지켜보았던 개구리 변신족이었다.

"안녕, 헨리!"

내가 다가가며 인사하자, 신입생은 고개를 돌려 어리둥절한 얼굴로 나를 바라보았다.

"아! 수영장에서 봤던 그 애구나."

헨리가 말했다.

"너도 그러니까⋯⋯."

"맞아, 우드워커야."

나는 미소를 지으며 말했다.

"나는 퓨마야. 이름은 카락이고."

"와우, 멋지다⋯⋯. 나는 고작 개구리인데."

헨리가 풀 죽은 목소리로 말했다.

"나한테 뭔가 문제가 있는 건 알았지만, 이건⋯⋯."

"내 말 믿어, 너한테는 아무 문제도 없어. 그리고 '고작'이라
니, 그게 무슨 소리야? 넌 나하고 비교도 안 될 정도로 수영을
잘하잖아."

헨리가 나를 무서워하지 않는 것 같아 기뻤다.

"맞다, 내가 너한테 고맙단 말을 했던가? 그때 수영장에서 네
가 도와주지 않았다면 나는 물고기 밥이 되고 말았을 거야. 퓨
마 맛 물고기 사료가 됐겠지."

헨리가 놀란 눈으로 나를 바라보았다.

"정말이야? 내가 널 구했다고?"

"물론이지. 설마 몰랐어? 난 네 미친 반응 속도에 깜짝 놀랐
는데."

지나치게 감동한 듯한 헨리의 눈빛에 나는 좀 당황했다.

"아, 그건 그러니까⋯⋯ 내가 뭔가를 제대로 해냈던 게 언제
였는지 기억도 안 나. 우리 형들은 나보다 뭐든 다 잘해서 날 완

전 바보 취급하거든."

너무 끔찍한 이야기였다.

"네 형들은 늘 한 가지 모습만 하고 있잖아. 그러니 얼마나 지루하겠어!"

난 명랑하게 말했다.

"너희 부모님이 이 학교에 보내 줘서 정말 다행이야."

"그렇게 쉽지는 않았지만, 꼭 와야 한다는 걸 알고 있었어."

헨리가 조용히 말했다.

미소를 지으며 우리 대화를 듣고 있던 클리어워터 교장 선생님이 끼어들었다.

"헨리, 넌 님블이랑 방을 함께 쓰면 돼. 그리고 나중에 네 영역을 표시할 수도 있어. 하지만 지금은 카락과 함께 학교 구경을 하렴. 내 생각엔 카락이 이 일에 적임자일 것 같구나."

내가 이 학교에 들어온 첫날, 브랜든이 불안해하는 날 데리고 다니며 학교 구경을 시켜 줬던 게 불과 몇 달 전이다. 그런데 이젠 내가 같은 역할을 할 수 있게 되다니.

나는 자랑스럽게 헨리를 향해 손짓했다.

"따라와."

하지만 이날 있었던 모든 일이 전부 다 즐거운 것만은 아니었다. 헨리에게 이곳저곳을 보여 주며 학교가 어떻게 돌아가는지 설명하던 중에 제프가 지하에서 생일 파티를 준비하고 있는 걸 알게 되었다. 이미 그곳에서는 오븐에 구운 닭과 돼지갈비 냄새가 흘러나오고 있었다. 하지만 나는 고작해야 멀리서 지켜볼 수밖에 없었다. 파티 손님들이 음식이 부족하지 않도록 제프의 부모님이 커다란 아이스박스에 스테이크를 담아 나르고 있었다.

"제프, 이 정도 핫도그면 모두가 먹기에 부족하지 않겠지?"

제프의 엄마가 사랑이 담뿍 담긴 목소리로 아들에게 물었다. 제프의 엄마는 금발 머리에 영양 부족과는 거리가 멀어 보이는 여성이었다.

"벌써 잊었어? 아까 물어봤던 거잖아. 난 부족하니까 더 가져오라고 했고."

제프가 날카롭게 쏘아붙이며, 신경 써서 젤을 발라 놓은 머리가 잘 고정되어 있는지, 근처 유리창에 비춰 보았다.

"바로 가서 가져올게. 걱정하지 마, 사랑하는 아들."

제프의 엄마가 그렇게 대답하고 뒤뚱뒤뚱 걸어갔다. 그 모습을 보며 뭔가 이상한 점을 발견했다. 분명히 변신족이라는 느낌이 들었고, 그렇다면 제프와 마찬가지로 늑대 변신족일 텐데, 꼭 오리처럼 걷고 있었다. 변신 중에 뭔가 문제가 생긴 걸까?

호기심 어린 눈으로 제프의 아빠를 바라보았다. 좀 으스대는 것처럼 행동하는, 덩치 크고 힘이 세 보이는 남자였다. 고급 재킷과 바지를 입고 있고 반짝반짝 광을 낸 구두를 신고 있었지만, 재킷은 팔꿈치가 다 닳아 있고 바지는 두 군데쯤 기워져 있었다. 그리고 신발에서는 마치 막 밑창을 다시 붙인 것처럼 접착제 냄새가 심하게 났다. 뭔가 이상했다.

제프의 아빠는 같은 늑대 무리로 보이는 두 사람에게 늑대 얼굴이 장식된 커다란 생일 케이크를 지하에 있는 파티 장소로 옮기라고 지시하고 있었다.

"조심해! 기울어지면 안 된다고 벌써 세 번이나 말했잖아. 안 그러면 위에 있는 장식이 한쪽으로 쏠린단 말이야!"

"네, 네, 그럼요, 대장."

두 남자 중 하나가 입술을 말아 올리고 거의 알아차리지 못할 정도로 으르렁거리며 대답했다.

도리안이 내 옆으로 다가왔다.

"위계질서가 아주 엉망이군."

도리안이 심술궂게 웃으며 중얼거렸다.

프랭키도 내 옆으로 다가와 헨리 곁에 서서, 눈앞에서 벌어지는 일을 주의 깊게 살폈다. 하지만 나와는 다르게 프랭키는 스마트폰을 열심히 두드리고 있었다.

"제프의 아빠는 예전에 큰 회사의 관리자였어."

프랭키가 우리에게 속삭였다.

"하지만 해고를 당했고, 그 뒤로 자기 사업을 시작했지. 그런데 그다지 잘 풀리진 않은 것 같아. 회사 홈페이지에 들어가 보니, '눈물의 폐업, 땡처리'라고 나오네."

"저런."

나는 작게 탄식했다. 그러고 나서 우리는 학생 식당으로 갔다. 그곳에서 마주친 홀리와 브랜든이 헨리를 붙들고 그동안 어떻게 살았는지 꼬치꼬치 묻기 시작했다. 나는 학교 구경이 마음에 들었길 바라며 헨리 옆자리에 앉았다. 그러면서 헨리의 주머니에 있던 물건들이 여전히 그곳에 잘 있길 바랐다.

'넌 홀리가 무슨 짓을 할 수 있는지 절대로 모를 거야.'

어떻게 보더라도 헨리는 우리가 몰래 지켜보던 때보다 훨씬 더 행복해 보였다.

"제프가 생일 파티에 몇 명이나 초대한 거야?"

학교에서 일어나는 일이라면 뭐든 다 알고 있는 도리안에게 물었다.

"우리 빼고 전부 다. 아…… 물론 먹잇감들도 빼고."

도리안이 얼굴을 찌푸리며 말했다.

"부끄러운 일이지. 그나저나 케이크 냄새가 꽤 좋던데……. 버터크림인가? 아무튼 내가 아는 건 이게 다야."

프랭키가 어깨를 으쓱했다.

"거길 가느니 난 그냥 연어 롤이나 먹을래."

"내 생일 파티에 우리 반 애들은 아무도 오지 않았어."

헨리가 쓴웃음을 지으며 말했다.

그 정도쯤이야 내가 가뿐히 이길 수 있었다.

"난 생일 파티라는 걸 한 번도 해 본 적이 없어."

제프의 생일 파티에 내가 얼마나 짜증이 나는지 티 내지 않으려고 애쓰며 말했다.

"내 진짜 가족은 생일 파티가 뭔지도 몰라. 게다가 나는 태어난 날이 언제인지도 모르고. 수양부모님은 내가 그 가정에 맡겨진 날을 기념해 주지만, 그건 나한테는 아무 의미도 없어. 그리고 선물은 죄다 내가 원하던 것도 아니고 말이야."

친구들은 모두 충격에 빠진 표정을 지었다.

"끔찍하네!"

도리안이 말했다.

"내가 전업 고양이로 지내던 시절에도 인간들은 내 생일을 축하해 줬어. 나 혼자 먹으라고 멋진 랍스터를 한 상 가득 차려 주곤 했지."

"그래, 아주 염장을 질러라, 이 소파 쿠션아! 카락이 얼마나 슬퍼하고 있는지 안 보여?"

홀리가 도리안을 향해 마구 쏘아붙이며 내 팔짱을 끼었다.

"카락, 너 어느 계절에 태어났는지는 알아?"

"엄마 말로는 아직 바닥에 녹지 않은 눈이 남아 있던 봄이라고 했어. 미아 누나와 함께 동굴 밖으로 나갈 수 있을 때까지 꽤 오랫동안 굴 안에만 있었어."

내 탄생굴은 따뜻하고 답답하고 어두웠다. 처음으로 털 위에 내리쬐는 햇살을 받으며 호박벌을 쫓아 아장아장 걸어가던 때를 아직도 기억하고 있었다.

홀리가 활짝 웃었다.

"있잖아, 내가 너한테 생일을 선물해 줄게! 1월 25일은 어때?"

나는 깜짝 놀라서 홀리를 쳐다보았다.

"나한테…… 뭘 준다고?"

"생일 말이야, 퓨마 꼬마야. 너는 네 생일을 모르니까 내가 하나 골라 준다고. 어때?"

나쁘지 않은 생각이었고, 생각하면 할수록 마음에 들었다. 하지만 그래도 되는 건지 확신할 수는 없었다.

"1월 25일이면…… 바로 다음 주잖아."

"완벽하네!"

브랜든이 환호했다.

"우리가 생일 파티를 열어 줄게. 그 파티는 저 망할 늑대들이 여는 것보다 백배 천배는 더 재밌는 파티가 될 거야!"

"장식은 내가 책임질게. 장담하는데, 파티 장소가 미치도록 마음에 들 거야!"

홀리가 열정적으로 말했다.

"다들 자기가 먹을 음식을 가져오면 돼. 또 말릴라 선생님은 널 좋아하니까 분명히 뭔가를 만들어 주실 거야."

"음악은 님블이 연주해 줄 거야. 내가 당장 물어볼게."

브랜든의 머릿속에는 이미 계획이 다 들어 있었다.

"그럼 나는 머핀을 구워 갈게. 엄마가 굽는 방법을 가르쳐 줬거든."

헨리가 말했다.

"그런데 퓨마는 어떤 맛을 좋아해? 살라미 소시지 같은 걸 넣으면 되나?"

"와, 그거 정말 맛있겠다!"

나도 모르게 입에 군침이 고이고, 송곳니가 뾰족 솟아났다.

헨리가 또 다른 제안을 했다.

"학교 밖 초원에 모닥불을 피우고 노는 건 어떨까?"

다들 신음을 흘렸다.

"뭐? 불을 피우자고? 넌 도대체…… 네가 인간이야, 뭐야?"

홀리가 꽥꽥 소리를 질렀다.

"미안, 미안, 그냥 갑자기 떠오른 생각이었어. 사실 나도 불은 좋아하지 않아."

새로 온 우리 친구는 어깨를 으쓱했다.

다음 날 수업 시간에 헨리는 정말 열심히 노력했다. 개구리가 하루 종일 뭘 하는지 전혀 몰랐기 때문에 '독립적인 동물 되기' 수업에선 정신 못 차리고 헤맸지만, '특수 상황에서의 행동 요령' 시간에는 홀린 듯이 수업을 들었고, '전투와 생존' 시간에는 훈련 상대인 비올라가 결국 항복을 선언할 때까지 엄청난 발차기를 날렸다.

물론 변신 수업은 완전히 절망적이었다. 헨리는 자신의 두 번째 모습에는 전혀 익숙하지 않았다. 다행히 엘우드 선생님은 완전한 초보자를 상대로는 상당한 인내심을 발휘했고, 나에게 했던 것에 비하면 헨리에게는 아주 친절했다.

"금방 할 수 있을 거야."

나는 헨리를 조용히 위로했다.

"난 처음엔 변신을 통제하는 데에 아주 오랜 시간이 필요했지만, 지금은 어느 정도 능숙한 편이거든."

다음 날 오후에는 홀리와 브랜든과 함께 생일 파티 초대장을 만들며 시간을 보냈다. 초대장 겉면에는 카드마다 다른 색으로 퓨마의 윤곽을 그려 넣고, 그 위에다가 쿠키에게 빌려 온 은색 펜으로 '카락의 열네 번째 생일'이라고 적었다.

루에게 카드를 건네줄 땐 얼굴이 화끈거렸다.

"그러니까…… 네가 와 준다면 정말 좋겠지만…… 물론 시간이 있으면 말이야……."

더듬거리며 말하다가 실수로 초대장을 떨어뜨렸다. 하지만 땅에 떨어지기 전에 재빨리 낚아챌 수 있었다. 루의 얼굴 역시 평소보다 조금 빨개졌다고 느낀 건 내 착각일까?

"당연히 가야지."

루가 말했다.

"어, 그리고 우리 아빠가 널 자꾸 괴롭히는데도 날 초대해 줘서 고마워."

"아, 그건 신경 쓰지 마."

나는 아량이 넓은 척 대답했다. 그 순간엔 엘우드 선생님과 스무 번의 일대일 보충 수업을 하라고 해도 기꺼이 받아들였을 것이다.

"있지, 산에서 네가 밀링과 싸울 때 말이야…… 넌 정말……."

루의 얼굴이 더욱 붉어졌다.

"정말…… 뭐?"

난 희망을 품고 물었다.

'야, 카락! 꼬집히고 물린 상처는 좀 어때? 농구는 언제쯤 다시 할 수 있는 거야?'

다람쥐 한 마리가 다리를 타고 기어 올라오더니, 내 어깨 위에서 촐싹거리며 목에 감긴 붕대 안쪽을 들여다보려고 했다. 나는 한숨을 쉬었다. 홀리를 단짝 친구로 둔 이상, 누가 연애를 제대로 할 수 있을까! 루는 부끄러워하며 이미 저만큼 물러나 있었다.

잠시 멜로디에게도 초대장을 보내 볼까 고민했다. 하지만 그렇게 했다가는 우린 두 번째 모습으로 파티를 즐기지 못할 것이다. 또 내 정체를 인간에게 말했다는 걸 교장 선생님이 알게 될 테고 그건 정말로 큰 문제가 될 것이다. 멜로디와는 내가 랄스턴 가족에 합류한 날을 축하하는 편이 더 나았다.

하지만 티카니는 초대하고 싶었다. 제프가 어떻게 생각하든, 그리고 내 친구들이 어떻게 생각하든 상관없었다. 우린 쓰레기통에 함께 숨어 있었다. 우리는 나란히 서서 함께 싸웠고, 함께 멜로디를 구해 냈다. 그러니 내 생일을 축하하는 자리에 티카니를 꼭 부르고 싶었다.

티카니는 버사와 함께 방을 쓰고 있었고 버사 역시 초대했기 때문에, 그냥 방문 아래 틈으로 초대장을 밀어 넣었다. 티카니가 과연 올까?

마침내 그날이 되었다. 우리는 지하실을 화려한 조명으로 장식하고, 벽에는 지울 수 있는 페인트로 커다랗게 14라는 숫자를 적어 놓았다. 말릴라 선생님은 직접 만든 레모네이드를 기증했는데, 그 안에는 숲에서 자라는 허브가 잔뜩 들어 있었다. 말릴라 선생님은 그게 우드워커에게 어울린다고 생각한 것 같았다. 하나둘씩 손님이 오기 시작했고, 뷔페 탁자가 점점 채워졌다. 섀도와 윙은 주방에서 미니 피자를 굽는 걸 허락받았고, 비올라는 치즈케이크를 가지고 왔다. 도리안은 닭 날개를 준비했다.

"제프의 파티에서는 다들 뷔페만 먹고 그냥 갔대."

도리안은 두 번째 모습으로 변신하더니, 앞발을 들어 입고 있던 옷을 소파 밑으로 대충 쑤셔 넣었다.

"정말 그랬어?"

아주 잠깐이지만 제프가 안됐다는 마음이 들었다.

이제 지하실은 개미굴처럼 붐볐다. 이 많은 사람들이 모두 나를 축하해 주기 위해 온 것이다. 와우! 거미의 모습으로 천장에 매달려서 여덟 개의 눈으로 파티장 구석구석을 살펴보고 있는 후아니타까지! 점점 더 많은 친구들이 나타나 나를 안아 주고 생일 축하한다고 말하자, 점점 더 이게 내 진짜 생일처럼 느껴졌다. 홀리의 이 멋진 아이디어는 나라면 절대 떠올리지 못했을 것이었다.

이따금 티카니가 왔는지 살폈다. 하지만 티카니는 어디에도 보이지 않았다. 그럴 거라고 예상은 하고 있었지만, 그래도 실망스러운 건 사실이었다.

탁자 위에 탑처럼 쌓여 있는 선물 위로 더 많은 선물이 더해졌다.

'뜯어 봐! 뜯어 봐!'

버사와 몇몇 친구들이 입을 모아 소리쳤다. 버사의 황금빛 도는 갈색 엉덩이가 소파의 대부분을 차지하고 있었지만, 그 소파에는 네 명의 친구들이 함께 앉아 있었다. 버사는 귀를 쫑긋 세우고 있는 님블과 발을 깨끗하게 핥고 있는 리로이 사이에 앉아 있었고, 생쥐 넬은 버사의 두 귀 사이에 편안하게 자리를 잡고 있었다.

나는 넋을 잃은 채 선물들을 바라보았다. 정말 선물을 받게 되리라고는 기대하지 않았다.

"정말로 이게 다 나한테 주는 선물이야?"

혹시 몰라서 조심스럽게 물었다.

'맞아, 다 네 거야.'

도리안이 탁자 다리에 발톱을 갈면서 말했다. 다행히 그 모습을 보고 뭐라 할 선생님은 주변에 없었다.

첫 번째 선물 꾸러미를 집어 들고 포장을 뜯었다. 내가 좋아하는 밴드의 음반이 나왔다. 내가 그 밴드를 좋아한다는 걸 브랜든이 알고 있었다. 비록 그걸 재생할 수 있는 장비는 가지고 있지 않았지만, 브랜든한테 빌려서 틀 수 있었다.

"정말 고마워."

내가 외치자, 브랜든이 엄지를 들어 보였다.

홀리가 준 건 행운의 돌과, 금색 포장지에 싸인 커다랗고 부피가 큰 선물이었다. 왠지 홀리의 취향이 아닌 것 같은 물건이었는데, 튀긴 베이컨 냄새가 솔솔 풍겼다.

"어, 그건 지금 풀지 마!"

홀리가 다급히 소리쳤다. 나는 영문을 모르겠다는 표정으로

399

어깨를 한번 으쓱하고 다른 선물들을 계속 풀어 보았다. 버사는 주머니칼을 선물했다. 루가 준 건《제임스 브리저의 삶》이라는 책이었는데, 우리의 브리저 선생님과 같은 이름을 가졌던, 선생님의 유명한 조상 이야기였다. 쿠키는 퓨마 머리 모양의 연을 선물해 주었고, 브리저 선생님의 선물은 비상용 호루라기였다. 그리고 가죽끈에 매달린 반짝이는 은색 발자국 펜던트는…….

'티카니!'

아무 감정도 드러나지 않는 검은 눈동자의 소녀가 내 앞에 서 있었다. 티카니는 잠시 나를 바라보았다.

"고마워."

조금 어색하게 말했다.

"정말 맘에 들어."

"내가 태어난 곳에서 이렇게 생긴 펜던트를 지니고 있으면, 우드워커이거나 아니면 우드워커의 친구라는 의미야."

펜던트의 의미를 설명하는 티카니의 얼굴에 아주 천천히 미소가 번졌다.

하지만 그 미소는 오래가지 못했다.

제프와 클리프와 보가 문을 박차고 들어왔기 때문이다.

"어이, 조무래기들!"

제프가 소리쳤다.

"오늘은 네 진짜 생일도 아니잖아, 새끼 고양이. 그냥 그런 척

만 하는 거지. 그러니까 내가 이 잡동사니 중에서 몇 개 골라 가
도 상관없겠지?"

제프는 탁자 위에 놓여 있던 선물을 아무렇게나 집어 들었고,
클리프와 보는 뷔페 탁자에 있던 음식을 닥치는 대로 입에 쑤
셔 넣으면서 벽에 붙어 있던 풍선들을 잡아 뜯었다. 내 손님들
은 충격에 휩싸인 채 그 모습을 바라보았다. 제프의 손에는 펜
던트와 홀리가 준 맛있는 냄새가 나는 금색 꾸러미가 들려 있
었다. 클리프는 입술을 오므리고 레모네이드에 침을 뱉을 준비
를 하고 있었다.

하지만 늑대들은 성공하지 못했다. 티카니의 손가락이 쇠사
슬처럼 제프의 손목을 휘감았고, 동시에 내가 클리프의 목덜미
를 움켜잡았다. 그것도 꽤 세게. 클리프는 그 즉시 자기가 뭘 하
려던 건지 잊어버렸다.

"너희는 이제 여기서 나갈 거야."

난 늑대들을 노려보며 말했다.

"우릴 말하는 거냐?"

제프가 으스대는 미소를 지우지도 않은 채 대답했다.

"그래, 너희 말이야."

티카니가 자연스럽게 제프에게서 펜던트를 빼앗아 탁자 위에
내려놓으며 말했다. 티카니는 정말로 강했다.

"그래, 좋아. 어쨌든 너희처럼 고리타분한 놈들이랑은 파티를

하고 싶지도 않아."

제프는 짜증스럽게 어깨를 으쓱거렸다. 제프가 금색 꾸러미를 팔에 끼웠지만, 이상하게도 홀리는 신경 쓰지 않는 것 같았다. 제프는 자기 졸개들을 향해 나가라고 손짓한 뒤 느긋한 말투로 말했다.

"자자, 우린 테이블 축구나 하러 가자고! 오늘은 텅텅 비어 있을 테니까 실컷 하겠네. 티카니, 너도 갈 거지?"

티카니는 꿈쩍도 하지 않았다.

"얼른! 우린 여기서 나갈 거야!"

제프의 눈이 가늘어졌다.

"아니, 난 안 가."

티카니가 말했다.

제프는 화가 나서 얼굴이 창백해졌지만, 그저 티카니를 노려보기만 할 뿐, 아무 말도 하지 않았다. 그러더니 결국 줄어든 패거리를 거느리고 떠났다.

티카니는 자신의 옛 친구들이 떠나는 걸 말없이 지켜보았다. 티카니의 눈에 눈물이 맺혀 있는 걸 볼 수 있었다. 하지만 곧 눈물을 떨쳐 내고 레모네이드가 있는 쪽으로 걸음을 옮겼다.

"이 초록색 액체는 뭐야? 마셔도 되는 거야?"

"당연하지."

나는 쾌활하게 대답했다.

그런데 홀리가 갑자기 몹시 흥분하고 있다는 걸 알아차렸다. 홀리는 손가락을 입술에 대고, 우리에게 기다리라는 손짓을 하면서 문 쪽을 가리켰다. 입가에는 알 수 없는 미소가 걸려 있었다. 파티장은 갑자기 조용해졌고, 우리는 모두 제프가 사라진 방향을 바라보았다. 한동안 모든 게 고요했다.

다음 순간, 갑자기 쾅 하는 소리와 함께 겁에 질려 울부짖는 소리가 들리더니, 곧바로 분노의 울부짖음으로 바뀌었다. 우리는 얼른 문으로 달려가 복도로 나갔다. 세 개의 형체가 서 있었는데, 얼핏 보면 보라색 유령처럼 보였다. 얼굴과 머리카락에 온통 보라색 치약 거품 같은 게 묻어 있었기 때문이었다.

"다른 사람의 생일 선물을 가져가면 그런 일이 일어나는 거라고!"

홀리가 깔깔거리며 소리쳤다.

"걱정 마, 언젠간 벗겨질 테니까. 그래도 시간이 좀 걸릴 테니까 최대한 즐겨. 알았지, 제프?"

우리는 너무 웃겨서 바닥을 구르며 웃었다. 늑대들이 서로를 닦아 주려다가 오히려 여기저기에 거품을 더 묻히는 모습이 너무 웃겼다.

"너…… 너…… 이 더러운 다람쥐 같으니! 너 같은 조그만 먹잇감을 내가 어떻게 처리하는지 어디 두고 봐!"

제프는 눈에 들어간 보라색 거품을 문지르며 홀리를 향해 위협적으로 발을 굴렀다.

하지만 그 행동은 오래가지 못했다. 난데없이 클리어워터 교장 선생님이 복도에 나타났기 때문이다.

"두고 봐야 하는 건 너다, 제프. 너희 셋 다 경고야! 한 번만 더 다른 아이들을 괴롭히면 너희는 그 즉시 학교에서 쫓겨나게 될 거다!"

"아, 안 돼요. 제발요!"

제프가 훌쩍였다.

하지만 클리어워터 교장 선생님은 제프를 그냥 지나쳐 우리에게 다가왔다.

"누가 생일이라고 들었는데? 마침 나도 선물을 하나 가지고 있구나."

교장 선생님이 건네주는 꾸러미는 정말 가벼웠다.

"그리고 이건 테오 씨가 너에게 전해 달라고 한 거야."

물론 나는 그 두 가지 선물을 바로 풀어 봤다. 교장 선생님의 선물은 직접 만든 깃털 달린 장신구였다! 테오 씨의 선물은 발톱에도 좋다고 했던 녹용 광택제였다.

"정말 멋진 선물이에요."

나는 진심으로 감동했다.

"고맙습니다."

교장 선생님은 나에게 윙크를 하고는 우리가 마음 편히 축하

할 수 있도록 자리를 피해 주었다.

우리는 들소가 춤을 출 수 있는지, 그리고 퓨마가 뒤로 공중
제비를 돌 수 있는지 시험해 보았다. 안타깝게도 둘 다 불가능
했다. 하지만 그래도 파티는 정말 재미있었다.

〈3권에 계속〉

〈우드워커2. 위험한 우정〉을
도서관에 희망도서 신청해 주세요!
사은품을 드립니다.

WOODWALKERS

우드워커

3 홀리의 비밀(가제)

서점에서
곧 만나요!

신비로운 변신족 소년 소녀들의 유쾌하고 흥미진진한 세 번째 모험!
홀리와 브랜든, 카락은 여전히 사이좋게 학교생활을 즐기고 있다.
하지만 최근 들어 다람쥐 변신족 홀리의 행동이 어쩐지 수상하다!
그리고 학교 주변에서 도난 사건이 자꾸 발생하는데…….
그 사건이 홀리와 관계있을지도 모른다고 의심하는 카락.
아니면 앤드루 밀링이 파 놓은 또 다른 함정일까?
수상한 도난 사건 뒤에 어떤 비밀이 숨겨져 있을까?

1 기억을 잃은 소년

2 위험한 우정

독일의 베스트셀러 작가 카챠 브란디스가 선보이는
변신족들의 학교생활, 〈우드워커〉 시리즈!

**얼핏 보면 평범한 소년처럼 보이지만,
카락의 타오르는 눈에는 비밀이 숨겨져 있다.**

'신비로운 소년'. 신문과 텔레비전 뉴스에서 나를 부르는 이름이다. 나는 변신족이며,
소년이자 동시에 퓨마이다. 우리는 숲을 걷는 자, 우드워커라고 불린다. 매력적이고
도 낯선 인간 세상을 동경하던 나는 퓨마 가족과 산을 떠나 인간 세상으로 내려왔다.
정체를 감추고 인간인 척 살아가던 어느 날, 나와 같은 변신족들을 위한 학교가 있다
는 사실을 알게 됐다……

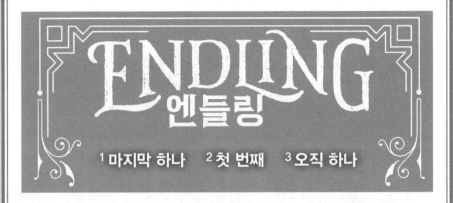

전 세계가 열광한 베스트셀러 작가, 에린 헌터의 『전사들』 시리즈!

제1부 예언의 시작

WARRIORS
전사들

1 야생으로
2 불과 얼음
3 비밀의 숲
4 폭풍 전야
5 위험한 길
6 짙은 어둠의 시간

거친 숲에서 자유롭게 살아가는 전사 고양이들이 있다. 그리고 안락한 삶을 버리고 야생으로 뛰어든 애완 고양이 한 마리가 있다. 그의 운명을 예견한 전사 조상들의 예언은 이루어질 것인가? 애완 고양이에서 종족 지도자가 된 파이어스타의 흥미진진한 성장기!

제2부 새로운 예언

WARRIORS
전사들

1 암흑의 밤
2 떠오르는 달
3 밝아 오는 새벽
4 별빛
5 황혼
6 일몰

"다가올 날에는 모든 종족이 하나가 되어야 한다. 그렇지 않으면 재앙이 너희를 파괴할 것이다." 숲에 사는 네 종족에게 내려진 불길한 예언! 종족의 멸망을 막기 위한 젊은 전사들의 험난한 여정이 시작된다! 새로운 시대를 이끌어 갈 새로운 영웅은 과연 누가 될 것인가?

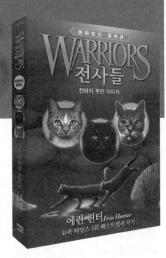